Iamque domos patrias Scithice post aspera gentis
prelia laurigero &c.

Heere bigynneth the knyghtes tale

Whilom as olde stories tellen vs
Ther was a duc þᵗ highte Theseus
Of Athenes he was lord and gouernour
And in his tyme swich a conquerour
That gretter was ther noon vnder the sonne
Ful many a riche contree hadde he wonne
What with his wysdom and his chiualrie
He conquered al the regne of ffemenye
That whilom was ycleped Scithia
And wedded the queene ypolita
And broghte hir hoom with hym in his contree
With muchel glorie and greet solempnytee
And eek hir faire suster Emelye
And thus with victorie and with melodye
lete I this noble duc to Atthenes ryde
And al his hoost in Armes hym bisyde
And certes if it nere to long to heere
I wolde yow haue toold fully the manere
How wonnen was the regne of ffemenye
By Theseus and by his chiualrye
And of the grete bataille for the nones
Bitwixen Atthenes and Amazones
And how asseged was ypolita
The faire hardy queene of Scithia
And of the feste þᵗ was at hir weddynge
And of the tempest at hir hoom comynge
But al that thyng I moot as now forbere
I haue god woot a large feeld to ere
And wayke been the oxen in my plough
The remenant of the tale is long ynough
I wol nat letten eek noon of this route
lat euery felawe telle his tale aboute
And lat se now who shal the soper wynne
And ther I lefte I wol ayeyn bigynne
This duc of whom I make mencioun
Whan he was come almoost vn to the toun
In al his wele and in his mooste pride
He was war as he caste his eye aside
Where that ther kneled in the weye
A compaignye of ladyes tweye and tweye

Medieval
Contos de uma era Fantástica

Organizado por
Ana Lúcia Merege e Eduardo Kasse

1ª edição

Editora Draco

São Paulo
2016

© 2016 by Melissa de Sá, A. Z. Cordenonsi, Roberto de Sousa Causo, Eduardo Kasse, Erick Santos Cardoso, Nikelen Witter, Ana Lúcia Merege, Karen Alvares e Helena Gomes

Todos os direitos reservados à Editora Draco

Publisher: Erick Santos Cardoso
Produção editorial: Janaina Chervezan
Organização: Ana Lúcia Merege e Eduardo Kasse
Revisão: Ana Lúcia Merege
Capa e arte: Ericksama

Dados Internacionais de Catalogação na Publicação (CIP)
Ana Lúcia Merege 4667/CRB7

Merege, Ana Lúcia (organizadora)
    Medieval: Contos de uma era fantástica / organizado por Ana Lúcia Merege e Eduardo Kasse. – São Paulo: Draco, 2016

Vários Autores
ISBN 978-85-8243-100-9

1. Contos brasileiros I. Título II. Kasse, Eduardo

CDD-869.93

Índices para catálogo sistemático:
1. Contos : Literatura brasileira 869.93

1ª edição, 2016

Editora Draco
R. César Beccaria, 27 - casa 1
Jd. da Glória – São Paulo – SP
CEP 01547-060
editoradraco@gmail.com
www.editoradraco.com
www.facebook.com/editoradraco
Twitter e Instagram: @editoradraco

ECOS DE UMA ERA FANTÁSTICA	6
ERVA DANINHA - Melissa de Sá	12
O DESEJO DE PUNGIE - A. Z. Cordenonsi	40
A CLAREIRA MÁGICA - Roberto de Sousa Causo	60
SACRIFÍCIO - Eduardo Kasse	80
KITSUNE - Erick Santos Cardoso	102
A DAMA NEGRA E A DONZELA DE PACHA - Nikelen Witter	114
O GRANDE LIVRO DO FOGO - Ana Lúcia Merege	138
A FLOR VERMELHA - Karen Alvares	168
LENORA DOS LEÕES - Helena Gomes	194
AQUELES QUE VIVERAM A IDADE MÉDIA	228

Ecos de uma Era Fantástica

A IDADE MÉDIA sempre exerceu um grande fascínio sobre as pessoas que viveram em épocas posteriores. E não poderia ser diferente. Ao longo de aproximadamente mil anos, desde a queda do Império Romano em 476 D.C. até o início da Idade Moderna, uma sucessão de acontecimentos fez girar a roda da História num ritmo vertiginoso: castelos e fortalezas se ergueram, cidades se multiplicaram, guerras sangrentas se alternaram com períodos de paz em que floresceram a ciência, a arte e a literatura. Migrações internas, invasões, expedições guerreiras e comerciais, o surgimento da imprensa e, por fim, as grandes navegações expandiram os limites do mundo, trazendo novas influências ao já riquíssimo imaginário medieval.

Boa parte do que conhecemos a esse respeito é o que ficou registrado nos livros da época. Havia obras de todo tipo, desde as de cunho mais prático – tratados sobre leis e religião, livros científicos, manuais de caça e montaria –, até as mais variadas formas de narrativa literária, como as canções de gesta, os romances de cavalaria, os poemas trovadorescos, as sátiras e a literatura dita "de exemplo". Tais narrativas eram, como se pode imaginar, fortemente marcadas pela visão cristã de mundo, mas ao mesmo tempo era frequente a menção a seres mágicos, fadas, bruxas e encantamentos. Em outras palavras: o fantástico e o maravilhoso se mesclavam naturalmente aos eventos do cotidiano. E, até que o racionalismo do século XVIII viesse refutar a crença no mundo sobrenatural, houve muito tempo para que essas histórias se difundissem e popularizassem, criando toda uma "atmosfera" e um elenco de personagens que hoje não hesitamos em reconhecer como parte do cenário pertencente ao período.

O início do século XIX trouxe de volta o interesse dos escritores pela Idade Média, porém este se deu de acordo com a visão da época: um romantismo que tendia a suavizar o que houvesse de mais cru e violento na História e na sociedade medievais, transformando em heróis os cavaleiros (como *Ivanhoé*, de Walter Scott, publicado em 1820), os religiosos (*Eurico, o presbítero*, de Alexandre Herculano, 1844) e até os fora-da-lei (*Robin Hood*, de Howard Pyle, 1883). Muitas dessas obras são consideradas como literatura de aventura; algumas são classificadas simplesmente como romances históricos, como *Notre-Dame de Paris*, de Victor Hugo (1831), enquanto outras, tais como *Eric Brighteyes*, de H. Rider Haggard, publicado em 1890, inscrevem-se no gênero fantástico, admitindo a presença do elemento sobrenatural.

De lá para cá, a ficção histórica medieval continuou a se desenvolver, assumindo os estilos condizentes com a época e o lugar. Do romantismo mais exacerbado até o realismo de autores como Bernard Cornwell, que retrata uma Idade Média suja e violenta, passando por nomes consagrados como Maurice Druon, Jean Plaidy e Ken Follett, há obras para todos os gostos. No entanto, a maior parte dessa ficção é realista, ou seja, poucas vezes admite a presença do fantástico, ao passo que as obras de fantasia tendem a ser ambientadas em mundos criados por seus autores e a se encaixar mais confortavelmente em gêneros como a espada & magia, a fantasia épica e a alta fantasia. Tal é o caso de *O senhor dos anéis*, de J. R. R. Tolkien, e de *As crônicas de gelo e fogo*, de George R. R. Martin, que vemos no topo de 9 em 10 listas de livros de fantasia medieval: ambas se passam em universos alternativos, embora com forte inspiração na Idade Média.

Naturalmente, seria um erro dizer que não há exceções à regra. *The broken sword*, de Poul Anderson, *O décimo-terceiro guerreiro*, de Michael Crichton, e a série nacional *Tempos de sangue*, de Eduardo Kasse, são alguns exemplos. A "verdadeira" Idade Média tem muito a oferecer como cenário para a fantasia – e foi então que decidimos organizar este livro, no qual todos os contos são ambientados em lugares do mundo real e se referem a eventos e personagens históricos.

Um pedido que fizemos aos autores foi que, na medida do possível, usassem elementos fantásticos ligados ao imaginário do local em que escolhessem situar seus contos. Alguns foram mais além e se inspiraram em narrativas da época para dar forma a seus textos. Foi o que fez

Nikelen Witter em *A dama negra e a donzela de palha*, que busca inspiração nos encontros feéricos da literatura medieval, também retratados nos lais de Maria de França e na literatura arturiana. Já em *Erva daninha*, Melissa de Sá escolheu um tom confessional para a narrativa de Pierre, um jovem soldado a caminho das Cruzadas que tem seu destino selado ao se envolver com uma misteriosa dupla de pai e filha. A organizadora Ana Lúcia Merege, por sua vez, se inspira nos contos tradicionais do Oriente, em especial as *1001 noites*, para narrar as aventuras de três muçulmanos do reino de Córdoba às voltas com um *jinn*, um tapete voador e um tratado conhecido como *O grande livro do fogo*.

A Península Ibérica é o cenário de outros dois contos: *A clareira mágica*, de Roberto de Sousa Causo, e *Lenora dos Leões*, de Helena Gomes. Ambos reconstituem episódios da história de Portugal e da Espanha e os utilizam como pano de fundo para as narrativas que se ocupam, respectivamente, do fidalgo Diogo Sardo – que entra em contato com a magia da floresta através de uma bela jovem – e de Lenora, que busca resgatar das sombras a alma de seu senhor, Pedro, rei de Castela, chamado o Cruel. O último conto ambientado na Europa é *Sacrifício*, em que o organizador Eduardo Kasse narra com tintas realistas uma invasão viking, empreendida sob os vaticínios de um *draugen*, uma espécie de zumbi ou desmorto da tradição escandinava.

Tal como reconhecemos a influência de várias culturas na civilização europeia medieval, encontramos alguns paralelos entre esta e determinadas sociedades orientais, pelo menos em alguns períodos. Temos, assim, dois contos ambientados na China: *A flor vermelha*, de Karen Alvares, que se passa no século VII – quando a jovem combatente Pingyang ajudou a Dinastia Tang a assumir o poder –, e *O desejo de Pungie*, de André Zanki Cordenonsi, onde se narram as desventuras de um funcionário de origem mongol em meio à invasão de Beijing por Genghis Khan. Por fim, *Kitsune*, de Erick Santos Cardoso, se passa no Japão feudal e remete aos motivos tradicionais da honra e da redenção, numa narrativa repleta de imagens oníricas.

Ao ler *Medieval*, você empreenderá de uma só vez uma viagem no tempo e outra de volta ao mundo. Num tapete mágico, num *drakkar*, num corcel de batalha... ou simplesmente nas asas de sua imaginação.

Boa jornada!

Os organizadores

Cest si comme li home alixandre alerent en ferue el ual de iosafaille ce oment cil de tyr le tresed ce oment emmendus darrade ne pot trouuer en a la sue gent ki noncier le uolist a alixand

ERVA DANINHA
Melissa de Sá

Foi em Veneza que pela primeira vez amei uma mulher.

Quando eu era apenas um menino, ouvia minha mãe falar que o único amor verdadeiro era aquele do Cristo. Ela me fazia rezar junto com ela, segurando um pequeno crucifixo dourado, o único item de valor em toda a casa. Minha mãe o usava enrolado no pulso, por baixo das mangas de seu vestido. Ia trabalhar com ele na lavoura e, quando eu ia junto ajudá-la, ao final do dia, podia tocá-lo. Então, fazíamos uma oração.

Mas há outros tipos de amor. Como esse que tive em Veneza.

Amor de cabelo e pele. Cheiros e suor. Amor de arrepios, dores e toques. Amor assim cresce dentro do peito, abafa inquietudes, sons, cores. Evanesce a vista, traz à tona outras luzes. Muda nossas direções. Naquele tempo, em Veneza, eu não sabia nada disso. Mas tive minha dose de ocasião para lembrar e relembrar.

Seu nome era Agnes. Ela tinha longos cabelos negros e a pele queimada de sol que as mulheres nobres costumam evitar. Usava as roupas mais leves que eu já tinha visto para um tempo de inverno e parecia flutuar. Não como os anjos dos quais falavam os padres nas igrejas na França, oh, não. Agnes era fruto da terra. Olhá-la era como lembrar que se está vivo.

Talvez por isso tenha me apaixonado por ela. Eu trazia a morte no peito.

A primeira vez que a vi foi numa feira. Ela estava na companhia de duas servas, escolhendo uma fazenda para um vestido. Ela apalpava o tecido, roçava-o contra sua pele. Ela me fez sentir diferente. Não por sua beleza, não: Agnes não era uma mulher bonita como as nobres de Veneza, que andavam silenciosas, com seus rostos cobertos sob o Sol; mas por sua ousadia. Hoje vejo que era essa sua qualidade. Ela perturbava a ordem das coisas, andando com suas servas pela feira, e todos pareciam se esforçar para ignorar o fato. Mas não eu.

Era inverno do ano 1202 de Nosso Senhor e eu era um soldado francês em Veneza, buscando uma chance de viver na Santa Missão. O Santo Padre havia nos prometido perdão por nossos pecados e a chance de resgatar a Cidade Santa das mãos dos não merecedores, que não tinham o amor de Cristo em seus corações. Muita coisa era prometida como santa em anos como 1202, mas, como de costume, promessas são apenas palavras, mesmo as que são feitas com as melhores intenções. São palavras, apenas. Mas até então eu acreditava nelas. Principalmente se terminavam com amém.

As tropas estavam acampadas na Ilha de Lido, suficientemente longe dos olhares de reprovação dos habitantes da cidade, mas perto o bastante para incomodar a Residência dos Doges. Os navios prometidos pelos venezianos estavam nos portos, podíamos vê-los ao longe, mas não podíamos zarpar para Jerusalém e defender Cristo. O motivo era dinheiro, como acontece na maioria das vezes.

Nem um terço das tropas prometidas ao Santo Padre havia chegado a Veneza. Era esse o boato que chegara aos soldados. Promessas quebradas, promessas vazias, palavras ao vento. Os generais pediram aos nobres uma contribuição em ouro para pagar os barcos construídos pelos venezianos, mas não foi suficiente. Então começaram a pedir ao resto da tropa.

Soldados desesperados guardaram medalhinhas, amuletos e relíquias de família em lugares seguros, alguns chegaram a enterrar, mas a maior parte dos objetos foi descoberta e entrou para o fundo dos generais. Ainda assim não foi o suficiente. Os soldados diziam que os venezianos usavam o *grosso*, uma moeda de prata pesada, e que um *grosso* valia mais até que o próprio ouro, por isso seria impossível pagar. Era Deus nos testando, diziam alguns, e eu ficava quieto, o coração pulando contra o crucifixo de ouro que trazia junto ao peito, enrolado num saquinho de ervas. À noite, pedia perdão a Ele por ser fraco e não ter ajudado na Santa Missão, mas eu tinha feito uma promessa a minha mãe.

A cidade nos odiava naqueles primeiros dias. Era possível sentir isso no ar frio de novembro, nos modos duros dos venezianos. Durante meses o comércio decaíra e todas as atenções da cidade se voltaram para a construção dos barcos do Papa, foi o que soube muitos anos depois. E não havia quem pagasse por eles. Milhares de homens infestavam o lugar, sobrecarregavam o comércio, causavam tumulto e confusão. Só Deus sabia quando a situação seria resolvida.

Era inverno, era Veneza e era 1202. Era o caos.

Eu costumava andar pela feira, grande parte do tempo apenas tentando ter um vislumbre de Agnes. Os comerciantes locais olhavam feio para qualquer homem trajando metal, principalmente se havia uma cruz como insígnia. Eles não se atreviam a fazer nada, no entanto. Só olhar com desprezo. E eu, rapaz jovem que era, não conseguia entender como alguém podia me odiar tanto sem ao menos me conhecer. A tolice que mora no coração de todo ingênuo.

Havia falta de comida na cidade e, durante aqueles passeios matutinos, eu não fazia ideia de que era por conta de nossa chegada a Veneza. Eu ouvia dizer no acampamento, aos sussurros, que o doge fazia de tudo para esconder os pobres da cidade. Alguns diziam que os mandava prender, outros que os mandava matar. Tudo isso em nome da glória de Veneza, uma cidade rica e próspera.

A cidade era realmente algo único. Algo que eu, um rapaz simples da França, jamais poderia ter sonhado. Uma cidade inteira, *inteira*, em cima das águas. Um trabalho engenhoso, diziam alguns soldados. Trabalho de Satã, diziam outros. Eu não sabia bem qual das duas opções preferia na época, mas certamente havia algo em Veneza que gerava aquele senso de admiração estranha, aquele maravilhamento. E aquilo não podia ser coisa de homens. Ou era Deus ou era o Diabo. Era como eu pensava na época.

Mas em algo eu concordava com o doge: a visão dos pobres tirava um pouco da glória da cidade. Homens velhos enrolados em túnicas imundas perambulando pelos canais, crianças famintas correndo pela feira: aquilo lembrava demais minha própria França, tirava o que Veneza tinha de diferente, de belo.

Tínhamos poucas provisões no acampamento. Da comida que recebíamos quando o Sol estava a pino, eu costumava guardar um pedaço de pão em um dos bolsos, para mais tarde. Eu o comia na feira, normalmente, longe da balbúrdia dos soldados. Numa dada tarde, não pude me conter e entreguei meu pão para um menino maltrapilho. Aqueles grandes olhos escuros, tão cheios de tristeza e dor, lembravam meus próprios olhos. E como dizia minha mãe – sempre com seu crucifixo enrolado no pulso enquanto arava a terra para nosso sustento – ajudar os pobres era um jeito de agradecer a Deus. E somente Ele sabia quantas vezes eu fora aquele menino, recebendo pão numa feira.

O menino me disse apenas uma palavra, quase uma música, cantada em sua língua estranha. Então sumiu em um dos canais, e logo depois eu mesmo fui absorvido pelos ruídos da feira.

E em meio ao caos troquei minhas primeiras palavras com Agnes. Fiz uma saudação na língua local e suas servas se afastaram um pouco. Ela respondeu em um francês perfeito, que me envergonhou por minha origem humilde. Mas então ela riu, não com deboche, mas com alegria.

Eu me assustei. Ela era uma mulher sozinha, falando abertamente com um homem estranho. Talvez as mulheres fossem assim em outros lugares do mundo. Ou talvez as mulheres simplesmente fossem assim. Agnes tinha um semblante tão calmo, tão tranquilo. Quase como se convidasse a uma conversa. Eu não conhecia nada do mundo e uma das promessas que tinha feito a minha mãe, em seu leito de morte, fora a de que eu viveria. Que conheceria mais do que nossa vila pobre na França.

– Eu sou Agnes – ela disse, num sorriso. – E você?
– Pierre.

Não consegui dizer mais nada. O que a fez rir ainda mais.

– Então, Pierre, foi um prazer conhecê-lo.

Com uma mesura, ela se despediu e sumiu pela confusão de cores da feira.

É preciso entender que não sei explicar a ordem dos acontecimentos. Não sei como foi que me aproximei de Agnes. Eu a via na feira, mais tarde na Praça de São Marcos, até mesmo perto do porto, passeando com suas servas. Em algum momento, passamos a trocar olhares, depois conversas e mais tarde beijos e promessas.

Ela morava num casarão na parte mais nobre da cidade. Era senhora do local. Passávamos a tarde em seu quarto, onde ela ria e eu aprendia mais sobre Veneza, sobre o mundo e sobre o amor. Onde eu sentia que estava começando a viver.

Quando estava com Agnes, não sentia mais o crucifixo me oprimindo o peito. Conseguia me esquecer daquela tarde maldita na França, da pobreza, da miséria. As preces de minha mãe ecoavam em algum canto de minha mente, mas de alguma forma eu conseguia me sentir bem com elas, como não me sentia havia anos. Deus me dera uma nova razão para viver em Veneza.

Agnes era uma mulher inteligente, a mais inteligente que eu conhecera até então. Sentia-me embriagado por ela, por suas palavras e histórias. Saía do acampamento ao amanhecer e só retornava à noite. E mesmo assim, antes de dormir, pensava nela. Agnes. Agnes. *Agnes*. Ela tinha gosto de jasmim.

Ela me ensinou a tocar um pouco de alaúde, a falar coisas simples em vêneto e a me localizar na cidade. Observar Veneza da varanda ampla de seu casarão era nossa atividade favorita nas tardes cada vez mais frias que avançavam com o inverno. Estávamos apaixonados. Tão apaixonados quanto é possível estar quando se é jovem e a vida é uma grande promessa a ser cumprida.

– Seus lábios têm um gosto amargo – ela disse certo dia, entre beijos. – Espero que nem todos os franceses sejam assim.

Eu ri. Gostava quando ela me provocava.

– É uma erva da minha cidade natal – eu disse, devagar, tirando o saquinho que trazia junto ao pescoço. Dentro dele, o crucifixo de minha mãe. Pensar naquilo sempre me causava desconforto, mas com Agnes era quase fácil. – Às vezes gosto de mascar um pouco, para não me esquecer de onde vim.

– Oh, sempre soube que você era desse tipo.

– Que tipo?

– O tipo que sempre volta para casa.

– Pelo contrário – falei, confiante. – O que preciso é da lembrança, pois prometi a minha mãe, em seu leito de morte, que iria encontrar uma vida melhor para mim. Vou para Jerusalém conseguir o perdão de Deus e depois vou ganhar o mundo, deixando para trás minha vila. Isso aqui – fiz um sinal indicando o saquinho – é para me lembrar, porque nem todos os lugares conseguem ser tão inesquecíveis quanto Veneza.

– Veneza é instigante no verão, mas no inverno se torna maçante – ela rebateu. – Prefiro Constantinopla, essa sim é uma cidade cheia de vida e luz!

– Você já esteve em Constantinopla? – perguntei, com o habitual tom de admiração que tudo em Veneza me provocava naqueles primeiros dias.

– Ah, sim. Vivemos lá por muitos anos, até a morte de minha mãe.

O sorriso dela divagou por um tempo, e eu fiquei incerto se deveria perguntar mais ou não. Até que ela veio até mim, com um beijo estalado, e tudo se perdeu em sonho novamente.

Dizem que as grandes mudanças na vida vêm em três. Com aquele meu coração de jovem, achei que a primeira tinha sido ver Agnes na feira. Eu estava errado. A primeira foi o som de uma porta se abrindo.

Uma das servas de Agnes, a quem ela chamava de Mala, veio avisar da chegada de alguém. Eu não entendi a princípio do que se tratava, mas a reação de Agnes ao ganhar a porta do quarto e sair gritando explicou tudo:

– Pappa! Pappa!

Ouvi uma voz tranquila e grave, vinda do aposento inferior. Não conseguia entender o que diziam, mesmo com o pouco de vêneto que tinha aprendido, mas conseguia perceber que as exclamações eram de alegria.

Com rapidez, levantei-me da cama e apanhei minha vestimenta de soldado, deixada às pressas ao lado da cama. Enfiei-me desajeitadamente nas calças e amarrei o gibão. Não sabia muito de mulheres, mas sabia o suficiente para pressentir que coisa boa não viria de um pai que encontra um homem no quarto da filha. Minha própria mãe tinha sido expulsa de casa por muito menos. Era a história que corria na vila.

Mas a entrada do pai de Agnes no quarto me fez esquecer a França e seu clima hostil:

– Papai, este é Pierre. Ele chegou a Veneza para lutar na Guerra Santa.

– Oh, a Guerra Santa. – E também ele falava um francês impecável.

– Pensei que o Papa tivesse desistido dessa empreitada depois que Saladino tomou conta do Reino de Jerusalém. O Império Latino não está nada bem, pelo que ouvi falar em Constantinopla... Ah sim, Pierre, meu rapaz, quem está no comando da Santa Missão?

Repeti os nomes que sabia, devagar. Agnes me encorajava com o olhar e com um sorriso por trás do pai e, vagarosamente, eu ia respondendo às perguntas dele. Onde estávamos acampados, quem eram os generais, quais eram os planos de saída para Veneza. Minha mente dava voltas em mil perguntas. Dentre elas, por que um homem como o pai de Agnes estaria se dirigindo de forma tão agradável a um reles soldado como eu. Outra: por que ele não estava absolutamente estupefato com o fato de um homem meio vestido estar dentro do quarto de sua filha. Só então tive discernimento suficiente para perceber como aquela situação com Agnes era estranha. Senti como se tivesse saído de um longo banho num rio gelado. O crucifixo voltou a ser um peso morto em meu peito.

Com a mente subitamente clara, comecei:

– Senhor, mil perdões por estar aqui com sua filha, mas é que...

– O quê? – ele perguntou, confuso.

– A sua filha, senhor. Agnes. Eu estava aqui no quarto apenas...

– Agnes já é uma mulher, sabe bem o que faz, e se ela o convidou para nossa casa é porque você certamente mereceu essa confiança. – A voz dele era estranhamente calma e reconfortante. – Não é fácil enganá-la – e ele dirigiu um sorriso caloroso à filha. – Confio em seu julgamento. Você é bem-vindo em nossa casa, Pierre.

Naquela noite, no acampamento, me perguntei se Agnes era uma prostituta, numa mistura de culpa e vergonha. Somente uma mulher assim moraria sozinha numa casa tão grandiosa e ousaria convidar um homem para seu quarto, contrariando os sacramentos. Senti-me subitamente sujo. Estava no meio de um Pai Nosso quando percebi que não fazia sentido que ela fosse esse tipo de mulher. Não tinha cobrado de mim nenhum dinheiro. Era uma moça de educação fina e, ao que parecia, vivia sob a tutela do pai. Tutela não. Companhia. Nunca antes, em toda minha vida, eu tinha visto coisa assim. Nem mesmo minha mãe, que arava os campos sozinha, chegaria tão longe. Guardei aquelas impressões para mim, em parte porque suspeitava que, se falasse com alguém, colocaria Agnes em perigo, e em parte porque tinha medo de perder Agnes em função da estranheza de sua casa. Em meu coração já brotava um germe de amor por ela.

O pai de Agnes se chamava Darko e era um exímio contador de histórias. Sorria muito, embora seu sorriso muitas vezes não chegasse aos olhos. Todo início de noite sentávamos os três na ampla sala do casarão e ouvíamos Darko falar de terras longínquas, seres fantásticos e ventos exóticos. Ao final, ele sempre perguntava a uma das servas: "Gostaria de nos servir um bom vinho?" A essa deixa, a serva em questão vinha à sala com um jarro na mão, oferecendo na língua local: "Gostaria deste bom vinho, senhor?" Eu meneava a cabeça e nós três brindávamos ao som de mais histórias incríveis.

Nunca antes havia me sentido tão feliz. Nem mesmo naqueles primeiros dias oníricos e confusos com Agnes. Pai e filha me tratavam com um respeito que nunca tinha conhecido; ao interrogá-los a respeito, Darko me dissera numa voz solene:

— Escute-me, Pierre. Já vi mais do que gostaria nessa vida. E posso lhe dizer que nenhum homem merece ser destratado, pois todos somos monstros e anjos ao nosso próprio modo.

Era uma filosofia estranha, como tudo o mais naquela casa, mas o vinho sempre me fazia esquecer. O vinho e os sorrisos que vinham depois.

Até que o segundo sino da mudança tocou.

— Quem era, papai? — perguntou Agnes. Nós dois estávamos sentados na sala, Agnes com um livro no colo, ensinando-me a ler.

— Enrico Dandolo — falou Darko numa voz mais fraca que de costume.

Imediatamente o semblante de sua filha também mudou:

— O que ele quer?

— Jantar conosco.

Raramente se servia comida na casa. Na verdade, eu não me lembrava de ter comido alguma coisa ali. Vinho era tudo que era oferecido. Mais uma vez aquele sentimento de estranheza invadiu meu coração.

— O que faremos?

— Mala oferecerá o jantar. Não acho prudente criarmos inimizade com o doge de Veneza. Não neste momento.

Agnes concordou com a cabeça e, na noite seguinte, estávamos jantando com o doge.

Mesmo com meu melhor gibão, senti-me um mendigo sentado à mesa. Apresentaram-me como um primo distante, do sul da França, e de início me pareceu impossível que o doge engolisse uma história daquelas, mas ele não fez objeções e falou principalmente em francês, com ocasionais expressões em vêneto. Cumprimentou-me com frieza, mas com educação, conversando banalidades sobre Veneza.

— Por que está na Guerra Santa, caro amigo, se não se importa que eu pergunte?

— Uma promessa que fiz a minha mãe — respondi, sem esconder a verdade. — Prometi a ela que levaria uma lembrança sua para Jerusalém.

— Oh, para cumprir uma promessa. Mas que interessante.

Não falei que a relíquia era um crucifixo de ouro nem que levar aquela lembrança para Jerusalém era uma parte de encontrar meu perdão pelo que acontecera na França. Mas o olhar de Enrico Dandolo pareceu ler meus pensamentos, e me mexi de forma desconfortável na cadeira. *Assassino*, era o que aquele olhar dizia. *Assassino*.

Mala ofereceu o vinho como de costume e eu recusei. Sentia-me tonto, quase doente. Agnes olhava para mim o tempo todo, seus olhos grandes procurando alguma resposta para meu comportamento inusitado. Eu tentava agir normalmente, mas minha risada saía forçada e minhas maneiras, que já eram precárias, pareciam desastradas. Olhava de relance para o doge. Como ele poderia saber? Como ele poderia saber de uma coisa daquelas? Ninguém sabia. Ninguém.

— Posso oferecer o jantar, senhores?

A voz de Mala interrompeu minha agonia temporariamente.

— Mas decerto que sim! — fez Dandolo, com uma risada que pouco tinha a ver com alegria. — Quero muito provar essa comida que é oferecida por servos.

Darko sorriu levemente para o doge, que não se deu por contente.

— Seus costumes são sempre inusitados, meu caro. Alguma influência em especial de Constantinopla?

— Não especificamente, meu senhor — respondeu Darko em sua habitual voz calma.

Mas haveria alguma inclinação diferente? Tudo parecia tão terrivelmente *diferente* naquela mesa. Aquele olhar do doge, a voz de Darko, as mãos frias de Agnes. Era como se todos soubessem, todos conhecessem o porquê de meu desejo tão profundo de levar a relíquia de minha mãe para Jerusalém. O único modo de purificar minha alma depois do que fizera... Minha mãe, minha querida mãe...

– Morei em Constantinopla por alguns anos, mas meus costumes são de família – continuou Darko, disfarçando seu incômodo com mais vinho.

– Sabe, eu nunca entendi esse seu amor por Constantinopla – comentou o doge, desviando o olhar de Darko. – É uma cidade superestimada. Veneza está numa rota comercial mais favorável. Ouso dizer que pode até possuir mais riqueza, porém ainda não conta com o brilho atribuído a Constantinopla.

– Eu não diria tal coisa, senhor. A Sereníssima é certamente uma das cidades mais imponentes de todo o mundo.

O doge fingiu não ouvir o comentário e prosseguiu:

– E a situação política em Constantinopla não anda das melhores. O novo imperador não tem conseguido um governo sólido. Obviamente. Não executou o irmão. Misericórdia é para os fracos. Misericórdia deixa espaço para rebeldes e aproveitadores. Enquanto Isaac II e sua prole estiverem vivos, nunca haverá paz no governo de Alexios III. Não concorda, Darko?

– Oh, senhor doge, um homem como eu não se envolve com política.

– Um homem rico como você, Darko, sempre estará envolvido em política – falou o Doge, com um sorriso largo. – Agora, por gentileza, poderia me oferecer mais vinho?

– Certamente que Mala poderá. Mala, gostaria de oferecer vinho ao doge?

– Deseja mais vinho, senhor?

– Claro, claro – ele disse, estendendo a taça e sorvendo o líquido em grandes goles ruidosos. Seus olhos não se desviavam de Darko.

– Meu caro senhor doge, ouvi dizer que está planejando novas reformas para o canal da cidade baixa. Certamente será uma melhoria e tanto para Veneza – falou Agnes, quebrando o silêncio constrangedor que havia se instalado na sala.

Eu suava como nunca na presença daquele homem. De repente,

o crucifixo enrolado em ervas parecia pesar dezenas de vezes mais. Dezenas não, centenas.

– Sim, minha querida. Como é mesmo seu nome? – ele hesitou de um modo falso e exagerado. – Dara. Isso mesmo.

– Oh, senhor, perdoe-me, mas essa não é Dara. É Agnes, minha filha. Dara era minha esposa, morreu há muitos anos.

– Você me perdoe, meu caro Darko, mas essa é certamente Dara. Lembro-me de sua voz muito bem, enchendo os canais de Veneza com seu timbre límpido e jovial. Além do mais, lembro-me bem de que, quando se mudou para esta cidade, sua esposa já estava morta. Morreu em Constantinopla, não é mesmo? E você veio para cá com sua filha. Posso ter mais de noventa anos, mas não esqueço uma voz, Darko. E essa é a voz de Dara, sua esposa. Tão límpida quanto me lembro dela décadas atrás. Além do mais, a sua própria voz, Darko, também parece não sofrer com as flexões do tempo. Nenhuma alteração de timbre, nenhuma tremulação. Eu diria que é impressionante para um homem da sua idade.

Foi então que compreendi. O doge de Veneza, aquele homem velho e mirrado, mas de sorriso e olhos astutos, era cego. Por isso não fizera objeção alguma a minha presença na mesa; ele não via meus trajes, me reconhecia apenas pela voz. Mas, ao invés de me tranquilizar, aquela constatação fez meu coração se encher de medo. Involuntariamente segurei as mãos de Agnes por baixo da mesa, e ela retribuiu meu toque com um tom frio e fraco.

– Está se confundindo, meu caro doge. Mudei-me para Veneza com minha esposa, Dara, e ela faleceu. Esta é minha filha, Agnes. Dizem que se parece muito com a mãe.

– Quanto à aparência não sei dizer, mas a voz... A voz é idêntica, meu caro Darko.

Aqueles olhos. Tão firmes... Pareciam realmente capazes de captar qualquer coisa. Até mesmo pensamentos. À noite, tive pesadelos com aqueles olhos. Acordei gritando, segurei o saquinho de ervas com o crucifixo e rezei. Rezar. Era tudo que me restava.

Nos dias que se seguiram, o doge veio jantar com pai e filha. Agnes sempre me convidava também, e eu, apavorado, me unia a ela na inútil tentativa de desviar Dandolo de dois assuntos: a comida servida e a identidade de Agnes.

– Não entendo – disse a ela numa tarde na varanda, o pôr do sol alaranjado refletindo suas cores nas águas do canal. – Por que ele insiste em dizer que seu nome é Dara?

Agnes baixou os olhos, indecisa, antes de responder:

– Ele é um velho e está confuso, Pierre. Doge ou não, está envelhecido e alquebrado. Não sabe o que diz.

– Ele não me parece nem um pouco confuso. Pelo contrário, é lúcido demais.

– Um homem velho, Pierre – a voz dela era dura como eu nunca tinha sentido. – Um velho louco.

– Não, não é – repliquei, lembrando-me de meu próprio suor frio na presença de Enrico Dandolo – Por que está mentindo? Você me disse que sua mãe morreu em Constantinopla. Está mentindo!

Eu era jovem, ingênuo. Estava apaixonado. As estranhezas da casa de Agnes e seu pai eram abafadas em meu coração pelas alegrias que encontrava ali. Mas não podia mais ignorar o que acontecia. O fato de Agnes ficar sozinha em casa, de Darko nunca falar sobre como adquirira tanta fortuna se não era um nobre em Veneza, de Dandolo e seus malditos olhos mortos, de Dandolo e seus comentários sobre a forma de servir a comida... De Dandolo e o fato de que ele sabia algo sobre Agnes que eu desconhecia.

Alguma coisa queimou em meu peito, e nada tinha a ver com a erva que sempre carregava no saquinho. Estava com raiva, a mesma raiva que tivera logo depois da morte de minha mãe, quando prometera a Deus me purificar, ir para Jerusalém e assim fazer com que ela descansasse em paz. E eu também.

Inicialmente, pensei que Agnes fosse gritar comigo. Eu estava respirando forte, minhas unhas feriam as palmas de minhas mãos. Mas ela baixou a cabeça e, num movimento quase doce, virou-se para me dizer:

– Pierre, sabe por que me aproximei de você na feira?

Eu não disse nada. Porque não sabia e nem podia imaginar. E porque me sentia envergonhado por ter me afastado de meu objetivo original. Sentia-me inútil por ter desperdiçado horas de trabalho e oração naquela casa de loucos. Eu deveria ir embora, deveria...

— Porque você deu um pedaço de pão para um menino faminto. — A voz dela soou musical, mesmo que fosse um tanto rouca. — Os soldados... Bem, soldados são violentos. Já tive minha cota deles. Justificam suas ações pela guerra, mas cometem atrocidades também em tempos de paz. Falam de Deus, mas não sabem onde Ele está. Mas você, você deu um pedaço de pão para um menino faminto. Não fingiu saber os desígnios de Deus e da guerra. Não me julgou por ser uma mulher sozinha.

Nesse momento, me encolhi um pouco, tremendo levemente. Olhando de perto em meus olhos, a poucos centímetros de meu rosto, Agnes disse:

— Você é um homem bom.

Eu não era um homem bom. Ela não sabia, não sabia o que tinha acontecido na França. Minha mãe e a promessa. Ela não fazia ideia.

Olhei para ela, fundo nos olhos. Naquele momento, quis ser um homem bom. Por Agnes. Quando levasse o crucifixo para Jerusalém e meus pecados fossem perdoados, eu seria. E poderíamos viver juntos.

— Eu te amo — disse, devagar.

Ela sorriu e me deu um beijo na testa.

— Sabe as histórias de meu pai? — ela começou, andando até a janela, observando o laranja do pôr do sol sumir, dando lugar à noite negra em Veneza. — E se eu te dissesse que elas não são apenas histórias? Que ele realmente as viveu?

— Não é possível — eu disse, rindo um pouco, ainda desconcertado. — Seu pai não pode ter feito tudo aquilo. Guerras, caçadas, jejuns. Viagens a lugares longínquos... Seriam necessárias no mínimo umas dez vidas para tanto!

Ela continuou me olhando, profundamente, e depois disse:

— Umas dez vidas, sim. Alguns séculos. O suficiente para ser um homem rico. — Ela fez uma pausa, encarando o imenso espelho de prata na sala. — Você pode guardar um segredo, Pierre?

Eu não respondi e ela não esperou uma resposta:

— Em uma de suas viagens, meu pai subiu no alto de uma montanha e encontrou um velho. O velho estava sentado a uma mesa farta, mas não ofereceu a meu pai nenhuma comida. Ele o parabenizou por ter subido a montanha e perguntou por que meu pai estava ali.

Para conhecer a face de Deus, foi o que ele respondeu.

O velho então sorriu e disse que para conhecer a face de Deus era necessário provar de todas as sensações do mundo. Só então se poderia purificar a alma e entrar nos largos salões do paraíso.

Mas não é possível conhecer o mundo todo em uma só vida, senhor. Foi o que meu pai disse, e o velho concordou. Então ele perguntou se meu pai gostaria de viver o suficiente para ter tudo aquilo e conhecer Deus.

Sim, foi a resposta. Que outra poderia ser? E o velho olhou fundo em seus olhos, viu seu coração e soube que era verdade. Então ele convidou meu pai a partilhar de sua mesa e falar da face de Deus. Uma dádiva que seria dele e de todos os seus descendentes.

Papai disse que nunca comera uma comida tão saborosa. O vinho era o mais doce, a carne, a mais tenra. Ao sair da montanha, ele se sentia um novo homem. Feliz, leve, renovado. Aos poucos, no entanto, percebeu algumas mudanças.

Seu cabelo não ficava branco. Sua pele não enrugava. A praga que matou a vila toda não matou meu pai. Seus ferimentos sempre se curavam. Sua aparência era sempre a mesma. Desde o dia na montanha e do banquete com o velho, não envelhecera um único momento sequer.

Entrou em desespero. Lançou-se na guerra, nas águas, no frio. Mas continuou sempre lá, como uma pedra, imutável, alheio ao passar do próprio tempo. Só então compreendeu o que acontecera. O velho lhe dera a vida eterna, para que ele se purificasse e então conhecesse a face de Deus.

Tentou voltar à montanha, mas ao chegar lá não havia mais banquete nem velho algum. Apenas uma enorme mesa vazia. Foi assim que meu pai compreendeu que jamais poderia oferecer um jantar a alguém ou passaria sua dádiva, ou maldição, adiante. Antes, quando era um homem pobre, isso não fora problema. Mas agora que enriquecia com o passar das décadas, a perspectiva de oferecer comida era assustadora.

Ele vivia de cidade em cidade, de vila em vila, nunca podendo se manter por muito tempo, ou suscitaria perguntas. Foi então que conheceu minha mãe, uma mulher da Arábia, e se apaixonou por ela. Os dois foram morar em Constantinopla e, quando meu pai lhe contou seu segredo, ela implorou que pudessem compartilhar a mesa e viver para sempre.

Não posso, Dara, ele disse, *Como posso sujeitá-la a uma vida como essa?* Mas minha mãe disse que o amor deles era verdadeiro e que eles poderiam vivê-lo juntos para sempre. Meu pai então ofereceu um jantar, e juntos eles partilharam pão e vinho, e minha mãe não envelheceu um dia a mais. Desse amor eu nasci, e meus pais viveram em alegria.

Então vieram os defensores de Cristo. Minha mãe nunca se convertera ao Cristianismo. Eles fugiram numa certa noite, estava escuro. Eu chorava, desesperada, não conseguia correr. Minha mãe tentava me amparar, me pedindo para parar de chorar. Ela ficou desatenta. Os soldados a pegaram. Então houve um acidente. Na tentativa de salvar minha mãe, meu pai começou a atirar pedras nos soldados. Uma delas atingiu-a na cabeça. Meu pai conseguiu fugir com minha mãe nos braços, eu correndo atrás, tentando alcançá-los.

Vai ficar tudo bem, o ferimento vai fechar, era o que ele dizia. Mas o ferimento nunca se fechou. E ela morreu dias depois.

Ficamos, nós dois, de luto pela morte de minha mãe. E então ele soube que somente aquele com a vida eterna pode finalizar a vida eterna. Ele nunca se perdoou. Mas, com o passar dos anos, uma nova preocupação invadiu a mente de meu pai. Após completar meus dezoito anos, não mais envelheci. Cheguei aos trinta com a mesma aparência. Foi então que meu pai compreendeu que seu legado havia sido transmitido à sua prole.

Ele sumiu por vários anos e eu fiquei sozinha em Constantinopla. Aprendi a viver assim. Ele voltou depois, pediu perdão, e o tempo, meu querido, o tempo ajuda a curar todas as feridas. Cinquenta anos se passaram e viemos para Veneza, essa cidade tão linda, que amo de todo coração.

É por isso que o doge acha que sou minha mãe. Porque há cinquenta anos, quando ele ainda enxergava, eu usava o nome dela, Dara. Há algumas décadas, passei a assumir a persona de sua filha. As pessoas da cidade não se lembram, pois vivem pouco. Mas o doge, ah, Enrico Dandolo tem noventa e quatro anos. E se lembra.

— Mas o seu nome... Agnes...

— Um nome apropriado para a amante de um soldado francês, não?

Ela sorriu, mas não eu.

— Agora temos que tomar cuidado.

— Por quê?

— Porque Enrico Dandolo quer o que todos os homens que chegaram à velhice querem.

— E o que seria isso?

— Viver um pouco mais.

Voltei à casa de Agnes no dia seguinte, mas tudo estava diferente. O encanto do casarão havia se quebrado. Ela fingia que nada acontecia, tocava alaúde, falava de banalidades, mas eu não conseguia. Algo crescia dentro de mim. Aquela raiva que Enrico Dandolo acendera não mais se apagara.

E eu culpava Agnes. Antes dela, estava seguindo firme no caminho de conseguir meu perdão de Deus. Era fácil. O crucifixo. Jerusalém. Perdão. Viver. Agora, via o rosto enfermo de minha mãe em toda parte. Mascar um pouco de erva não mais me trazia paz, mas agonia. Aquele sabor amargo não mais me lembrava de ser forte, perseverante, de não cair em tentação, mas de rancor e medo.

— O que está acontecendo, Pierre? — Agnes me perguntou um dia.

— Nada — eu disse, virando o rosto.

— Não me parece que é nada.

— E não é.

— O que está acontecendo com você? Está diferente, quase como se fosse outra pessoa...

— Talvez eu não seja quem você pensa, do mesmo jeito que você não é o que eu pensei.

Aquilo não era verdade, mas soou tão agressivo como se fosse.

— É por causa do que lhe contei? Escute, Pierre, eu sei que não é fácil escutar algo assim, mas...

— Todos temos nossas histórias e inventamos outras para lidar com elas. Algumas mais ou menos absurdas.

— Eu não estava mentindo! — Agnes se ofendeu. — E não esperei nem por um momento que você entendesse a dimensão do que falei.

Ela se sentou a meu lado, na cama. Delicadamente, tirou uma mecha de cabelo de meu rosto:

— Sei que você sofre por causa de sua mãe. Você fala dela quando dorme. Tudo bem, eu também perdi uma mãe...

Minha mãe. Eu entendia o que Agnes queria dizer, a dor que ela também tinha por ter perdido a sua. Mas ela não sabia, não podia saber o que eu carregava no peito. O que aquele saquinho de ervas e aquele crucifixo significavam. Ela não podia saber o que era carregar uma culpa, um grande pecado. Quase podia ouvir a voz de Dandolo em meus ouvidos sussurrando: *assassino*.
– Eu preciso ir.
Saí do quarto, de súbito. Alguma coisa saindo pela garganta. Queimando.
Não mais voltei à casa de Agnes.

Passava os dias andando a esmo no acampamento e as noites dando voltas no porto. Agnes enviara algumas servas para me procurar na ilha, mas eu sempre inventava desculpas. Em poucos dias, nenhuma delas foi mais vista.
Estava perturbado. Sentia-me encolhido. Não sabia se acreditava ou não naquela história de imortalidade. Explicava em parte a estranheza da casa, o interesse de Dandolo. Mas ainda assim era loucura. Aquilo não era possível. Ninguém vivia para sempre.
Quando pensava naquelas palavras de Agnes, me lembrava de minha mãe, caída de exaustão nos campos, passando os dias na cama, aquela tosse que não parava nunca. E então pensava em sua mão indicando um cálice na mesa, implorando que eu desse um fim à sua dor. Lembrava-me de misturar aquela erva em um vinho ralo, cheirava tão bem, e entregá-lo em suas mãos. Ela bebeu sorrindo, dizendo que era um alívio, que eu era um bom filho. Mas eu me sentia sujo. Quando a enterrei, jurei que iria nos tirar daquela dor. Masquei a erva, enrolei-a no pescoço, decidi-me por Jerusalém. Jesus Cristo nos entenderia. Ele nos perdoaria por aquele ato. E poderíamos viver em paz.
Alívio? Nunca foi um alívio.
Nós compartilhávamos algo maior que uma paixão, Agnes e eu: a morte. Se tivéssemos corrido um pouco mais, se ao menos houvéssemos feito mais, falado mais, sido filhos melhores... No entanto, ela tinha algo que eu não tinha. Tempo. E o gosto disso era mais amargo do que a erva que matara minha mãe.

Eu precisava encontrar aquele alívio. E o teria quando levasse o crucifixo a Jerusalém, rezasse naquela terra sagrada e pedisse a Cristo que me perdoasse e que minha mãe pudesse descansar em paz. Só depois poderia pensar em qualquer outra coisa.

Chegou então a notícia de que finalmente partiríamos de Veneza. O destino era Zara, cidade do outro lado do mar. Através de meus companheiros de acampamento, soube que Zara era uma cidade cristã. Não cristã do nosso modo, mas do modo de Constantinopla. Parecia diferente o bastante. Conquistaríamos Zara para os venezianos, pagaríamos a dívida, partiríamos para a Terra Santa e finalmente tomaríamos Jerusalém para os verdadeiros seguidores de Cristo. Era assim a conversa que corria entre os soldados.

Enrico Dandolo, o doge, era visto rondando o acampamento com frequência. Seus olhos vazios tudo pareciam ver, seu jeito alquebrado e velho causava inquietação. Ninguém ousava fazer piada dele, mesmo quando o viam carregando uma espada ou vestido com uma armadura. Passava quase toda a noite nas tendas dos generais e de manhã era visto rezando na igreja de São Marcos. As palavras de Agnes ressoavam agourentas em meus ouvidos. Aquela queimação no peito voltava sempre que o avistava.

Algumas tropas se retiraram. Senhores nobres ofendidos com a ideia de atacar uma cidade cristã, mesmo que fosse uma cristandade diferente. Eu fiquei. Porque aquele era o caminho para Jerusalém. Precisava do perdão. Perdão por ter dado aquele vinho com ervas a minha mãe. Por ter me distraído de minha missão. Imortalidade... Aquilo era algo que ou era de Deus ou do Diabo. E, naquele momento, não tinha nenhuma certeza.

Na noite antes da partida, Darko veio falar comigo no acampamento. Antes mesmo que me avisassem, eu soube quem era. Sua silhueta magra e alta, atemporal, era única por entre a penumbra da noite que caía.

— Não vá, Pierre. Faça o que quiser, mas não vá com eles para Zara.

— Por que está me dizendo isso? — Eu queria soar indiferente, mas minha voz era frágil e irritadiça.

— Porque você não sabe o que está fazendo. Já esteve numa guerra, Pierre?

Fiz que não com a cabeça.

— Eu já estive em mais guerras do que me orgulho de dizer. E sei o que os homens podem fazer uns contra os outros. Posso lhe assegurar que não é algo bonito. Se você for para Zara, jamais será o mesmo homem. Você poderia ficar. Receberíamos você em nossa casa...

Eu fiz que não com a cabeça e falei devagar:

– Não posso. Eu tenho que ir, tenho que cumprir meu dever.

– Que dever é esse? – Agora era Darko que parecia alterado. – Vocês estão a meio mundo de distância de Jerusalém! Zara é uma cidade cristã. Cristãos moram e fazem a vida por lá, rezam pelo Cristo na cruz do mesmo modo que vocês! Isso é uma intriga de Enrico Dandolo, Pierre, não vê? Zara é um empecilho para Veneza. Uma cidade livre assim, também na costa do Adriático... Eles estão usando vocês para conseguir se livrar de um rival!

– Mas em Zara teremos o dinheiro para ir para Jerusalém e iremos cumprir nosso dever com Deus.

Darko fez que ia dizer alguma coisa. Por um momento, ansiei que ele dissesse. Que ele falasse de Agnes, que ela me amava e sentia saudades. Que ela estava me esperando. Se ele tivesse dito isso, eu teria voltado com ele. Teria dito que estava arrependido, teria acreditado na história, teríamos passado tardes juntos em Veneza, compartilharíamos um banquete e então passaríamos todas as tardes e todos os pores do sol juntos e eu teria tempo para me purificar.

Mas ele não disse nada.

Enrico Dandolo assumira seu papel de líder das tropas numa cerimônia elegante na igreja de São Marcos. Como os outros soldados, eu ouvira tudo do lado de fora. Sussurros passados de boca em boca pela população. Intimidar portos, angariar dinheiro, chegar a Zara e conquistar. Parecia glorioso e impessoal o bastante.

Os venezianos que antes nos desprezavam engrossaram nossas fileiras. Era pela glória de Deus, mas também por um punhado de ouro. Havia uma excitação quente no ar.

O cerco de Zara durou treze dias.

Os navios venezianos pouco ou nada sofreram quando explodiram as defesas do porto. Maquinarias de guerra que até então eu nunca tinha visto foram instaladas e canhões pontuavam a noite, numa tentativa de destruir as muralhas da cidade.

Treze dias.

Quando as muralhas caíram e as escadas improvisadas já não podiam mais ser abatidas, uma tempestade de homens invadiu Zara.

Cruzes e tecidos brancos com temas cristãos estavam dependurados nas janelas. Mas mesmo assim os soldados adentravam as casas. Matavam homens, violentavam mulheres, passavam crianças na espada. Havia disputa por ouro, armas ou qualquer outra velharia que pudesse angariar alguma coisa.

E havia aquele silêncio terrível. Entre um grito e o tilintar do metal, aquele nada opressor. E eu me perguntava se era Deus naquele silêncio, mas não parecia ser.

Matei homens em Zara. Arrastei um baú cheio de tecidos finos para fora de uma casa em chamas, sem saber se havia lá dentro ainda algum morador. Minha espada adquirira um aspecto pegajoso. Encurralara rapazolas numa esquina e dera o sinal para que os arqueiros atirassem. Jogara piche quente em um bando que se amotinava perto de uma das muralhas.

Ao final dos treze dias percebi, para meu horror, que não era a guerra que mudava os homens, mas os próprios homens que se tornavam a guerra. Tinha sangue seco em minhas vestes, em meu cabelo. Estava bêbado na maior parte do tempo. Esquecera as promessas de Jerusalém, do crucifixo de ouro.

Até que acabou. Zara estava em ruínas. Um velho atirara uma flecha em meu antebraço direito. Eu estava deitado no chão, dois soldados discutindo se eu ia viver ou morrer, e então veio o silêncio.

Deus não estava nele.

Acordei com os olhos de Agnes me encarando e chorei como uma criança. Queria estar morto. Queria ver minha mãe, Deus, encontrar alguma paz.

Mas paz nunca é algo que se encontra. Eu só não sabia disso na época.

Acordava a sobressaltos e Agnes cuidava de mim. Colocava compressas frias em minha testa, dava-me de comer e beber, enrolava trapos em meu ferimento. Não havia sorriso em seus olhos, apenas resignação. Quando eu tentava dizer algo, ela colocava o dedo em meus lábios e me mandava dormir. E eu dormia pelo que pareciam ser dias inteiros.

Finalmente acordei numa certa noite. Meu braço não mais latejava e o cheiro podre que antes parecia infestar o quarto tinha sumido.

Agnes estava sentada numa cadeira, perto da cama. Imediatamente meus olhos se encheram de lágrimas. De alegria? Gratidão? Vergonha? Eu não saberia dizer.

– Tudo bem, Pierre. Ficará tudo bem agora. Você está a salvo.

Mas não havia alegria em Agnes. Ela parecia ter sido tomada por alguma doença. Ou talvez fosse apenas cansaço.

– Onde estamos? – perguntei numa voz fraca.

– Estamos em Zara. No que sobrou de Zara – ela acrescentou, olhando pela janela.

– Mas o que você...?

– Você é um bom homem, Pierre. Eu não poderia abandoná-lo. Infelizmente cheguei tarde demais.

Ela chegou mais perto da cama e se sentou. Não tinha mais aquele ar límpido de Veneza. Sua pele estava opaca, seu cabelo estava sujo. Mas ainda assim ela parecia belíssima. Eu já a amava o suficiente naquela altura.

– E seu pai?

– Em Veneza – ela falou, devagar – Vim sozinha. Quer dizer, com Mala.

– C-como?

– Fiz um acordo com Dandolo. Ele sabia que você não era nobre, disse que suspeitou que tínhamos um romance. Somente pela voz, foi o que ele disse. Nossas vozes nos denunciaram.

Eu fiquei quieto. Não sabia o que dizer. Mas, quando ela disse o nome Dandolo, algo negro voltou a se alojar em meu coração.

– Ele sabe, Pierre. Ele sabe o suficiente sobre papai e eu. Eu não poderia fugir, não sabendo que você estava aqui, sabendo que podia ser salvo. Enviei uma carta para Dandolo com uma oferta e ele me recebeu aqui – o sorriso dela era triste.

– Mas você não pode...

– Esse é o acordo. Um jantar. É tudo que ele quer.

– Mas ele é um monstro, Agnes! Um monstro! Você não o viu na batalha, de todos ele parecia o mais lúcido! Montado em seu cavalo, como se pudesse contemplar a destruição. Como se gostasse, como se *quisesse*!

— E todos não querem, Pierre? Não é por isso que você está aqui também? Um punhado de tempo a mais não seria ruim para Dandolo. Ele poderia se purificar com os séculos, tornar-se um homem melhor.

— Não — eu disse, devagar. — Não sei se poderia. Ele não quer Deus, ele quer poder.

— Homens podem mudar de ideia. E quem somos nós para julgar? Além do mais, era o único jeito de estar com você agora. Uma grande tolice, mas as coisas mais importantes geralmente o são.

Ela me abraçou e eu voltei a chorar.

Estava frio em Zara. O terceiro sino da mudança já tinha tocado e eu não percebera.

No dia seguinte, eu estava decidido a resolver o problema. Alguma coisa me dizia, talvez a voz de minha mãe, talvez o medo, que Dandolo não poderia ter a vida eterna. Um homem como ele, vivendo através dos séculos, não se purificaria, era o que eu pensava. Ele não era nenhum peregrino subindo a montanha. Era um velho sedento de poder.

Em minha mente, naquela época, pensava que estava fazendo o que fazia por uma causa melhor. Mas hoje, passados os anos, vejo que fazia aquilo porque queria me sentir o homem bom de Agnes de novo. Queria ser capaz de entregar um pão para um menino faminto. Queria que Deus e minha mãe me perdoassem.

Então peguei o saquinho de ervas pendurado em meu pescoço, que ficava entre a camisa e minha pele, e tirei de dentro dele, com cuidado, o crucifixo de ouro. As ervas tinham um cheiro bom. Quando as misturei ao vinho e dei a minha mãe, parecia uma bebida de nobre.

Quem me entregou o odre foi Mala. Enfiei mais do que o suficiente gargalo adentro, usando quase tudo que tinha. Agora era esperar a noite, o jantar com o doge, talvez um brinde especial e pronto. Agnes e eu iríamos fugir. Pegaríamos um barco e alcançaríamos um navio que levava os espólios de Zara para Veneza. Quando os homens de Dandolo entendessem o que tinha acontecido, já estaríamos longe. Em qualquer lugar da Rota de Seda. Juntos.

Dandolo chegou para jantar em suas melhores roupas, acompanhado por dois homens, que ficaram de guarda na porta. Agnes forçou um sorriso ao recebê-lo e ordenou que a mesa fosse posta.

– Você mesma, minha querida. Quero que você mesma prepare tudo. Não quero nenhuma espécie de artifício acontecendo aqui.

O odre já estava na mesa, eu mesmo o trouxera. Dandolo se sentou, devagar, seus olhos opacos perscrutando a casa.

– A vida eterna pela vida de um soldado francês. Não me parece um preço muito caro, não é mesmo, Pierre?

Eu fiquei em silêncio.

– Ouço sua respiração, rapaz. Sei que está com raiva. Você perturba a vibração do ar à sua volta. Mas espero que entenda que está tudo na mais perfeita ordem. Você sabe que somente um imortal pode matar um imortal, e eu juro, em nome de minha própria eternidade, que jamais farei mal a Agnes. Por que eu faria isso? Uma jovem de beleza rara, imagino.

Ele deu uma risada sonora, interrompida por Agnes, que colocava os pratos e cálices na mesa.

– Está surpreso? Ah sim, eu procuro por imortais há anos. Eles estão em toda parte, sabia? Em pergaminhos antigos, registros da cidade, lendas antigas. E, quando alguém atinge minha idade, começa a adquirir o que é preciso para reconhecer os sinais. Sei que a imortalidade não curará minha cegueira, que já é antiga. Veja só, apenas doenças concomitantes à transformação podem ser erradicadas. Mas a vida no escuro me é tão mais clara... Consigo perceber seu ódio por mim, Pierre. E consigo sentir o cheiro desse maravilhoso vinho que você se recusa a me oferecer.

Por um breve momento, parei de respirar. Será que ele sabia o que havia dentro do odre? Não era possível. Era uma erva de minha terra natal. Haveria dela também em Veneza ou na costa do Adriático?

– Estamos prontos – falou Agnes sentando-se à mesa. Sua voz era quebradiça, assim como seu olhar. – Vou oferecer minha comida.

– Esplêndido!

Dandolo bateu palmas, como uma criança horrenda.

– Espere! – eu falei – Antes, gostaria de propor um brinde. À minha bela Agnes, que salvou minha vida.

— Bastante apropriado — falou o doge, seus olhos estranhamente focados em Agnes. Quase como se pudesse vê-la.

Ela me olhou longamente e eu sorri de volta. Confiante.

Peguei os três cálices tentando não tremer, pois sabia que o velho perceberia qualquer sinal. Coloquei-as em frente a cada comensal e servi o vinho.

— Oh, que maravilhoso! — exclamou Dandolo. — Mas como vou saber que isso não é uma artimanha?

— Porque beberemos também.

Ele se deu por satisfeito. Lancei um olhar a Agnes, que me encarou, com uma expressão que pensei ser de confusão. Mas eu fiz que sim com a cabeça e me entreguei a meu plano. Queria ter me demorado mais naquele olhar, entender suas sutilezas... Quantas coisas não teriam sido diferentes se assim fosse?

O primeiro a beber fui eu. O gosto era tão horrível quanto o cheiro era bom. Mas um pequeno gole não me afetaria, pois eu mascava a erva desde a morte de minha mãe. Desde que fora consumido pela culpa. E sabia que era um amaldiçoado, pois era imune a ela. Assim como Agnes, que foi a segunda a beber, fazendo uma leve careta. Imortal como era, agora eu acreditava, aquela bebida não lhe faria nenhum mal.

Dandolo se levantou, tocou minha garganta e lábios. Certificando-se com o tato de que eu bebera.

Então ele começou a rir. Rir como o velho louco que era.

— Você acha que sou um idiota qualquer, meu rapaz? Acha que não percebi que o cheiro da garrafa era o mesmo cheiro do seu hálito maldito? O que quer que tenha aí não vai fazer efeito em você. Um golpe baixo como o francês baixo que é. Parente do sul da França...! Com esse sotaque, deve ter nascido no meio da lama.

Eu fiz menção de me levantar da mesa, mas o olhar morto daquele velho era tal que conseguiu me fazer ficar sentado.

— Quero meu jantar, Agnes. Sirva-me o melhor banquete de todos.

Ele se encostou na cadeira, presunçoso, um sorriso empapuçado em sua cara magra.

Agnes se levantou, devagar. Um último olhar a Dandolo. Seria pena? Medo? Ódio? Então suas vestes cor de ouro ficaram cor de sangue. Ela vomitava rubro enquanto caía no chão.

— Não... não... O que está acontecendo? O que está acontecendo?

Dandolo berrava, mas eu nada via a não ser aquele vermelho que agora escorria pelo piso. Mala veio de encontro a sua ama, mas eu a afastei bruscamente, debruçando-me sobre Agnes, vendo nela o rosto de minha mãe em agonia.

Ela não disse nada para mim. Apenas me encarou longamente. Então seu corpo parou de convulsionar e ela caiu imóvel em meus braços. Não consegui chorar. Apenas a encarava de volta, na esperança que ela dissesse alguma coisa, qualquer coisa. Por que não dizia nada?

— Que cheiro de sangue é esse? O que está acontecendo?

Mala começou a chorar e berrar em vêneto, mas eu não prestava atenção. Agnes parecia uma criança afogada.

A morte de uma mulher amada às vezes é cantada pelos poetas como beleza. Mas não há nada belo em sangue e dor. Enquanto eu me agarrava ao corpo inerte de Agnes, sentia que nenhum crucifixo em Jerusalém poderia trazer meu perdão. Nenhuma Guerra Santa traria minha redenção. Como pudera ser tão estúpido? Como pudera esquecer que Agnes salvara minha vida?

Somente um imortal pode dar fim à vida de um imortal.

Ela ficara dias junto a mim. Cuidou de meus ferimentos, me *alimentou*. Uma ferida tão grave, curada assim em poucos dias... *Como eu pudera ser tão estúpido?*

Assassino. Assassino. *Assassino.*

— Morta? Como assim, morta? Como pôde me enganar? Ela não era imortal? Darko! — ele gritava com puro ódio. — *Maldito Darko!* Guardas, prendam esse francês! Joguem-no ao calabouço com os prisioneiros nojentos de Zara! Deixem-no apodrecer antes de executá-lo!

Os dois homens me tiraram Agnes dos braços e me arrastaram noite adentro. Os gritos de Dandolo e Mala eram ouvidos ao longe.

O sangue de Agnes estava em minhas vestes. Seu cheiro de jasmim para sempre impregnado em minhas mãos. Seu último olhar me condenando para sempre.

—✦—

— Essa é minha história, padre, e não espero absolvição, pois sei que Deus me abandonou há muito. Mas preciso falar dela, padre, no segredo do confessionário, para que os outros não saibam a minha vergonha. Não saibam que sobrevivi ao calabouço e à guerra e estou aqui hoje, em segurança, enquanto ela está morta.

— Não se desespere, meu filho — falou o sacerdote, do outro lado da tela de madeira. — Deus sempre tem lugar para aqueles que sofrem. Procure Nele conforto para sua mente, procure pela saúde. Procure ajuda. Reze para Nosso Senhor Jesus Cristo, encontre a paz.

O padre começou a rezar e Pierre fechou os olhos, devagar. O clérigo achava que ele era louco. Não seria a primeira vez. Já tinha sido escorraçado da igreja pelo próprio padre, ameaçado por compactuar com o Diabo. Rezar agora era o de menos.

— Perdoai as nossas ofensas — ele fez coro ao sacerdote —, assim como nós perdoamos a quem nos tem ofendido. Não nos deixei cair em tentação, mas livrai-nos do mal, amém.

— Vá em paz, meu filho.

Com essas palavras, Pierre se levantou. Encarou o altar por um tempo, a imagem de Cristo crucificado, que morrera por todos os pecados do mundo. Tocou o crucifixo de ouro que carregava em volta do pescoço numa corrente fina. O cheiro da erva amarga ainda emanava dele.

Haveria algum modo de se redimir? Algum modo de apagar aquela dor?

Achava que não. Agnes ainda era uma lembrança dura em seu peito, assim como sua mãe. Quando pensava nelas, podia quase sentir o sangue. Quase tocar a culpa. Era um assassino havia muito tempo e o seria até o fim de seus dias.

Saiu da igreja e ganhou a rua. Era noite. As pessoas andavam despreocupadas, alheias.

De certa forma, ele também.

Um casal de namorados passou, de mãos dadas, na calçada. Sorriam.

Pierre passou por eles rápido, desviando o olhar. Ganhou a calçada em direção ao porto. Estava cansado, mas sua mente era um turbilhão de pensamentos.

Pai Nosso que estais no céu... A voz do padre ainda enchia seus ouvidos. Sua absolvição não viria dele, mas ainda havia esperança. Uma única esperança.

— Senhor — falou, em português, um jovem marinheiro, que se adiantara assim que o viu aproximar-se dos navios. — Não obtivemos resposta da carta que o senhor enviou, assim como nas tentativas anteriores. Tem certeza de que deseja embarcar nessa viagem, sem saber se ele está realmente lá? É uma terra inóspita, senhor.

— Não se preocupe, José. Você não precisa me acompanhar nessa viagem, mas eu preciso ir. Estou procurando Darko há muito, muito tempo. Sei que ele não quer me ver, sei que ele foge de mim, mas tenho minhas fontes e elas me dizem que ele está lá.

— Senhor, não posso deixá-lo ir sozinho — retorquiu José. Havia nele aquela excitação da juventude que Pierre reconheceu.

— Não vou impedi-lo se esse for realmente seu desejo, mas será difícil.

José deu de ombros e acompanhou seu senhor pelo cais. Uma enorme embarcação enchia a noite, a mesma que, no dia seguinte, os levaria para o Novo Mundo. *O Novo Mundo*, pensava José, sentindo o gosto salgado do vento do mar. Uma miríade de novas possibilidades.

No cais reinava o silêncio, entrecortado apenas pelos poucos trabalhadores que ainda estavam ali.

— Se me permite, senhor, por que procura tanto por este homem?

Pierre olhou para José, sem qualquer irritação ou nervosismo, e disse, devagar:

— Para buscar o perdão. Somente ele poderá me dar a paz que preciso. No mundo todo, somente um homem pode aplacar o que sinto. Darko... — murmurou Pierre, e José percebeu que falava para a imensidão do mar e não para ele. — Darko, Darko... Eu fui a Jerusalém, rezei em túmulos de santos, em relíquias milenares, e não encontrei a paz. Essa só você pode me dar. Você faz da sua indiferença meu pior castigo. Mas eu tenho todo o tempo para encontrá-lo, e meu coração não deseja nada mais do que amenizar esta dor.

Só quero dizer que eu sinto muito.

Livrai-nos do mal. Amém.

O desejo de Pungie
A. Z. Cordenonsi

BEIJING!
Em seus três mil anos, a sua história se confunde com o nascimento da China imperial. Fundada como Jicheng, ela teve múltiplos nomes: Youzhou, Zhuojun, Nanjing, Yanshan, Zhongdu, Yanjing, Dadu, Beiping e, finalmente, Beijing. Até 221 a.C., ano da unificação da China, Beijing foi o centro comercial de vários estados. Somente em 1279 a cidade assumiria o status de capital do Império chinês, sob o comando de Kublai Khan.

Algo impensável na época, considerando que seis décadas o separam do mais cruel ataque perpetuado contra a cidade. Testemunhas descreveram as ruínas de Beijing como um mar de ossos após a fúria saqueadora infligida pelo avô de Kublai Khan. Seu nome era Genghis, mas a história o conheceria como o Cã.

Na época, a cidade se chamava Zhongdu.

Pungie retornava para casa com a cabeça baixa e os passos rápidos de quem se acostumara a percorrer as vielas de Zhongdu em horas inoportunas. Em suas mãos trêmulas ele trazia um saco vazio, que balançava ao sabor do vento enquanto lágrimas secavam em seu rosto vincado pela fome. Balbuciando para si mesmo, ele dobrou uma esquina iluminada apenas pela sombra prateada da Lua – e então foi agarrado por muitas e duras mãos. Lançado ao solo, Pungie levou uma bofetada e a face se avermelhou pela segunda vez na noite.

– Um coletor! – exclamou um dos assaltantes, cujo hálito fedia ao vinho de cereais chamado *huangjiu*.

– Um funcionário público – concordou o outro, girando distraidamente um porrete nas mãos. – Hoje era dia da ração. O saque vai ser gordo.

Muitas risadas se seguiram, e Pungie choramingou baixinho, com o rosto escondido nas sombras, enquanto amaldiçoava a falta de sorte. A sacola lhe foi tomada, mas somente uma imprecação aguda lhe atingiu os ouvidos.

– Onde está a comida? – gritou o primeiro assaltante, chutando-lhe as canelas.

– Não... não tenho nada... Acabou tudo – mentiu Pungie, com as mãos unidas em súplica.

– Mentira! – gritou o segundo, acertando-lhe uma pancada nas costas.

Pungie urrou e se contorceu. O seu *wushamao*, o chapéu de duas abas de uso exclusivo dos oficiais civis ou militares, rolou para o lado, e da sua cabeleira surgiu um pingente na forma da garra de um lobo.

– Um *khitan*! – exclamaram, mal acreditando no que viam.

– Uma pulga mongol dentro da nossa cidadela? – gritou o segundo assaltante, girando o porrete com ferocidade.

– Não sou mongol! Não sou mongol! – jurou desesperado Pungie. – Sou da Manchúria! Sou chinês!

O assaltante se aproximou com os olhos injetados de sangue e agarrou os seus cabelos.

– Só há *jin*! Só há chineses! Você é estrangeiro, cão!

Pungie fechou os olhos, esperando pelo golpe final. Parte dele sentiu quase um alívio quando o assaltante levantou a sua cabeça, deixando a jugular aberta para uma faca assassina, mas seu sofrimento miserável estava longe de acabar. Eles o espancaram, como era esperado, mas não ousaram matar um oficial civil.

Depois de cuspir no chão, os assaltantes se afastaram, olhando com desprezo para o funcionário público. Nesse gesto – desdenhado até mesmo por assaltantes de rua – ele percebeu que sua vida terminara. Pouco lhe importava agora se morreria de fome ou trucidado pelas hostes do Cã quando a parca resistência de Zhongdu se entregasse, dando fim ao cerco que completaria um ano na semana seguinte. Sua carreira chegara ao fim.

Para um *khitan*, descendente das tribos nômades mongóis que haviam atravessado a fronteira séculos antes, Pungie alcançara uma glória inaudita. Três gerações haviam preparado o seu futuro; ainda muito jovem, as economias guardadas pela família permitiram que ele frequentasse uma boa escola preparatória. Após passar pelos inúmeros exames imperiais, Pungie foi aceito como um *literati*, um discípulo de Confúcio e mestre nas Quatro Artes.

Quando Zhongdu foi sitiada pela primeira vez, ele acabou escolhido pelo próprio imperador Xuanzong para trabalhar na coleta de taxas. Um gesto elegante e diplomático, mas que se mostrou totalmente inútil: o Cã não estava interessado em governar a cidade e tampouco nos seus antigos conterrâneos. Ele viera para saquear a China.

Orgulhoso, Pungie exibia seus ornamentos *khitan* em suas vestes de trabalho, lembrando a todos que, mesmo não sendo um *jin*, ele era chinês e gozava de uma posição que muitos almejavam.

Seu senso de oportunidade não poderia estar mais equivocado.

Depois de assinar um armistício com o Cã no ano anterior, o imperador Xuanzong decidiu se retirar para o interior, reorganizar o seu Império e, principalmente, o seu exército. Uma guarnição *khitan* se rebelou contra Xuanzong e se uniu aos mongóis. O Cã se irritou ao saber dos planos do imperador e retornou às portas de Zhongdu. O cerco recomeçou, e o general mongol se encarregou pessoalmente de destruir e saquear qualquer caravana que se aproximasse da grande cidade. Dia a dia, a capital do antigo Império definhava, junto com os seus moradores.

Os *khitan* caíram em desgraça; à medida que o tempo passava, os superiores de Pungie passaram de uma aversão dissimulada ao desprezo absoluto. Por fim, naquela noite, a ração dele e de toda a sua família fora cortada por completo.

– Pule o muro e peça comida para o seu Cã! – foi o que lhe disseram, antes de o espancarem e distribuírem a sua parte da ração entre os funcionários *jin*.

Pungie passou a mão nas costas doloridas e tateou no escuro até encontrar a bolsa. Sentindo cada músculo se retorcer, ele se levantou e se pôs a caminho, achando mais por instinto a trilha que o levou até a sua casa no *hutong* Juo'er. Lá, encontrou a esposa, Mengsu, com o seu filho menor no colo, chorando, enquanto o mais velho cutucava buracos na parede, na vã esperança de caçar um rato. O garoto não tinha como saber que todos os camundongos já haviam sido capturados vários meses antes, e Pungie não tinha forças para discutir o assunto naquele momento.

— Onde está a comida, *ben dan*?

Ben dan era um apelido rude e mal-educado, e a grosseria queimou em seus ouvidos; nos últimos tempos, Mengsu se tornara irritadiça e, às vezes, violenta. Se fosse pela fome ou por ter se arrependido de ter casado com um *waiguoren*, um estrangeiro, Pungie não saberia dizer. Mas ele percebia os dedos do sogro na mudança do comportamento da mulher.

— Acabou, minha flor de jasmim — mentiu ele. — Não há mais nada.

O bebê no colo pareceu perceber o que o pai dizia, pois desatou num choro estridente que perturbou os seus ouvidos machucados pela surra. Mengsu olhou feio para o garoto, que fez um beiço enorme antes de enfiar o rosto lavado pelas lágrimas no colo da mãe.

— E o que você espera, homenzinho? — disse ela, olhando para baixo. — Que nos alimentemos de vento? Quer nos transformar em *eguis*? Em fantasmas de osso e pele?

— Não, flor de jasmim. Não. Eu... eu vou dar um jeito... — disse Pungie, suplicando uma vez mais naquela noite. — Eu vou arranjar comida.

— *Tian na!* — exclamou ela, invocando a proteção contra o mal com os dedos cruzados antes de estender o braço para o filho mais velho. — Venha, Yun-Shi! Nós vamos até o seu avô.

— Não é necessário! — implorou o marido. — Eu vou conseguir comida. Eu só preciso de mais tempo.

— Homens não trazem promessas para o jantar — respondeu Mengsu, saindo porta afora com os filhos e deixando Pungie abraçado à própria amargura.

Pungie acordou com o gosto amargo do estômago esfomeado arranhando a sua garganta. Dormira no chão, ainda agarrado à bolsa vazia, e seus músculos doloridos cobravam o preço da acomodação precária. Levantou-se e, mesmo trêmulo pela fome e pelo cansaço, tirou o pó das vestes sujas com uma escova de cerdas e escondeu os longos cabelos no *wushamao*. Tinha acordado com uma decisão formada e pretendia levá-la a cabo, apesar de não ter certeza se o pensamento fora provocado pelos delírios da fome acentuada ou se esse era o único curso de ação que lhe restava.

Deixou o pequeno apartamento e saiu para a rua quando o Sol brilhava tênue lá fora. Tinha por companhia somente o canto dos poucos pardais que ainda gorjeavam pela cidade e uns raros transeuntes que buscavam água em tachos de cerâmica. Mesmo com a cabeça baixa, não deixou de ostentar o *wushamao* do funcionário público, garantia de que pelo menos o deixariam em paz, apesar dos olhares insidiosos de muitos que já haviam contribuído compulsoriamente para os esforços na guerra contra o sítio demorado dos mongóis.

Apesar de ter se mantido afastado da *hutong* Bada nos últimos anos, os seus pés sabiam exatamente onde levá-lo. Com o orgulho em farrapos pelos últimos acontecimentos, Pungie caminhou rápido pelas vielas com a pressa de quem não tinha mais nada a perder. À medida que se aproximava, notou os olhares que escapavam das portas e janelas, entre surpresos e perturbados pela presença de um tributador em zonas tão baixas da capital. Pungie se encolheu ainda mais em seu *hanfu* e baixou os olhos, acompanhando o caminho calçado de pedra que o levou até uma casa rústica, a qual se erguia sozinha no final da rua tal como uma erva daninha crescendo em um jardim bem cuidado. A construção parecia uma iurta mongol, recoberta por camadas e mais camadas de peles curtidas e seladas por banha de carneiro. O cheiro nauseante era perceptível de longe; as flores apodrecidas em vasos quebrados e as carcaças de animais ressequidos penduradas do lado de fora somente reforçavam o aspecto lúgubre do local.

Engolindo a saliva que ameaçava escapar pelos lábios ressequidos, Pungie afastou as peles com as pontas dos dedos e entrou.

O ambiente era tão opressivo e escuro quanto ele se lembrava; o calor era denso e recheado de perfumes. Isso ressuscitou medos infantis que Pungie passara boa parte da vida adulta tentando esquecer. A sua família se sacrificara pela sua educação, fornecendo-lhe tutores adequados, tinta e penas. Mas, à noite, o medo do fracasso o assolava e os pesadelos se entranhavam em seus lençóis como o óleo fervente das lanternas. O garoto acordava assustado e berrando; logo, o cansaço se tornou obsessivo e uma febre persistente se alastrou pelo seu corpo. O *yi jia* fora chamado, mas ele pouco fizera, receitando apenas diminuir os esforços. Os seus pais não aceitaram a recomendação do médico e, após muito discutir, trouxeram a única pessoa que achavam que poderia ajudar.

Wu Sao e suas práticas não ortodoxas: um eufemismo para a bruxaria mongol da tia de quem Pungie nunca ouvira falar. Ele se lembrava do medo que sentira daquela mulher em seus xales estranhos e o cheiro horrível de morte que trazia impregnado em seus dedos. Ela dissera que ele aprenderia mais com ela do que com aqueles preceptores imbecis. Tentara convencer a família a deixá-lo com ela, pois poderia aplacar os seus demônios. A irmã ficou horrorizada com a sugestão e quase a expulsou de sua casa. Dando de ombros, Wu Sao concordou mesmo assim em ajudar. Ela fizera uma infusão de ervas de sabor terrível e invocara seus demônios e fantasmas; fosse por medo daquela mulher ou pela força das especiarias que o garoto não reconhecia, o fato era que os pesadelos cessaram e Pungie prosseguiu em seus estudos. Agora, vinte anos mais tarde, recorria novamente à força misteriosa daquela mulher.

Na iurta havia uma panela tão enegrecida quanto os olhos de um felino. Envolta em seus xales malcheirosos e recoberta por uma máscara de *tiangou*, o demônio cão, Wu Sao estava imóvel. Por um momento, Pungie chegou a imaginar que a velha feiticeira finalmente havia percorrido o último caminho até seus ancestrais, mas uma tosse seca o demoveu desta ideia. Wu Sao tossiu mais duas vezes e retirou a máscara, encarando o sobrinho pela primeira vez depois de quase duas décadas.

– Você está mais feio do que eu me lembro.

– A senhora também parece bem – retrucou Pungie.

Wu Sao soltou uma gargalhada quase histérica e fez um gesto rápido para que ele se juntasse a ela. Pungie espalhou o quimono em um tapete grosso de sujeira. A velha bruxa se levantou como se fosse a última coisa que conseguiria fazer naquele mundo e serviu duas xícaras com o líquido da caldeira, passando uma para o sobrinho antes de voltar a se sentar.

Pungie quase cuspiu depois de provar a beberagem.

– É chá salgado, filho de uma mula manca – resmungou a velha em desaprovação. – Isso é bebida de homens. Bebida *khitan*.

Ele se contorceu e, mesmo sem querer, uma expressão de desagrado lhe passou pelo rosto.

— Ah, entendo! – continuou Wu Sao, depois de um bom gole. – Os costumes *khitan* lhe parecem bárbaros. A cortina da civilização *jin* cobriu seus pensamentos, assim como à minha irmã.

Pungie nada disse; afinal, não havia argumentos para discutir com a tia. De fato, essa era a verdade. Desde que passara a frequentar as escolas preparatórias, ele abandonara a tradição *khitan* para absorver a civilidade chinesa. Utilizara a sua origem para ganhar espaço no séquito do imperador, mas, agora que ele se fora, os seus ancestrais se tornaram um fardo pesado demais para carregar.

— Então, você se tornou um dos animaizinhos de estimação do imperador – comentou ela, quase como roubasse os pensamentos de Pungie. – Se rebaixou aos chineses, mesmo tendo sangue *khitan* em suas veias.

— Os *jin* governam metade do mundo – resmungou ele, defendendo-se.

A velha gargalhou.

— Mas um mongol o expulsou daqui com meia dúzia de flechas – rosnou ela, provocativa. – O imperador Xuanzong entregou-lhe a princesa Quicheng e uma montanha de ouro para escapar com vida.

As faces de Pungie enrubesceram. Falar assim do imperador era considerado alta traição e, mesmo sem querer, ele se viu olhando para os lados como se alguém pudesse estar ali a observá-los.

— A palavra do imperador vale tanto quanto estes xales encardidos – resmungou a velha, olhando com raiva para o sobrinho. – Acredita, realmente, que ele ainda tenha algum poder dentro destas muralhas sitiadas? Bah! Mais de um alto nobre já me prometeu metade da sua fortuna se eu pudesse trocá-lo de lugar com o imperador!

— E a senhora pode, Wu Sao?

A velha balançou a cabeça para a expressão esperançosa de Pungie.

— Se eu pudesse eliminar esta pulga de um pônei castanho que assola nossas muralhas eu teria me tornado consorte de Xuanzong – resmungou ela.

— Achei que a senhora concordasse com o Cã – comentou ele, cautelosamente.

— Ele é um guerreiro, pequeno servo. Mas é um mongol e, como tal, não passa de um estúpido criador de ovelhas com um arco na mão. Nossos antepassados fizeram bem em abandoná-los e partir para a Manchúria. É lá onde reside o verdadeiro poder – concluiu ela, e seus olhos brilharam, refletidos nas labaredas que lambiam os últimos gravetos de lenha.

Pungie permaneceu em silêncio, sem saber muito bem como começar a dizer o que precisava.

– Eu não tenho muito dinheiro... – disse ele, olhando rapidamente para os lados. – Houve problemas...

– Você casou o seu irmão morto, não foi?

Pungie quase deixou cair a xícara; não imaginava que a tia se mantinha a par dos problemas da família.

– Tolo supersticioso – resmungou ela, terminando a sua xícara de chá salgado. – Lei Jun precisava tanto de uma esposa fantasma quanto eu do seu ouro.

Ele passou os olhos rapidamente pela cabana empobrecida. Wu Sao notou o seu gesto e, com um dar de ombros, puxou o resto dos xales que se espalhavam pelos tapetes. Uma coleção impressionante de estátuas, colares e bugigangas de ouro e prata resplendeu por um curto espaço de tempo antes de ela cobri-los novamente.

– Como...

– Situações desesperadoras fazem bem para os negócios – disse ela, dando de ombros.

Pungie sentiu uma dor de cabeça lancinante; não poderia comprá-la. Nem mesmo em dez anos teria dinheiro suficiente para adquirir apenas uma daquelas peças.

– O que você quer, afinal? Matar o Cã? Arruinar o imperador? Conseguir comida?

Ele fechou os olhos pequenos e a encarou.

– Eu quero salvar a minha família – disse.

– Sua família? – repetiu ela, gargalhando. – Pelos Quatro Grandes, não imaginava isso de você. Por semanas me adularam com os mais vistosos presentes, buscando uma solução mágica para o impasse que assola nossa cidade. Como se os espíritos tivessem a força ou o desejo de se meter em tais assuntos. Salvar a sua família? Este é um desejo egoísta, desprezível...

Pungie engoliu em seco, envergonhado.

– Mas realizável.

Ele precisou de alguns momentos para entender o que a velha

bruxa tinha dito. Piscando os olhos ressequidos, ele a encarou, permitindo-se um bocado de esperança.

– Eu tinha grandes expectativas a seu respeito, sobrinho. Muitas expectativas. Mas trocou meus ensinamentos pelas palavras daquele charlatão.

Pungie se sentiu ultrajado.

– Confúcio foi...

– *Tian na!* Não me fale neste nome. Vivem presos a ele como se suas palavras fossem escritas com o sangue dos deuses. Idiotas! Todos eles!

Pungie se encolheu ainda mais.

– Não necessito de ouro, tampouco vestes ou incensos – resmungou ela, olhando com desdém para a pilha coberta pelos xales bolorentos. – E, apesar de sua família me tratar com o desprezo reservado aos cães vadios, não negarei ajuda ao sangue do meu sangue.

Pungie se ajoelhou na frente da tia, agradecendo aos seus pés por três vezes.

– Traga-me um chumaço do cabelo dos seus dois filhos – pediu ela. – E um pedaço de carne.

Ele tremeu uma vez mais. O cabelo era fácil, mas conseguir um pedaço de carne em Zhongdu talvez fosse mais difícil do que escapar das suas muralhas. Wu Sao notou a sua hesitação.

– O espírito que eu invocarei precisa ser agradado – disse ela. – Espera conseguir seu desejo a troco de nada?

Pungie balançou a cabeça com sofreguidão, temendo ter ofendido os espíritos com seus pensamentos.

– Então vá! – ordenou ela. – E retorne antes da próxima lua cheia, pois os mongóis não tardarão!

Pungie percorreu boa parte de Zhongdu até o *hutong* Yangshi, onde o sogro morava. Quando chegou, já era o início da noite, e uma fumaça espessa escapava da chaminé de Ji Huang, trazendo às suas narinas o aroma espesso das folhas de chá verde em infusão. Prática comum nos últimos meses, os chás com folhas cada vez mais esparsas eram utilizados para enganar a fome ao preencher o estômago com o seu calor reconfortante.

Aproximou-se da casa com cuidado, pois sabia que seria mal recebido. Decerto acreditariam que estava atrás de uma refeição, e, embora a sua fraqueza provavelmente não lhe permitisse recusar tal oferta, precisava manter-se firme em seus propósitos. Ver os filhos seria fácil e cortar-lhes chumaços dos cabelos não seria mais difícil, mas um pedaço de carne... Bem, Ji Huang era açougueiro e talvez houvesse mantido uma parte para o seu próprio sustento e dos seus. Era com isso que ele contava, apesar do roubo pouco lhe agradar.

Pungie limpou os pés na calçada, retirou os sapatos e entrou na casa, anunciando a si mesmo em alto e bom som. Sua sogra apareceu por um momento, levou a mão espalmada aos lábios finos e desapareceu dentro da casa. Ji Huang surgiu um segundo depois, pisando com força no assoalho e se aproximando de Pungie com cara de poucos amigos.

– Você não é bem-vindo aqui – resmungou ao se aproximar do genro, que era quase meio metro menor do que ele. – Já está cheirando tão mal quanto os parvos mongóis, *khitan*.

Pungie engoliu o insulto, até porque concordava com ele. Não se banhava havia dois dias e passara horas enfiado na iurta da velha bruxa.

– Vim ver meus filhos, como é meu direito.

– Estrangeiros não têm direitos em Zhongdu.

– Eu sou um funcionário público – retrucou Pungie.

– Bah! Isso vale tanto quanto folhas ao vento. Os soldados não darão importância às lamurias de um *khitan*.

– Talvez, mas a comida foi confiscada nas últimas semanas para a separação justa. Decerto ficarão interessados em revistar um açougue.

Ji Huang empertigou-se e, por um momento, Pungie percebeu que acertara em suas suposições. O seu sogro era ganancioso e rude, mas sempre colocara a família em primeiro lugar. Era claro que ele escondera parte do próprio suprimento.

– Somente o tempo de fervura do chá, *khitan* – resmungou ele, abrindo caminho pela casa e o conduzindo até um aposento vazio.

Pungie permaneceu ali até que Yun-Shi apareceu; o filho mais velho trazia o irmãozinho pela mão. Como ele já esperava, sua esposa não veio.

Ele abraçou demoradamente os dois filhos e disse algumas palavras reconfortadoras em seus ouvidos, apesar delas parecerem desconexas e sem sentido. Como poderia dizer-lhes que tudo ficaria bem se as suas últimas esperanças estavam depositadas nas mãos de uma velha feiticeira que ele temia quase tanto quanto os mongóis? O que poderia ela fazer para salvar-lhe os filhos?

Piscando demoradamente para afastar tais pensamentos, ele ficou por mais alguns momentos com os filhos e, com os movimentos suaves, puxou a adaga e cortou uma madeixa dos seus cabelos.

– Apenas para mantê-los como uma lembrança de vocês – mentiu para os garotos assustados.

Então, após dar-lhes as últimas recomendações, pediu um único favor:

– Fiquem aqui por alguns minutos. Não quero perturbar o seu avô com a minha saída. Depois, voltem para a sua mãe.

Yun-Shi assentiu e segurou a mão do irmão menor, que quis chorar quando o pai fez menção de sair.

Com o coração apequenado, ele se afastou, esgueirando-se pela casa até os fundos. Depois de olhar para os lados, ele se agachou e foi até o antigo galpão construído ao lado de um salgueiro. Sabendo o que procurar, não foi difícil para Pungie achar os vasos selados com cera de abelha. Ele abriu uma tampa e encontrou duas peças de carne salgadas: um quarto de porco e um pernil de ovelha.

A sua fome era tanta que Pungie precisou se controlar para não arrancar um naco e comê-lo ali mesmo. No entanto, ele sabia que aquela talvez fosse a única refeição dos seus filhos pelos próximos dias. Controlando-se, ele mordeu os lábios, arrancou um pedaço do carneiro e o enrolou em suas roupas.

Como um ladrão barato, Pungie fugiu na noite negra, o coração disparado pelo ato que praticara e o sangue quente palpitando-lhe nas têmporas adormecidas.

A iurta fedia a sangue. Wu Sao esmagara o pedaço de carne que Pungie trouxera e espalhara o líquido coagulado nas roupas e nas faces trêmulas do sobrinho. Depois, preparara uma beberagem adstringente que ele bebera com repugnância. A bebida lhe causou tonturas; desequilibrado, ele precisou se sentar nos tapetes grossos para não cair.

Wu Sao lhe abriu as vestes e derramou parte do líquido em seu peito. Pungie gritou de dor.

– Altíssimo Abismo das Magias Esquecidas! – exclamou a bruxa enquanto preparava uma tigela de barro, riscando caracteres com o sangue coagulado.

– Suba para o céu e para a terra, filho do trovão. Abra as bandeiras dos céus e chame imediatamente a força dos guerreiros divinos. Comande-os sem demora, pois a necessidade é premente. Venha, Chi You! Deus da Guerra, da Fome e da Morte! Prontamente, prontamente, de acordo com as leis e ordenanças!

Enquanto ela cantava, nuvens espiraladas surgiam entre os olhos de Pungie, que se debatia entre sonhos febris e a realidade do tapete que suas unhas arranhavam. Ele viu cenas de batalha percorrerem sua mente, soldados se atracando como em um balé macabro enquanto criaturas reptilianas avançavam por entre os corpos, jorrando fogo das ventas e expulsando os atacantes com suas grandes asas de couro. A cena se dissolveu e ele viu um grande mar invadir as planícies, arrasando cidades inteiras enquanto uma mulher com o corpo de serpente sibilava à sua frente, enfrentando o dilúvio. Então, viu um imperador em trajes dourados rabiscar caracteres em um grande livro enquanto consultava os moribundos; o vento leste espiralar por entre as montanhas e expulsar invasores montados em camelos, espalhando seus turbantes pelo deserto; um homem alto, com um terceiro olho na testa, investir contra demônios negros, acompanhado por uma besta que lembrava um cão; e um homem, com seu grande arco negro, saltar pelas montanhas enquanto disparava flechas nos céus. Por fim, as cenas se confundiram e embaralharam e ele viu a si mesmo, o único sobrevivente de uma batalha que ceifara homens como em uma plantação de trigo. Ele olhou para as próprias mãos encharcadas de sangue e não reconheceu aqueles dedos grossos calejados pelo manuseio da espada. Trôpego, ele avançou até um elmo partido e o segurou em suas mãos, olhando o próprio reflexo.

Horrorizado, Pungie gritou antes de desfalecer.

Enquanto o sobrinho se debatia em seu leito, Wu Sao, usando uma linha feita de tripa de carneiro, costurava os fios de cabelo das crianças em dois bonecos de folhas secas. Depois, ela mergulhou os bonecos na beberagem que oferecera a Pungie e os deixou secando perto do fogo. Puxando um cachimbo fino, permaneceu as próximas horas fumando enquanto velava o sono conturbado do sobrinho.

Pungie acordou com a cabeça latejando. Seu corpo doía e seus ouvidos ressoavam com uma batida que parecia ecoar em seus ossos. Ele precisou de alguns minutos para entender que as pancadas não provinham da sua mente turva.

– O que... o que está acontecendo? – murmurou, enquanto se sentava.

– As máquinas de guerra dos mongóis – resmungou Wu Sao, enquanto remexia uma panela de onde subia o delicioso cheiro de um caldo grosso e borbulhante. – Eles estão destroçando o muro leste.

Pungie piscou várias vezes e precisou esfregar os olhos para que sua visão desanuviasse e ele entendesse o que a tia falava.

– Os mongóis... Aqui?!

– Sim, onde você queria que eles estivessem, *tian na*? – respondeu Wu Sao com irritação. – Achou que eles iam simplesmente embora depois de tanto tempo? Tome! – disse, oferecendo-lhe uma tigela onde despejou uma boa porção do caldo.

Pungie tomou a sopa de uma só vez, percebendo o gosto somente depois que esvaziara a tigela.

– É a carne que trouxe para Chi You? – perguntou, horrorizado.

– O espírito não parecia interessado nela e achei que você faria melhor uso – respondeu a velha, com um sorrisinho, enquanto se servia de uma porção.

– Velha charlatã! – gritou Pungie, levantando-se com raiva. – Você condenou a todos nós!

Wu Sao perdeu a paciência.

– Vá embora! – gritou, com um gesto irritado. – Não há mais nada para você aqui!

Pungie apertou os lábios, mas se conteve. Não havia nada a ser feito. Logo, os mongóis atravessariam os muros, e o destino da tia estava tão selado quanto o seu. Cuspindo no chão, ele saiu da iurta, os passos mais firmes pela sopa que lhe reconfortara o estômago levando-o para longe da tenda da bruxa.

Com a curiosidade mórbida de quem sabia não poder escapar do próprio destino, ele avançou em direção ao ríspido som da guerra. Se fosse morrer naquele dia, pelo menos gostaria de ver do que eram feitos os seus algozes.

O muro externo havia caído. Depois de quase um dia inteiro, as catapultas que o Cã havia surrupiado durante toda a sua investida pelo planalto chinês finalmente haviam derrubado as duas torres, liberando o muro para o ataque dos seus soldados. Liderados pelo próprio filho do comandante, um *tuman* de dez mil homens investiu contra a muralha e derrubou o portão, massacrando a primeira linha de defesa. Obedecendo às ordens do seu general, os chineses recuaram para a segunda linha fortificada enquanto os mongóis invadiam a cidade.

A maior parte da população civil seguiu os soldados para o interior de Zhongdu, abandonando casas e lojas. Os poucos que se atrasaram foram exterminados pelos mongóis.

Pungie observava tudo do alto de uma estupa, que ele escalara depois de fugir da iurta de Wu Sao. Horrorizado, ele viu o portão cair e os mongóis invadirem a sua cidade, matando todos que apareciam à sua frente.

Um ódio fervente brotou de suas entranhas; ele e sua família estariam mortos em poucas horas e ele perdera o último dia de sua miserável existência correndo atrás das palavras de uma bruxa velha. Depois de anos estudando, depois de alcançar aquilo pelo que ele e a sua família haviam lutado por tanto tempo, tudo viria abaixo por causa do orgulho de um mongol de cenho franzido.

Pungie apertou os dentes até sentir os molares trincando. Suas mãos tremiam e de seus músculos ressequidos pela fome brotaram gotas de suor encarnado. Então, no meio da multidão de soldados que avançavam com as espadas em riste, ele viu. Montado em um pônei malhado e vestindo pesados trajes de couro cozido, o Cã em pessoa surgiu por entre nuvens de fumaça e pó, liderando seus homens para o saque.

Com um salto elegante, Pungie foi até o chão. Seus olhos se estreitaram e sua mente se desanuviou completamente; agora, ele tinha um propósito. A sua última e derradeira vingança.

Pungie avançou, pescando no caminho uma espada e uma adaga que seus conterrâneos haviam deixado no caminho.

"Não!" – gritou para si mesmo, em uma voz que não pareceu a sua. – "Eles eram *jin*, chineses crescidos entre flores e pergaminhos. Eu sou um *khitan*! Um nômade das estepes!"

Com as forças renovadas, ele avançou.

O primeiro soldado mongol mal pôde ver o que o atingiu; Pungie surgiu como um felino por suas costas, trespassando-o com a espada na região mole do fígado. Ele deixou o soldado moribundo para trás e avançou contra outro inimigo, que chegou a esboçar uma reação, mas seus movimentos foram muito lentos. Pungie aparou um golpe e enfiou a adaga em sua garganta, sentindo o esguicho acre do sangue que respingou em suas faces. Como um animal enjaulado que perde o controle de si, ele correu até o meio dos invasores, golpeando com uma fúria homicida.

Ele sentiu alguma coisa espetar seu ombro, mas não se importou. Pungie girou sob os próprios calcanhares e encarou dois soldados. O primeiro ele matou usando a espada como um porrete, que rachou o crânio do invasor. O segundo mongol estocou e a lâmina riscou o seu peito, cortando as vestes e deixando uma linha que escorreu como uma cascata rubra. Pungie acompanhou o movimento do soldado e cravou a adaga embaixo da sua axila, empurrando-o para o chão. Nesse momento, seu braço esquerdo pendeu frouxo e ele finalmente notou que havia uma flecha cravada na altura do ombro. A esta se seguiram mais duas, acertando-lhe o braço e a perna direita.

Pungie as olhou com curiosidade, como se estivesse observando o corpo de outra pessoa. Sem pestanejar, ele continuou avançando e enfrentou mais três homens, trocando golpes furiosos até derrotá-los. Mais flechas voaram; sua espada foi arrancada quando um soldado mongol conseguiu prendê-la em um golpe rápido. Ele não se abateu; arrancando uma flecha do próprio corpo, cravou-a na altura do coração do inimigo, chutando-o no peito. Com a espada do mongol, abateu mais um soldado que ousou se aproximar demais.

Gritando, Pungie correu em direção ao Cã, oferecendo o próprio corpo para o batalhão de arqueiros que o utilizaram como um alvo de treinamento. Mesmo assim, ele conseguiu se aproximar, rasgando corpos com sua adaga e urrando em fúria até que um dos soldados lhe partiu o crânio com um porrete. Os olhos avermelhados ainda se viraram com a íris em brasa frente ao seu algoz antes de desfalecer aos pés do cavalo do general, que observava tudo com a expressão carrancuda.

– Pelo Pai Céu e Mãe Terra, quem é este homem? – perguntou o Cã.

Um dos soldados se aproximou do corpo sem vida de Pungie. Depois de alguns momentos, ele levantou o *wushamao* com a sua espada.

– Ele era um funcionário, meu Cã.

– Um escriba *jin*? – repetiu o Cã, fazendo uma careta. – E como ele matou uma dúzia dos meus homens?

O oficial que estava ao seu lado abaixou os olhos, envergonhado. Mas, antes que encontrasse uma justificativa, uma velha se aproximou com os passos incertos e as costas alquebradas. Ela andava devagar, apoiada em um longo cajado.

– Ele era meu sobrinho – disse Wu Sao, falando fluentemente a língua mongol. – E ele não era um cão *jin*. Era um *khitan* que temia pela vida dos filhos.

O Cã meditou por um bom tempo sobre aquelas palavras.

– Traga-os aqui – pediu ao seu oficial, que assentiu e desceu do pônei para falar com a velha. Depois de pegar as indicações com a mulher, o soldado seguiu com um grupo fortemente armado e trouxe Mengsu, seu filhos e seus pais à presença do Cã.

– Quem são estes? – perguntou ele.

– São os pais da esposa do escriba, meu senhor.

– Não precisamos deles.

Não foi necessária uma segunda ordem. Os dois foram passados na espada e seus corpos caíram no chão, lavando a calçada com mais sangue. O Cã não pareceu notar ou se importar com o choramingo de Mengsu ou dos netos que viram os avós serem assassinados.

– Pergunte se ela reconhece aquele homem.

O oficial, que falava a língua dos *jins*, se virou para a mulher e trocou algumas palavras com ela.

– Ela disse que é seu marido, mas não me parece que tenha muito amor pelo companheiro.

– Diga-lhe que ele se sacrificou por eles. Que ele enfrentou meus homens como um guerreiro e não um covarde *jin* que se esconde atrás de muralhas.

O oficial falou e as palavras causaram tal espanto em Mengsu que ela nada disse.

– Dê-lhes uma carroça – ordenou o Cã. – E suprimentos. Mande-os saírem da cidade.

– Sim, meu senhor – respondeu o oficial, levando-a embora junto com os seus filhos. Depois de providenciar para que as ordens do Cã fossem seguidas à risca, ele retornou.

– E agora, senhor?

– Matem todos. Queimem esta maldita cidade.

O oficial abriu um sorriso e virou a sua espada com força, atingindo em cheio a velha bruxa. No entanto, a lâmina apenas cortou os trajes, que caíram no chão como um tapete velho. O corpo de Wu Sao desaparecera.

– Onde ela está? – perguntou a ninguém em particular. Depois repetiu a pergunta, desta vez olhando com ferocidade para os próprios soldados.

– Onde ela está?!

– Às suas ordens, capitão – disse o Cã, sem erguer o tom de voz.

O oficial se virou e fez uma pequena reverência. O Cã aceitou o gesto, baixando a cabeça. Então, o oficial liderou a horda mongol e Zhongdu foi queimada como uma pira funerária.

Mengsu açoitava os cavalos que empurravam a carroça para longe dos gritos e do cheiro de fumaça. As lágrimas escorriam por seus olhos enquanto a lembrança do assassinato dos pais ainda fervilhava em sua mente. As palavras do guerreiro mongol foram confusas, e ela ainda duvidava de sua veracidade. Como poderia o imprestável do seu marido tê-los salvo? E, mesmo assim, ali estava ela, fugindo ao massacre do invasor. Em alguns momentos aquilo lhe parecia tão irreal que ela precisava se beliscar para ter certeza de que não estava tendo algum tipo de pesadelo.

Atrás, os dois filhos choravam, os olhos queimados pela fuligem que caía sobre eles como uma chuva borralha da cidade calcinada. O irmão mais novo se aninhara nos braços de Yun-Shi, que não tinha palavras de consolo depois de ver o pai estraçalhado e os avós assassinados. Mesmo após tanto tempo de cerco, os garotos ainda mantinham a esperança infantil de que tudo daria certo – e acabaram sendo levados abruptamente para a realidade da guerra dos homens.

– Calma, meus pequenos – disse-lhes uma voz.

Yun-Shi quase gritou quando viu a velha ao seu lado, sacolejando na carroça que escapava velozmente de Zhongdu. Wu Sao os abraçou, reconfortando-os com palavras doces enquanto falava baixinho, a voz encoberta pelos gritos da cidade ao longe.

– A tia Wu Sao vai cuidar de vocês agora – disse-lhes com um sorriso matreiro. – Temos muito que conversar sobre o seu futuro. Não se preocupem, nada vai lhes acontecer.

As crianças balançaram a cabeça, quase hipnotizadas por aquelas palavras, antes de se aninharem nos xales embolorados da velha bruxa. Esta abriu os braços para recebê-los, mas não antes de esconder os dois pequenos bonecos de palha junto ao decote.

Os fantoches brilharam em um negro luzidio enquanto a carroça sacolejava, levando os únicos sobreviventes de Zhongdu para longe da antiga capital *jin*.

A CLAREIRA MÁGICA
Roberto de Sousa Causo

O SALÃO NOBRE do castelo de Guimarães, construído sobre o majestoso Monte Largo, abrigava mais um banquete em comemoração à vitória do infante D. Afonso Henriques sobre o galego Fernão de Trava – adversário este a mando da mãe de Afonso, Dona Teresa de Leão – semanas antes, em campo de São Mamede.

Diogo Sardo ali se encontrava a convite do próprio D. Afonso, que, alertado por seus conselheiros, estava a proteger o jovem guerreiro. Filho de João Sardo, um dos senhores portucalenses que apoiaram o infante contra o galego, Diogo destacara-se na batalha em que seu pai fora morto. O filho devia receber a proteção e o apreço de D. Afonso, mais ainda pelos atos de bravura por ele exibidos na luta sangrenta.

Diogo era agradecido pela atenção, mas sua presença no banquete não era, de fato, do seu agrado. Ferido em combate, perdera o dedo indicador da mão da espada, com um golpe mal aparado; um pesado machado de batalha rompera seu capacete e o prostrara no chão de São Mamede. Conseguira levantar-se mais tarde e trôpego tornar à luta – mas, enquanto caído, cavalos do inimigo pisotearam seu pé esquerdo e lhe esmagaram alguns ossos, deixando-o coxo, a mancar no apoio de uma muleta. A machadada deixara-lhe pesada mancha escura na testa, a encimar o olho direito, cuja pálpebra tremia eternamente, turvando-lhe a vista. Recuperava-se com a velocidade dos jovens, mas sua presença no salão era um embaraço para os convivas recém-chegados das casas senhoriais e dos conventos e monastérios para comemorar a vitória e ouvir do novo conde seus planos para o futuro.

Todavia, uma jovem donzela não cansava de o mirar com seus olhos claros. Tinha cabelos do mais absoluto negror, e a pele mais alva dentre qualquer das damas presentes. Pálida como uma fada. Olhava-o com estranhamento, decerto. Quiçá nunca vira um aleijado de guerra antes. Qual seria a qualidade de seu nojo, ao fitar a face enegrecida do moço?

Diogo se levantou com dificuldade e despediu-se de João d'Almeida, um jovem companheiro de armas que aprendera a respeitar sua coragem e compadecia-se de seu destino, fornecendo uma mão prestativa sempre que possível e permitido pelo decoro da fidalguia.

– Aonde vais, Diogo? – perguntou-lhe o amigo.

– À muralha. A ver a Lua alta, pois cá falta-me o ar e o calor me indispõe.

– Desejas que te faça companhia?

– Não. Melhor que fiques e aprecies o banquete.

A custo, Diogo galgou as escadas até uma das muralhas mais baixas, entre as torres de guarda. Ali ninguém, soldado ou cortesão, viria incomodá-lo com olhares de pena ou nojo. De filho de D. João Sardo era agora Diogo, o Coxinho. Jovem demais até para que D. Afonso lhe concedesse o retorno às terras do pai como herdeiro e novo senhor.

A Lua, de fato arribada e cheia como um seio branco de matrona, despejava sua luz azulada sobre os bosques que circundavam a colina do castelo. Só as estrelas mais aguerridas enfrentavam o seu brilho. Lá embaixo, da vila de Vimaranes, subiam os fumos brancos das chaminés, e de uma longa distância latidos e piados chegavam até sua posição entre as altas ameias de contornos agudos. Mais além, o campo de São Mamede, agora livre dos restos de armaria havia muito recolhidos e das poças de sangue, embora fosse dito que abutres atrasados para o festim de morte ainda voavam sobre o campo em dias de forte calor.

Diogo se lembrava da batalha, ainda que de modo deveras confuso. Sua primeira e última, dizia-lhe a dor das feridas. Havia semanas que vivia de só lembrar-se da batalha. Na lembrança, era o guerreiro impetuoso derrubando inimigos com os golpes certeiros ensinados pelo pai desde pequeno. Era o homem e não o menino coxo, um homem que se levantava do chão à luta com a cabeça partida e o calcanhar espedaçado, diziam as testemunhas. Não era um rapaz ferido, mas um guerreiro de peito cheio de força e ira – uma ira tão vasta que o clamor da batalha parecia emudecer diante de seus gritos, que a espada e o escudo não lhe pesavam nada, que as feridas pareciam-lhe nulas. Na batalha sentira-se tão vivo que decerto se tornara imortal, pois diziam os doutores que o próprio João Baptista – segundo os padres, presente no seu dia, o 24 de junho, para apadrinhar-lhes a batalha – lhe havia concedido um milagre de cura, que a pancada de machado na cabeça por justiça o teria deixado no campo de São Mamede para não mais erguer-se. Apenas o milagre não se estendera à cura das dores de cabeça que perduravam. No frescor da noite, porém, a dor arrefecia.

Agora, se havia ira em seu peito, seu corpo não a podia jamais transportar. Encolhera para habitar os restos do corpo de um guerreiro e viver da caridade do senhor.

Subitamente, percebeu que alguém se aproximava.

– Quem vem...? – resmungou.

Era a donzela pálida que o mirava no banquete, vestida agora de brial verde, capuz e manto preso ao peito por um broche de ouro e prata reluzente ao luar. Nova como ele, Diogo mediu.

– Sou Anabel, uma donzela em visita à corte do infante. És Diogo Sardo, a quem muitos chamam Herói de São Mamede. Quis conhecer-te, após tanto escutar de teus feitos.

Diogo desviou o olhar. A donzela se apoiou na muralha, a seu lado.

– Contam que derrubaste sozinho uma dúzia de soldados do galego, mesmo ferido – disse ela.

Ele fez que não com a cabeça.

– Não saberia dizer-te. Depois da pancada na cabeça a memória perdeu-se. Ficou só... – interrompeu-se.

– Só um sentimento – Anabel completou, sem por um momento vacilar.

– Um sentimento... – ele admitiu. – E as dores.

– Ah! – fez ela, sorrindo – As dores passarão com o tempo. O sentimento, todavia, ficará.

Diogo zangou-se com o desprezo da rapariga por seu sofrimento, mas então lembrou-se de que havia pouco se ressentia da piedade que despertava. Esta rapariga, Anabel, não; tratava-o como uma mãe trataria o filho queixoso de uma esfoladura de joelho.

— Estou com Dona Amarilda — disse ela. — Uma das donzelas que ela tem a seu serviço para tratar de suas dores nas juntas. Dessas cousas eu sei. De olhar-te, apenas sei que o que necessitas é de uma caminhada. Quanto mais andares, mais rápido as dores deixar-te-ão.

— Não é o que dizem os doutores.

Anabel riu em voz alta. Um riso encantador que por um átimo desnublou a mente de Diogo, e ele a viu com clareza absoluta: uma rapariga de absoluta formosura.

— Do que sabem os doutores? — ela escarneceu. — Querem-te atado a um leito ou arrastando-te pelos salões para exibir o Herói de São Mamede aos fidalgos em visita. Tu és como um potro que feriu as canelas saltando cercados, e eles te querem seguro no estábulo, quando só a cavalgar nos campos estarias curado em pouco tempo e poderias voltar às ricas terras do teu pai.

— Como sabes das terras de meu pai? — perguntou Diogo, irado.

— Ah, ainda tens fogo sob as cicatrizes? Sei das cousas que escuto falar as mulheres, e elas falam de todas as cousas que interessam ao poder de seus maridos ou filhos.

— Por que escarneces de mim?

— Ora... Porque não creio que o herói de São Mamede recusaria o desafio de uma donzela.

— *Desafio*, dizes?

— Desafio-te a vir comigo para um passeio além das muralhas. Verás como te irás sentir melhor, ao fim.

— Por que te importas comigo? — Diogo quis saber. — Ganharás préstimos de tua senhora, desafiando os doutores do infante? Ou falarás às tuas amigas de como escarneceste de mim?

Ela o olhou com sisudez, então.

— Tolo — pronunciou, simplesmente. — Aceitas ou não meu desafio?

Para sua própria vergonha, Diogo refletiu, ao invés de reconhecer de pronto o desafio da frágil donzela. Agora a olhava com atenção maior, notando a delicadeza de seus traços e os olhos claros, as faces pálidas. Jovem e altiva, porém, como uma flor recém-desabrochada. "Quão tolo eu sou", disse a si mesmo. "Penso já como um velho... um velho inválido, vendo nela a juventude que de mim perdeu-se.

Terá em verdade se perdido? Só reconheço em mim as dores e o corpo tornado grotesco, mas Anabel parece ver algo mais."

Todavia, alguma cousa em Anabel não estava certa. Não se esperava que uma donzela agisse com tanta confiança. Diogo desconfiava, pois...

– Um desafio... – disse ele. – Teu desafio pressupõe perigos de alguma sorte?

Ela riu, seu rosto brilhando de alegria, ao luar.

– Perigos para ambos, perigos de toda sorte. Mas um soldado que enfrentou aqueles do campo de batalha talvez os considere de menor monta. Aceitas?

Ela arqueou o braço esquerdo.

– Sim – ele respondeu, tomando-o.

Sob a manga da camisa, seu toque era firme e morno. Ela caminhou devagar com ele, amparando-o enquanto desciam os degraus da muralha. Parecia conhecer bem o castelo, pois o guiou pelo adarve de volta pelo acesso à torre de menagem e por seus muitos escadarios até alcançarem a praça-d'armas e dali a um portão discreto e não guardado. Ao redor do castelo, a colina se estendia para baixo, em um denso tapete gramado a que nem mesmo o movimento de cavalos, soldados e cortejos diminuía o viço. Apenas afloramentos de rochas e árvores quebravam o verdor da grama. Diogo notou que Anabel o guiava para o bosque pegado, onde as árvores mais adensadamente se agrupavam.

– Vamos ao bosque, à noite? – Diogo ouviu a preocupação em sua própria voz.

– Por que não? – respondeu a rapariga. – Dizem alguns que nos bosques, em noites de Lua alta, é possível encontrar-se com as fadas e ver maravilhas contadas apenas nas lendas e no canto dos trovadores.

– Fadas ou demônios? – ele questionou.

Anabel riu.

– Pois então tu fias-te pela conversa dos padres – disse. – Lugares escuros e selvagens, para eles, são apenas o campo do diabo, o lugar onde o cão arma suas armadilhas de pegar almas.

Ela mais não disse, nem fez menção de mudar o rumo ou retornar. Diogo conformou-se em acompanhá-la ao bosque.

Com a marcha, suas dores cresceram. A perna com o pé esmagado, ainda atado às bandagens, doía-lhe mais. As dores no quadril e nas costas, obrigadas a movimentos desnaturais para compensar a perna manca, vinham em seguida. Mas, ao alcançar o bosque, Anabel parou para que ele descansasse, e seu suplício aliviou-se de maneira rápida e inesperada.

– Sentes-te melhor? – ela inquiriu. – Podemos seguir?
– Sim. Mas aonde queres levar-me?
– A um lugar secreto.

Eles seguiram. Havia um caminho entre as árvores. A luz da Lua descia por entre as copas, tornando o bosque menos escuro do que Diogo havia antecipado. Entre as árvores, no frescor da mata, sentia-se, em verdade, melhor.

Os troncos escuros e as densas copas eram às vezes assustadores em suas formas indefinidas, mas, após alguns momentos de caminhada, Diogo acostumou-se. Atrás dos troncos não havia ninguém para espiá-lo, para o olhar de soslaio, avaliando com olhos apiedados ou enojados as suas feridas. No castelo, atrás de cada coluna parecia haver um par de olhos a vigiá-lo dessa maneira. Sua única companhia era Anabel, a donzela estranha, e ela não parecia nem enojada, nem apiedada, ainda que seu passo lento e a mão firme a apoiá-lo dissessem de sua consideração por seus ferimentos. Nem mesmo seu companheiro João d'Almeida era capaz de o fitar com uma tal neutralidade.

Lembrou-se de um cãozinho que tivera em menino. Chamava-se Rufo, e ainda pequeno fora mordido por um mastim crescido, deixando-o meio paralisado. D. João, seu pai, quisera sacrificá-lo, mas Diogo insistira para que o deixasse. As pernas traseiras do cão ele as arrastava em suas andanças, mas às vezes as conseguia mover em um estranho galope. Para o pequeno Rufo, estavam acabadas as caçadas, mas ele não parecia se importar. Não parecia se importar de maneira nenhuma com sua situação de aleijado.

Era isso que o esperava? Essa quieta aceitação? Talvez fosse bem-vinda, mas desconfiava de que o mundo dos homens e de seus julgamentos pudesse trazê-la. De qualquer modo, por estranho que fosse, Diogo Sardo sentia-se confortável ao lado de Anabel. Ela estava certa – a caminhada fazia-lhe bem.

Anabel deteve-se. Estavam em uma larga clareira de solo fofo, coberto pela erva. As árvores circundantes formavam como que um amplo anfiteatro, aberto para o céu estrelado e para a Lua cheia imperando bem no alto.

– É este o meu lugar secreto – disse ela.

– É belo – ele reconheceu, voltando-se para a donzela. – Belo como tu.

Ela sorriu, meiga. Diogo sentiu uma súbita vertigem, diante do sorriso. Respirou fundo, pensou em algo a dizer.

– Mas não pode ser secreto, próximo assim do castelo e da vila.

– Oh, este é um lugar mágico, Diogo. Enganas-te, se pensas que o povo de Guimarães o conhece.

Foi sua vez de rir... algo que não fazia havia tempo.

– Agora vais-me dizer que só as fadas conhecem o caminho secreto para esta clareira.

– Só as fadas e as feras – ela respondeu, a apontar uma direção.

Diogo olhou para lá e viu uma matilha de lobos a vir no rumo deles. Levou a mão direita à adaga em sua cintura e a arrancou da bainha num movimento determinado, os olhos fixos nos animais.

As mãos de Anabel tocaram o seu punho e o moveram lentamente, mas com tanta determinação quanto ele, de volta à bainha.

– Não faças nada, meu amigo – rogou ela. – Não há o que temer.

Então Anabel se afastou dele, privando-o de seu apoio, e foi receber os lobos.

– Não! – Diogo gritou, mas os passos largos de Anabel a levaram para o meio da matilha, tão longe dele que seria impossível acorrer a ela com sua perna manca.

Todavia, os lobos saltavam em torno dela, da mesma maneira que Rufo fazia com ele, antes de ser mordido. Diogo sentiu um arrepio agudo correr-lhe a espinha, trazer de volta a memória total de seu corpo quando pleno, enquanto ele reconhecia que os lobos *faziam festa* a Anabel.

– Vês? – disse ela, voltando-se para ele. – O que te parecem perigos, ameaças, não o são. Eu bem te disse que este é um lugar de maravilhas.

Ela ajoelhou-se e os lobos lamberam suas faces e suas mãos. Anabel riu. Diogo não podia crer no que via, não ousando aproximar-se. Ela se ergueu, tocando de leve as cabeças de dois machos crescidos.

— Vão agora, meus amigos — disse-lhes, e então caminhou de volta ao ponto onde ele a esperava.

— Mas como?... — ele gaguejou, olhos fitos nos lobos.

Anabel passou por ele, antes de responder:

— Não há demônios, Diogo. Apenas maravilhas, e tu deves confiar no que teus olhos enxergam.

No momento, os olhos de Diogo viam os animais recuando em um trote leve, para sumir nas sombras profundas do bosque. O jovem não pôde deixar de olhá-los, até que eles houvessem enfim desaparecido. A clareira permaneceu silente. Nenhum traço da vinda da matilha restava. Teriam em verdade estado ali? Maravilhas, pois sim!

Voltou-se para Anabel.

Ela recuara para o centro da clareira. Estava despida de todos os trajos, em pé sobre o manto estendido na grama.

⚔

O corpo de Anabel era esguio, mas forte, de pernas longas e coxas largas entreabertas, tomando posse do seu lugar mágico. O luar a banhava com tanta certeza que Diogo viu seu ventre liso e chato como o de uma criança, e, acima, os seios fartos e ao mesmo tempo delicados, meio-termo entre moça e mulher. Abaixo do umbigo, a massa escura de pelos.

A visão de sua nudez foi um choque tão desarmante quanto o golpe de machado que Diogo aparara com a fronte. A muleta amparou-o agora.

— Serei a tua fada — Anabel disse, em voz clara, profunda.

Diogo foi a ela, sem mais perguntas, sem mais incertezas nem mais temores.

⚔

Também ele estendeu seu manto sobre a grama, ao lado do manto de Anabel, e os dois se deitaram quietos, fitando-se como a verem-se pela primeira vez — ou da única maneira que em verdade importava.

Ela tinha os membros roliços a refletir na sua alvura a do luar; era toda planos e volumes, formas estatuescas, marmóreas, entretanto suaves e intangíveis como os ensaios de Deus, em preparo à execução final de sua criatura de barro. Em Anabel, mesmo a superfície doce e reta de seu tronco era quebrada pelo volume duplo dos seios, pelo arco perfeito do pescoço, pelo rosto sereno a fitá-lo.

Sua fada.

Tocou-a com a mão esquerda, a mão intacta, calejada apenas de empunhar a muleta. Tocou-a e a pele de Anabel recebeu seu toque, sua carne curvou-se com o contato, sua respiração cresceu com ele. Beijou-a. Cheiros se revelaram à proximidade de seu rosto, suaves como aromas de flores na chuva. Ao aproximar o rosto de seu quadril, um cheiro salgado, marinho, que os talcos e perfumes não escondiam. Deitou-se sobre ela.

Os pelos enovelados cederam lentamente e feriram a pele jovem de seu falo, e então ela se abriu em umidade morna e aconchegante. Anabel gemeu – o único som na clareira. Gemeu mais, depois de um tempo, e então pediu:

– Não termines dentro de mim, Diogo.

Ele assentiu com a cabeça, concentrado. Ela gemeu novamente, e então seu rosto se crispou como se a sentir dor, mas ela sorria. Um instante depois ele a acompanhava no gozo, o falo para fora, a despejar ainda no ar um jato claro ao brilho da Lua, que deixou uma faixa comprida da garganta ao estômago de Anabel. Diogo esfregou o falo em sua barriga macia, e mais de sua semente foi refletir o luar na pele da mulher.

Anabel sorriu e ele então se deitou ao lado dela, os braços enfraquecidos, e, abraçando-a, enfim notou que não sentia dor alguma.

– Não precisas dizer-me – disse-lhe ela, baixinho, mas com riso na voz –, sei que te sentes melhor. Vejo em teu rosto.

Diogo nada disse, a princípio. A ausência da dor, a presença do prazer, a visão de Anabel, a nebulosidade mágica da clareira, todas essas cousas povoavam-lhe o espírito, emudecendo-o. Agora, ele percebeu, o cheiro acobreado, mineral, de seu sêmen misturava-se ao cheiro marinho da mulher.

– Tu voltarás para o castelo, caminharás todos os dias, e, quando o fizeres, sentir-te-ás melhor a cada dia – Anabel continuou, preenchendo o silêncio. – Pensarás em mim, talvez, enquanto caminhas...

– Só em ti – ele enfim respondeu. – Mas falas como se não pudesses me acompanhar, no futuro. Por quê?

– Dona Amarilda não ficará mais que uma semana em Guimarães. Depois...

– Depois procurar-te-ei nas terras de tua senhora – ele professou.

– Não sem que os doutores de Dom Afonso te deem por curado. Até lá, o que tratas de fazer é como eu digo, e manter-te em movimento...

– E pensar em ti.

– Quiçá.

A voz dela parecia triste e descrente. Diogo, ainda arrebatado pelo amor no chão da clareira, pensou em reassegurá-la de seu interesse, mas ela começou a levantar-se.

– Aonde vais?

– Lavar-me na ribeira aqui perto. Não há modos de ocultar o teu cheiro das outras donzelas de Dona Amarilda, que são piores que perdigueiros. Tu segues adiante de mim, antes que os doutores deem por tua falta e enviem soldados a procurar-te. Mas não saias, por qualquer motivo, da trilha pela qual viemos, ou perderás o caminho na floresta.

– E tu? Sozinha aqui, no escuro...

Ela riu, alegrando-o.

– Já disse que aqui não há o que temer. E viste quem são meus amigos. Eles não deixarão que nada de mau me aconteça. Agora vai, Diogo. E não te esqueças de manter-te no caminho.

Anabel então disparou pela floresta, ainda nua e selvagem, e Diogo se levantou para observá-la a correr, seu próprio coração aos pulos. Ele se deu ao trabalho de vestir-se, atar o manto aos ombros e calçar as sandálias. Pôs-se então a retraçar suas pegadas pela trilha que o levaria de volta ao castelo de Guimarães.

Só ao chegar ao portão sem vigia, nas muralhas, é que notou que caminhava a passos leves e largos. Deixara a muleta no bosque. Talvez para sempre.

No alvorecer do dia seguinte, ao despertar, lá estavam as dores de volta, mas enfraquecidas, sim. O pé mal curado ainda o incomodava, mas a muleta humilhante fora cambiada por uma bengala de aspecto mais digno. As dores de cabeça se atenuaram, e os espasmos na vista direita assumiram ocorrência mais espaçada.

Os doutores protestaram. Não deveria ter abandonado a muleta. Era cedo para solicitar o pé ferido. Diogo os ignorou e, ao entardecer, empreendeu nova caminhada pelos campos e bosques, embora fosse incapaz de reencontrar o caminho para a clareira, por mais que o procurasse.

Só tornou a ver Anabel no terceiro dia, quando um cavaleiro de nome Fernão Olivares chegou ao castelo, em franco atraso quanto à convocação de D. Afonso, mas portando estranhas novas. Afirmou que, enquanto rumava para Guimarães, vira uma bruxa a banhar-se com lobos no rio Tâmega, bem longe do castelo. Disse ainda que era bela como uma fada, mas que apenas uma bruxa poderia andar na companhia de lobos, no que foi abençoado com a concordância dos padres.

Enquanto os cortesãos e os clérigos se juntavam para ouvir as maravilhas que contava D. Olivares, o olhar do cavaleiro vagueou pelas pessoas que se achegavam para ouvir suas novas, e todos então viram seu rosto empalidecer por debaixo da barba negra.

D. Olivares apontou um dedo acusador a alguém dentre os que o cercavam.

— Por Jesus! Lá está ela! A bruxa!

Seu dedo apontava Anabel.

Diogo soube do acontecido meia hora mais tarde. Um esbaforido pajem entrou correndo no aposento em que descansava e contou tudo com a voz estridente dos apavorados com as cousas do demônio. Enquanto se levantava, Diogo não pôde deixar de se lembrar do que Anabel lhe dissera — não existem demônios, apenas maravilhas para quem as ver sabe.

A turba reunia-se fora das muralhas. D. Afonso estava fora, numa caçada, não se encontrava no castelo — do contrário Diogo teria ido até ele de imediato.

— Fogueira! Fogueira! — exigia a turba, empurrando Anabel de um lado a outro, alguns já com pesadas pedras esperando nas mãos.

Diogo olhou em torno, em desespero. Viu o bispo Arruda muito plácido a apreciar a ira da turba, os braços cruzados sobre o ventre amplo. Parecia ainda bastante claro que Anabel seria em instantes vitimada pela turba. Só via um modo de a salvar, ainda que ferisse a honra da rapariga.

— Alto! — gritou. — É falsa a acusação feita a essa mulher! — E então, voltando-se para a figura paramentada de Arruda: — Não há de fazer nada o bispo? — interpelou-o. — Não cabem à Santa Igreja esses assuntos? Bem sei que o Papa ordenou que sejam tratados com cautela. Por que a turba se arma enquanto a autoridade fica apenas a observar?

O clérigo sobressaltou-se. Vexado, olhou em torno.

— O Papa está longe — sibilou. — E acá temos outras autoridades para lidar com tão grave ocorrência!

Diogo então compreendeu que não poderia contar com o clérigo. Apontou para Olivares.

— É deste que falas? — perguntou ao bispo Arruda. — Esperemos ao menos que Dom Afonso regresse.

Isso ganhou a atenção de D. Olivares, que não aceitava que sua autoridade fosse posta em dúvida.

— Quem és tu, para contestar minhas providências?

Olivares era seu vizinho, não longe das terras de seu pai, mais ao sul. Vizinho e antigo inimigo de seu pai, antes que D. Afonso demandasse a união de todos os senhores em torno de sua causa.

— Tu me conheces, D. Olivares — apelou. — E eu a ti. Por que acusas a rapariga de bruxaria? É impossível que a tenhas visto em Tâmega.

— E como tens tanta certeza?

— Ora, basta que perguntes às outras donzelas que servem a Dona Amarilda, e elas lhe dirão que ela não poderia ter marchado a Tâmega a tempo de protagonizar o teu conto de bruxas e lobos.

— Jovem tolo e petulante! — zangou-se Olivares. — Não sabes que as bruxas conhecem modos demoníacos de viajar?

A turba emitiu grunhidos de concordância, e mesmo o bispo Arruda balançou em afirmativa a cabeça.

— À fogueira com a bruxa! — alguém gritou.

Diogo compreendeu que não poderia omitir seu passeio com Anabel no bosque. A honra da moça estaria perdida, mas sua vida, ao menos, estaria a salvo. Talvez pudesse recebê-la em suas terras, quando para lá retornasse. Olhou para ela, que devolveu impassível o seu olhar. Diogo louvou sua coragem, mas era hora de salvá-la.

– Alto! Pois vos digo que esta rapariga esteve comigo toda a noite de anteontem, quando D. Olivares a teria visto no rio Tâmega. Agora libertem-na e terminem com este terror!

Silêncio total da turba. Então, instantes depois, murmúrios. Diogo bem podia imaginar o seu conteúdo.

– E para onde foste com ela? – perguntou Olivares.

– A um passeio no bosque. – Logo ouviu mais murmúrios, agora jocosos, entre a multidão. Contudo, obrigou-se a ignorá-los. Concentrou-se no antigo inimigo de seu pai. – A donzela sabe de práticas curativas, cuida de Dona Amarilda e de suas costas ruins. Disse-me que caminhar fazia-me bem, e em verdade tenho apresentado melhora desde então. Tens minha palavra, D. Olivares. Ela estava comigo na noite em que dizes tê-la visto, tantas léguas daqui.

Olivares coçou a barba, a olhar em volta, buscando as expressões dos outros. Fortaleceu-se com o que viu. Duvidavam de Diogo. Olivares não iria desistir tão cedo, com sua palavra em jogo.

– Tens testemunhas a apresentar? – falou o senhor. – Alguém te viu em teu passeio com a bruxa?

Diogo olhou à volta. Apenas olhares sombrios devolveram sua mirada inquisitiva. Mesmo que alguém os tivesse visto sair pelo discreto portão do conhecimento de Anabel, duvidava que daria um passo adiante agora, para testemunhar por ela. Olivares sorriu, satisfeito, e seus olhos brilharam com a chance de humilhar o filho do seu velho inimigo, João Sardo.

– Que donzela respeitável iria passear no bosque, à noite, acompanhada de um homem? – gritou, mais para a multidão que para o rapaz. Mas então voltou toda a sua atenção a ele: – Queres nos convencer que a rapariga deitou-se contigo no mato, que o aleijão a comoveu para que se desse a ele? Ou esperas que assim ela o faça, se a salvares? Tolo! É uma *bruxa*! Uma prostituta do diabo, e com ela queres deitar-te! Patético... Tuas feridas te tornam assim tão desesperado, que te deixas seduzir por uma bruxa?

De dentes cerrados e a respirar fundo para controlar-se, Diogo adiantou-se, encarando Olivares de frente.

– É tua palavra contra a minha, pois – disse, de voz controlada. – E digo que a palavra de um Sardo sempre foi melhor que a de um Olivares. Teus insultos responderei com a espada. Mas se eu te vencer, a rapariga fica livre. Deixemos que Deus decida quem está com a razão.

Novo mutismo da turba. Um duelo, pois. E o povo fiava-se pela tradição do vencedor do duelo como o portador da vontade de Deus.

– Não – disse Olivares. – Seria covardia enfrentar um aleijado em duelo...

Diogo deu um passo trôpego adiante e atingiu Olivares no rosto, com as costas da mão direita. O que selou os acontecimentos futuros.

– Dizem na corte que D. Olivares veio a Guimarães para receber de D. Afonso a custódia de tuas terras, Diogo. Até, ao menos, que tu estejas bem para regressar a elas. E agora tu vais duelar com ele... Se ele te matar, terá o caminho livre para reclamar direito definitivo às tuas terras.

Diogo encarou seu amigo João d'Almeida, que o ajudava a vestir a cota de malha na sala de armas do castelo.

– Se Olivares sentar-se na casa senhorial de meu pai, nunca mais verei minhas terras. Se eu o vencer em duelo, salvarei a donzela e mostrarei a todos, mesmo a D. Afonso, que estou apto a regressar e a defender o que é meu por direito.

– Mas tu não podes vencer, no estado em que estás!

– Então não terei mais com que preocupar-me, não é mesmo?

Por alguns momentos, João nada disse. Então se levantou e voltou com um velho escudo redondo.

– Toma, então. Este escudo é mais leve.

– Não te preocupes, João. Tudo correrá bem.

Enquanto terminava de paramentar-se, Diogo meditava, e apenas as palavras de Anabel retornavam-lhe à mente. As dores um dia desapareceriam, mesmo que só com a chegada da morte. Mas se havia vida além, como afirmavam os padres, mesmo na morte o sentimento perduraria.

Quando escolheu a espada e atou-a à cintura, pensava que teria o sentimento de volta – o sentimento do guerreiro em batalha –, enquanto duelasse com Olivares. Quanto a quem venceria, que Deus abençoasse o mais justo com a vitória, ou o mais fraco com uma morte honrosa. Sentiu João d'Almeida pousar a mão amiga em seu ombro.

– Quando te vi em São Mamede, pensei que não havia no mundo homem mais corajoso – disse. – Agora vejo que teus feitos de então foram de monta pequena, comparados à coragem que demandas agora. Fica a saber que tenho orgulho de ser teu amigo.

Os dois se abraçaram.

Então Diogo separou-se, pois chegava a hora de ter com Olivares e sua espada.

"Quem é Anabel, afinal?", ele pensava, a caminho do sítio do duelo. As cousas que vira junto dela na floresta em verdade não eram cousas naturais. Não uma rapariga que recebe lobos selvagens como se fossem filhotes dos cães mais pacatos. Não uma rapariga que se entrega a um jovem aleijado, prestes a ser usurpado de suas terras e seus direitos. Todavia, por mais que tentasse vê-la como a bruxa que Olivares clamava, vinham-lhe à mente apenas as palavras que ela lhe dissera no bosque. De tudo, vale mais o sentimento, e ele sabia bem o que sentia por ela.

Fada ou bruxa? Talvez tivesse sido vítima de um feitiço, afinal. Mas de que importava?...

Ao chegar ao sítio em que Olivares e a turba o aguardavam, viu que Anabel tivera seus trajos rasgados pela ponta de um punhal que deixara feridas em sua pele alva, e que fora amarrada, para ser humilhada diante de todos, ao poste das proclamações fincado no campo aberto, diante de uma capela.

– Pagarás por isso, Olivares! – Diogo rosnou.

O senhor riu.

– Mas o aleijado não poderá matar-me mais de uma vez – gracejou para os outros. – O destino da bruxa por quem te enamoraste está selado. Agora, à luta!

Diogo passou por ele sem sequer desembainhar a espada. Foi até onde Anabel estava amarrada. Alguns dos espectadores o vaiaram.

Ele puxou o punhal do cinto e cortou as cordas que a prendiam. Anabel caiu de joelhos no chão. Diogo amparou-a, desajeitadamente.

– Eu te desobrigo, Diogo – ela disse-lhe –, se pensas que deves salvar-me. Vai e deixa-me ao meu destino.

– Tu me chamaste de herói. Agora é hora de o provar.

Ele então se inclinou sobre ela e beijou-lhe os lábios.

Mancou até onde estava Olivares, mas em verdade seu pé ferido não doía – era apenas o reflexo de não apoiá-lo firme no chão que o fazia mancar. Sua pálpebra doente cessou de tremer. A mão direita mostrou-se forte no punho da espada, a falange faltante a comichar, mas sem dor. Era bom que mancasse... Olivares ainda o veria como um aleijado, o subestimaria. "Fada ou bruxa?", perguntou-se uma última vez. Mas de fato pouco importava.

– Concedo-te o primeiro golpe – disse o bufão, sorrindo para os outros.

Diogo se firmou no pé esquerdo e viu então que, ainda que dolorido e fraco, o pé firmava-se. Deu então um passo adiante com o pé direito e sua espada desceu com toda a sua força e seu peso contra a cabeça de Olivares.

Parte o escudo elevado em reflexo, parte o grosso capacete apararam o golpe. Surpreendido, Olivares cambaleou para trás e Diogo o seguiu, a espada em riste, disposto a não dar chance ao outro. Mas seu pé ainda não estava forte o suficiente, com ou sem feitiços de Anabel, para uma corrida.

Refeito da surpresa e do espanto, Olivares recompôs sua guarda. Diogo aproximou-se e brandiu a sua lâmina num golpe lateral, pretendendo apenas desequilibrar o oponente, mas Olivares não vacilou. Devolveu o golpe, aparado com facilidade pelo escudo circular.

Olivares tomou impulso e tornou a atacá-lo, e agora a leveza do escudo de Diogo se mostrou traiçoeira – a força do golpe o deslocara. Diogo deu um passo atrás para refazer a guarda.

O adversário avançou e desferiu novo golpe, que cortou de cima para baixo, a tentar atingir Diogo pelo lado da espada, mas ele a aparou facilmente, sem perder o movimento em arco e atingindo Olivares na cintura, abaixo do braço armado. Olivares gemeu com o golpe, mas sua cota de malha não se rompeu.

Diogo recuou. Olivares vibrou um golpe que se perdeu no ar.

Diogo recuou ainda mais. O outro avançou com um salto e golpes disparados, repetidamente, da esquerda para a direita e da direita para a esquerda, todos aparados por Diogo, a despeito da leveza do escudo e do copo da espada que ameaçava escapar-lhe da mão com o dedo faltante. Contudo, ele não podia recuar para sempre, e tentou sustentar seu terreno. Os escudos se chocaram. Olivares projetou o seu, amparado pelo peso do corpo e a força de duas pernas, jogando Diogo para trás – seu pé ferido ainda não lhe dava equilíbrio suficiente.

Diogo cambaleou por vários passos antes de equilibrar-se. Caminhou para trás, receoso de outro choque de escudos. Olivares fingiu que desferia um novo golpe, e Diogo recuou mais alguns passos, a suar e ofegar com as demandas da refrega. Estava agora perto do poste onde Anabel fora amarrada. A multidão de espectadores formava uma parede sólida atrás do poste – e de Anabel, em pé a apoiar-se nele. Olivares compreendeu que tinha o inimigo encurralado. Precisava apenas derrubá-lo, aproveitando-se de seu equilíbrio frágil, para ganhar a vantagem fatal.

– Arrrr! – berrou, e atirou-se para a frente, contra Diogo.

O moço deu mais um passo atrás, parou e levantou seu escudo para receber a carga do outro. Apoiava-se firme no pé direito, mas sabia não ter chance. Seria jogado aos pés de Anabel e Olivares o teria à sua mercê. No entanto, quando Olivares estava quase sobre ele, Diogo se adiantou ao choque e se jogou no chão ali mesmo onde estava. Por ter seu escudo levantado, Olivares não compreendeu de pronto o que Diogo pretendia. Só por isso tropeçou no corpo estendido do moço e foi ao chão, caindo aos pés da mulher.

Seria essa a única chance, Diogo compreendeu. Voltou-se com toda a velocidade possível contra o outro, que também se voltava, olhando surpreso, abrindo os braços para os apoiar no chão e levantar-se, o que permitiu ao rapaz uma abertura total à sua espada.

Diogo a vibrou contra a cabeça de Olivares e o atingiu, parte no rosto, parte no alto, onde o capacete susteve o impacto. A força do golpe foi forte o suficiente, porém, para deixar entontecido o adversário e dar tempo a Diogo para levantar-se.

O moço apoiou a ponta da espada no peito de Olivares. O olho esquerdo do antigo inimigo de seu pai o olhou surpreso do centro de uma poça de sangue a descer por seu rosto, mas Diogo fugiu do seu olhar.

Em vez disso, olhou para Anabel, que assistia a tudo com o rosto ainda impassível, e empurrou a espada para dentro do peito de Olivares.

———

Sabia que era a última vez que a via.

Estavam novamente no centro da clareira mágica, a qual, ao que Diogo podia dizer, estaria tanto à distância de um tiro de flecha do castelo de Guimarães quanto a meio caminho do rio Tâmega. E outra vez Anabel se despira de seus trajos, mas então sem estender-se para ele. Nua, em pé, seu corpo alvo ao luar, ela era a fada prometida. Atrás dela, não longe de onde estavam os dois, a matilha de lobos a esperava.

Anabel chutou de leve a pilha feita de seus trajos.

— Tolice a minha pensar que poderia viver entre os homens — disse, e apontou para os lobos. — Voltarei para junto de meus amigos.

— E quanto a mim? — perguntou ele.

A rapariga sorriu.

— Tu estarás bem. Agora podes partir quando quiser. Não há quem ouse dizer-te que deves permanecer mais tempo em Guimarães. Estás livre para reassumir tuas terras, para as quais voltarás sobre teus próprios pés. Cada um de nós retornará ao lugar que lhe cabe, portanto.

— Quem és tu, Anabel? És em verdade uma fada?

Desta vez ela riu, a mirá-lo com olhar atento.

— Sentirei tua falta, Diogo — disse, com doçura. — Todavia sei que tu pensarás em mim.

Anabel então deu-lhe as costas e juntou-se aos lobos. Ao que pareceu, em momento algum lhe ocorreu agradecer a ele por tê-la salvo de D. Olivares — pois ambos sabiam que ela é que havia salvado a Diogo.

Então, sem olhar para trás, ela e os lobos sumiram floresta adentro, a correr retos e rápidos como uma flecha.

E foi essa a última vez que Diogo Sardo viu a misteriosa rapariga Anabel, em quem jamais deixou de pensar nos muitos anos que ainda viveu como senhor inquestionável de suas terras e bastião único de sua família.

Sacrifício
Eduardo Kasse

— Três dedos perdidos — Arvid balançou a cabeça, limpou o suor da testa e se encostou na viga de madeira. — Não deu para salvá-los, os ossos estavam esmigalhados e a carne morta em volta deles.

— Ainda tenho mais oito. — Ragnvald se sentou, esvaziou um copo de chifre cheio de hidromel e depois mais outro. Olhou para o ferimento enfaixado e arrotou. — E esse braço só serve mesmo para carregar um escudo.

— Onze dedos nas mãos? — Einarr coçou a barriga rotunda.

— Ele pode ser idiota como uma pedra, mas é um guerreiro valoroso — respondeu Ulrik.

— E tenha certeza, Einarr, mesmo que eu tivesse apenas um braço ainda mataria mais homens que você — Ragnvald alisou a barba comprida cravejada de anéis de guerreiro e soluçou.

— Pode até ser — falou Einarr, enquanto se levantava e arrancava um naco da carne de veado que fumegava sobre a mesa. — Enquanto você mata homens, eu prefiro gastar meu tempo enfiando minha espada nas mulheres da vila. Na sua também.

Encostando-se à mesa, o gorducho começou a movimentar os quadris num vaivém, encoxando a madeira, imitando uma expressão de prazer.

— Ora, seu bosta! — Ragnvald se levantou depressa e, antes de dar um passo sequer, cambaleou e caiu sentado. Colocou a mão na testa para tentar controlar a tontura.

— Você precisa descansar — disse Arvid, ajudando-o a se deitar. — Repouse e recupere as suas forças.

— Assim que eu acordar, seu bosta, vou enfiar esse seu sorrisinho no seu rabo sujo – Ragnvald falou para Einarr, que se divertia com a situação. Fechou os olhos e logo estava roncando.

Todos estavam cansados, o caminho até a batalha fora desgastante. Juntaram dez homens e foram caçar os ladrões de gado escondidos na falésia que circundava a fazenda. A subida fora difícil, o vento gelado vindo do norte castigava a pele. O inverno estava terminando, porém caíra uma neve pesada durante a madrugada.

Arvid, Einarr, Ragnvald e Ulrik, os quatro irmãos, e mais seis trabalhadores da fazenda demoraram metade de um dia para alcançar o topo. Todas as juntas do corpo doíam e os braços e pernas tremiam pelo esforço da escalada. Poderiam ter pegado o caminho das cabras, muito mais fácil de ser percorrido. Preferiram a surpresa, pois tinham certeza de que ninguém vigiaria a escarpa.

Viram fumaça logo adiante e sentiram cheiro de ensopado. A uns cinquenta passos de distância, havia um acampamento e um curral improvisado com as quatro vacas roubadas. Uma dúzia de homens, algumas mulheres e umas poucas crianças comiam ao redor da grande fogueira.

Arvid fez um sinal e eles empunharam seus escudos, lanças e machados. Uns vestiram os elmos; todos fizeram preces para Odin e Týr. Atacaram, correndo, enfurecidos como uma matilha de lobos que cerca um bando de corças. Gritavam, xingavam e venciam a distância a passos largos.

Os ladrões se assustaram; os mais novos fugiram, assim como as mulheres e algumas crianças. Oito homens ficaram e se armaram com podões, foices e machados. Um deles retesou um arco de caça e disparou. A flecha voou por cima dos arbustos ressequidos e se cravou no escudo de Ulrik. Quinze passos os separavam: os gritos se intensificaram. Outra flecha voou e rasgou a bochecha de um dos trabalhadores. Ele sentiu uma fisgada na lateral do rosto e um ódio crescente no peito. Rosnou.

Apenas três passos para o embate, as lanças de Arvid, Einarr e Ulrik voltadas para a frente, as pontas recém-polidas anunciando a matança. Juntamente com Ragnvald, que empunhava um pesado machado de guerra com as duas mãos, eles formavam a vanguarda. Então veio o choque, o sangue quente esguichado nos rostos, o bafo podre dos inimigos e os gritos de dor.

Nessa primeira investida quatro bandidos tombaram, estrebuchando com as barrigas perfuradas pelas lanças e o peito estraçalhado pelo machado. Três se mantinham firmes e atacavam com ferocidade, armados com podões e uma foice. Os trabalhadores da fazenda estavam com dificuldades para terminar a luta. Não eram guerreiros, a morte não percorria as suas veias.

Outra flecha voou e fincou-se no ombro de um dos homens. Ele deu um passo para trás, fazendo uma careta de dor, e teve o pescoço rasgado por um podão. Gorgolejou uma espuma avermelhada, olhos revirando nas órbitas. Caiu de joelhos e depois tombou de lado em um baque seco.

Ragnvald avançou sobre o algoz e fez um talho no seu crânio com o machado, o som tal como o de um graveto seco sendo partido. O desgraçado morreu antes de cair. A lança de Arvid ficou presa no homem que chorava feito uma criança, o mijo formando uma poça entre as pernas trêmulas. Ele soltou sua arma e sacou uma adaga. Uns dez passos o separavam do arqueiro que já havia posto outra flecha na corda. Arvid atirou a adaga e ela se cravou na coxa do homem, que guinchou de dor, deixando a flecha cair. Einarr finalizou o serviço trespassando o pescoço suarento com a ponta da lança, que brilhou na nuca do bastardo.

Os irmãos sorriam.

A luta foi rápida. Todos os bandidos estavam mortos ou prestes a se encontrar com Hel. E somente um dos trabalhadores morrera, mas eles não lamentaram. Nunca lamentavam, pois logo ele adentraria os portões do Valhalla, encontraria seus amigos e antepassados e festejaria.

Duas crianças observavam a distância, os olhos vermelhos, narizes escorrendo. Ragnvald correu até elas, gritando, fazendo-as fugir até as suas mães. E nesse instante foi pego de surpresa. Um rapazote surgiu de trás de uma rocha e o atacou com um martelo de ferreiro.

O golpe seria certeiro e esmigalharia a sua mandíbula, mas por puro reflexo o guerreiro colocou a mão esquerda à frente do rosto e sentiu os dedos se quebrarem com a pancada. Berrou de dor, sacou a sua faca e enfiou-a embaixo do queixo do moleque, fazendo a ponta da lâmina perfurar os ossos e parar no cérebro macio. O merdinha teve uns espasmos e morreu.

Ragnvald recostou-se na pedra, a mão latejando. Tirou a luva de couro, dentes cerrados pela agonia, e viu três dedos tortos, quebrados em vários pontos. Restaram o indicador e o dedão. A dor percorria o seu pulso chegando até o cotovelo.

Arvid se aproximou e tocou o ombro do irmão.

– Você está bem?

– Aquele filho de uma cadela vesga me pegou desprevenido – a voz espremida pela dor. Tentou mexer os dedos, mas não conseguiu, estavam inchados como *blodpølser*, aquelas salsichas que sua mulher sempre preparava para o desjejum.

– Vamos voltar à fazenda para cuidar disso – falou Arvid, preocupado.

Retornaram pelo caminho das cabras, trazendo as vacas e o corpo do trabalhador morto no embate. Nenhum bandido ousou cruzar o caminho deles. A mão de Ragnvald latejava e de tempos em tempos ele colocava sobre ela um punhado de neve para diminuir um pouco a dor. Não adiantava muito.

Quando chegaram já estava escuro. Entraram no casarão da fazenda e se aqueceram junto ao fogo, bebericando cerveja quente e hidromel. As mulheres se encarregaram do defunto e Arvid da mão enegrecida do irmão. A lâmina afiada fez cortes precisos, enquanto Einarr e Ulrik mantinham Ragnvald no lugar com muito esforço. Os berros fizeram os bebês chorarem e a sua esposa rezar para Njörd pedindo pelo marido.

Estancaram o sangramento com ferro em brasa. Passaram cinzas para o ferimento não infeccionar. O guerreiro aguentou a dor sem desmaiar, mordendo um pano, o grito rouco abafado. Fungou o cheiro de carne queimada e vomitou. Mexeu os dois dedos que restaram enquanto o irmão enfaixava a mão deformada.

A noite fria passou ligeira e logo o galo cantou dentro do casarão. Alguém lhe arremessou um copo de chifre e ele voou para cima de um dos caibros de sustentação. Cantou novamente de lá. A fogueira quase se apagara e os cães se aninhavam em volta das brasas.

O vento forte fazia as madeiras e as turfas das paredes estalarem e balançava os peixes defumados pendurados em cima da fogueira.

O teto de colmo fora refeito antes do inverno e não tinha buracos, o que era importante, pois logo viriam as chuvas.

Os quatro irmãos viviam juntos, com suas esposas, filhos e a mãe já cega. O pai morrera no mar quando a deusa Ran virou o seu pequeno barco de pesca. Infelizmente, como se afogara, não iria ao Valhalla, ficando seu espírito sob responsabilidade da deusa. Todos os anos, na data da morte, os irmãos levavam oferendas para ela.

Ragnvald acordou. Olhos colados pelas remelas, um gosto de bosta na boca e o braço meio dormente. Podia sentir os dedos que faltavam, um deles até coçava. Levantou-se devagar, o estômago embrulhado e a vista ainda turva. Aliviou-se em um balde e lavou o rosto numa bacia com água fria. Despertou de vez.

Os roncos ainda ressoavam pelo casarão. Pensou em se deitar de novo, decidiu-se pelo não. Procurou algo para comer. Havia alguma carne de veado fria, praticamente só os ossos, pão duro e manteiga. Cortou uma grossa fatia e besuntou-a de manteiga. Comeu em três mordidas, molhando a garganta com o restante do hidromel.

As crianças, irmãos e primos, dormiam aninhadas em um canto, enroladas em mantas de lã. Todos tinham quase a mesma idade, entre cinco e dez anos. Seu filho, Kjeld, era o mais velho e dali a três verões já poderia acompanhá-lo nas invasões e batalhas. Era um garoto saudável e forte, além de ser muito esperto.

A mão ferida resvalou na mesa e uma pontada o fez fechar os olhos de dor. A faixa estava salpicada de vermelho. Comeu mais um pedaço de pão, vestiu o casaco de pele de urso, pegou a sua faca e saiu. Ainda estava escuro, mas o Sol tímido já despontava no horizonte. O vento diminuíra um pouco, apesar de o frio açoitar a pele. Encontrou alguns trabalhadores acordados, iniciando seus afazeres diários.

Foi até suas vacas e se ajoelhou ao lado de uma. Dividiu com o bezerro uns bons goles de leite morno, esguichado da teta para a boca com habilidade. Acariciou o animal e foi até seu cavalo, que comia palha de aveia. Por sorte eles haviam armazenado uma boa quantidade de forragem e grãos. O inverno fora rigoroso, um dos mais duros de que ele se lembrava. Os animais estavam magros. E muitos velhos e bebês morreram de gripe ou fraqueza.

Mas o inverno estava acabando e os anciãos diziam que a

primavera seria generosa, tanto para as criações e plantações quanto para as expedições além-mar. Fariam muitos sacrifícios para agradar aos deuses.

Ragnvald pediu para Olaf ajudá-lo a selar o animal. Montou no cavalo e sua mão latejou quando foi segurar as rédeas. Seguiu pelo caminho que levava ao fiorde. E lá viu o *langskib*, balançando nas ondas, recém-calafetado, a cabeça de dragão na proa, pronto para levar o terror à Inglaterra. Sorriu. Estivera lá dois anos antes, no verão de 793. Conseguiu muito ouro e prata num local que chamavam de mosteiro. Nunca tivera um butim tão farto e fácil. Os homens molengas e vestidos como velhas sequer reagiram. Cruzavam as mãos e balbuciavam alguma coisa enquanto eram trespassados pelo metal. Patéticos.

E dali a poucos dias ele navegaria novamente até aquela praia de areias escuras e pedras. E viria tão carregado de riquezas quanto antes.

Olhou para a mão enfaixada e balançou a cabeça para afastar os maus pensamentos. Mais uma olhadela no barco e retornou a galope, pelo mesmo caminho. Iria acordar seus irmãos preguiçosos. Ainda havia muitos preparativos a serem feitos.

Uma lufada de vento gelado quase o fez cair do cavalo. Sentiu calafrios, uma sensação estranha. O animal relinchou e começou a empinar, irrequieto, o vapor saindo das narinas, os olhos fixos no bosque do lado esquerdo. Uma nova lufada, um pouco mais fraca, e Ragnvald teve a impressão de ouvir o seu nome trazido pelo vento.

– *Ragnvald...* – A voz parecia envolvê-lo.

Balançou a cabeça. Viu que estava desarmado, exceto pelo pequeno machado que trazia preso à sela e a faca no cinto. Pensou em voltar ao casarão e chamar os irmãos.

– Por Odin! – falou com a voz rouca. – Nunca recuei antes e não será agora que farei isso. Se alguém me chama, eu irei.

Demorou uns instantes para retomar o controle sobre o cavalo agitado. Foi firme e conseguiu fazê-lo adentrar o bosque. Sua mão sangrava. Estava com tantos calafrios que parecia que alguém passava gelo da sua nuca até o rego entre as nádegas.

Respirou fundo. Deu dois tapas no rosto e continuou. Já estivera nesse bosque centenas de vezes. Quando criança vinha se esconder ali com os amigos. Passavam dias fora de casa alimentando-se de lebres, raízes e pássaros. Quando voltavam levavam uma sova dos pais pelo susto. Mas dessa vez tudo parecia diferente. As árvores mais sombrias e os caminhos bem mais estreitos. Sufocantes até.

Seu cavalo espumava pelos cantos da boca, mas Ragnvald manteve o controle das rédeas, à custa de uma dor aguda na mão ferida. Praguejou.

Uma nova lufada gelada e agora teve certeza de que ouvira seu nome, pronunciado por uma voz grave que ecoava por entre as árvores. O som estava próximo e distante ao mesmo tempo.

– Que merda é essa? Apareça seja lá quem você for!

Desmontou – e, assim que pôs os pés no chão, seu cavalo correu em uma carreira desembestada.

Ragnvald não teve tempo sequer de pegar o machado. Teria de se contentar com a faca de caça.

– *Ragnvald...*

– Maldito seja! – Sacou a faca. – Onde você está?

– *Vire-se, Ragnvald* – a voz ordenou.

Ele se virou, e quase caiu de costas com o que viu. Parado à sua frente, um homem imenso, pelo menos dois palmos mais alto do que ele, pele acinzentada. Havia escaras no rosto e nos braços e ele exalava um cheiro putrefato como os dos cadáveres.

– Heimdall me ajude... – Deu três passos cambaleantes para trás. O gigante permaneceu imóvel, olhos avermelhados parados nas órbitas, boca semiaberta mostrando os dentes amarelados e as gengivas retraídas e esbranquiçadas. Ele apoiava as duas mãos no cabo de um grande machado de guerra, as lâminas enferrujadas escoradas no chão. Vestia uma cota de malha velha, fendida em muitas partes, e estava descalço.

Ragnvald estranhou a aproximação silenciosa do gigante. Teria escutado o tilintar dos elos de metal. Todavia, não teve tempo para pensar: ele começou a falar.

– *Enfim nos reencontramos, meu senhor* – disse, quase sem mexer os lábios.

– E eu te conheço, cão? – retomou a altivez costumeira, talvez para disfarçar o medo. – Não me lembro de ter visto homem tão feio e fedorento antes.

Ainda imóvel, o gigante riu. E o som ribombou dentro da cabeça de Ragnvald, fazendo-o colocar as mãos sobre os ouvidos e se curvar, incomodado.

– Os invernos passam e você continua o mesmo insolente de sempre. Mas agora eu tomaria muito cuidado com as palavras. Elas podem ser as últimas.

Ragnvald pensou em retrucar. Conteve-se. Respirou fundo e perguntou:

– O que você quer de mim? Por que me chamou até aqui?

– Chamei-o porque desejo lhe dar um... – a boca da criatura delineou algo como um sorriso – presente.

– Um presente? – Ragnvald soergueu as sobrancelhas.

– Uma previsão útil para a sua viagem – falou o estranho ser, e seus olhos pareciam emitir um brilho diáfano. – Sei que partirão em cinco dias, não é?

– Sim, viajaremos daqui a cinco dias – Ragnvald assentiu, desconfiado. – Mas não quero nenhuma previsão. Já temos o nosso oráculo.

– Aquela velha cega e caduca? – gargalhou a criatura. – Conversar com ela é tão útil quanto falar com um esquilo raivoso.

– Ora, seu monte de merda!

Furioso, Ragnvald avançou, dentes cerrados, as veias do pescoço saltadas. O homem, porém, permaneceu imóvel, mesmo quando teve a faca de caça cravada no seu peito. Sequer tirou as mãos do cabo do machado.

– Quem é você, demônio? – Ragnvald arregalou os olhos, atônito, as pernas lassas. Recuou como um cão acuado.

– Antes de sair do bosque, você se lembrará de mim – respondeu a criatura. – Entretanto, eu ainda gostaria de lhe fazer a minha previsão, meu senhor.

– Fale – foi tudo que Ragnvald conseguiu dizer, olhando com espanto para a faca cravada no peito do desgraçado que não parecia respirar.

– Vejo um mar em tormenta. Vejo areias manchadas de vermelho. Vejo fogo e um dragão em chamas – ficou em silêncio. – Vejo quem não devia morrer ser trespassado pela cruz enquanto o Sol se põe, enquanto um novo grito de guerra é ouvido.

Ragnvald nunca ligara muito para profecias ou predições, nem mesmo aquelas proferidas por sua mãe, o oráculo. Dessa vez, contudo, sentiu o estômago revirar.

– É só isso que tem para me dizer? – falou com a voz quase embargada.

— *Hoje sim* — respondeu o gigante. — *Amanhã? Nem os deuses sabem. Agora eu gostaria de uma recompensa pelas minhas palavras.*

Ainda absorto, Ragnvald retirou um bracelete de prata e ouro e o atirou aos pés do homem, que sorriu mostrando novamente as gengivas esbranquiçadas.

Ragnvald começou a se afastar. Deu uns passos de costas e se virou. Foi interrompido pelo ser.

— *Isso lhe pertence, meu senhor.* — O gigante segurava o cabo da faca. Com um puxão rápido, arrancou-a do seu peito. Atirou-a para Ragnvald. Este se agachou, mas, quando pegou a sua faca de caça, levou um susto: o cabo e a lâmina estavam muito frios, como se tivessem caído em um rio gelado. Guardou a arma no cinto e afastou-se rapidamente, correndo os trechos finais.

E, como previsto, antes de sair do bosque lembrou-se do gigante, o que fez seu coração bater como um tambor. Era Stig, um antigo criado da fazenda, que fora morto havia uns dez invernos por seu pai. Fora pego violentando a filha de Roffe. Não pôde sequer vestir as calças, teve os ossos da nuca esfacelados pela precisa lâmina do machado. A menina nunca mais se recuperou, e se matou pulando do alto do desfiladeiro dias depois.

Ragnvald vomitou e saiu do bosque cambaleando. Acabara de estar na presença de um *draugen* e sequer percebera isso. As histórias ao redor da fogueira eram verdadeiras:

Quem foi muito cruel em vida não permanece muito tempo no túmulo, volta para atormentar as pessoas, os entes queridos e os inimigos, afoito por riquezas e sangue. A sua malícia só cresce, assim como o seu tamanho, podendo ser muito maior do que fora quando caminhava junto aos homens.

Lembrou-se também do dom de ver o futuro e de como era difícil ferir um *draugen*. Os mais velhos também diziam que ele aparecia durante a noite e nisso pareciam ter errado. Não entendia por que a criatura o havia atraído até sua presença, mas, depois de quarenta invernos vividos, sabia que nem tudo tinha explicação.

Seu cavalo estava logo adiante, pastando num arbusto ressecado pela geada. Montou-o e galopou o mais rápido que pôde até o casarão. Decidiu manter o silêncio sobre o encontro. Amarrou o animal em uma árvore e inspirou fundo algumas vezes, precisava recompor a calma, ou os irmãos estranhariam.

Encontrou Einarr arando a terra dura e Arvid preparando os suprimentos da viagem. Ulrik já havia partido, iria trocar algumas joias por armas com o jarl Leif Haraldson. Retornaria em dois dias e com ele viriam homens dispostos a enfrentar a jornada pelos mares revoltos.

As mulheres costuravam as botas e as roupas e as crianças lutavam com espadas de madeiras e pedaços de pau. Para elas tudo era diversão. Para os adultos, um misto de esperança e medo.

Demoraram a manhã inteira para carregar o barco. Água doce, potes de mel, carnes salgadas e defumadas, algumas frutas secas, legumes, avelãs, nozes, hidromel e cerveja. Arrumaram as armas, puseram os escudos na amurada. Levaram poucas trouxas com roupas. Queriam deixar espaço para o butim.

Ulrik retornou com quinze homens que fariam a travessia com os vinte da fazenda. Somente as mulheres, as crianças, os doentes e os velhos permaneceriam no local.

— Partiremos amanhã — falou Arvid, enquanto oleava a lâmina recém-polida do machado com areia. — Descansem um pouco, meus amigos, porque mais tarde pediremos proteção aos deuses.

Os homens assentiram e foram para as suas casas, outros para o ferreiro a fim de afiar e reparar suas armas; uns poucos se retiraram para fazer suas orações particulares. As mulheres e o oráculo foram se preparar para a noite. Os quatro irmãos permaneceram juntos ao lado do barco.

— O dragão vai causar pânico novamente — falou Ulrik, observando a fera entalhada na proa.

— Aqueles veados vão se mijar como da última vez — Einarr acabara de prender a bossa de ferro no seu escudo redondo feito de tília e recoberto por couro. — Você se lembra daquele gordão que se cagou quando dei um soco na sua pança grande?

— E como eu me esqueceria? — Ulrik cutucou a orelha com o dedo.
— A merda espirrou na minha perna.

Os irmãos riram. Estavam animados com a viagem. Somente Ragnvald estava apreensivo, porém não queria preocupar os demais. Desde o seu encontro com o *draugen* ele ficara um pouco perturbado. Lembrava-se perfeitamente da previsão dita pelo ser de voz grave:

Vejo um mar em tormenta. Vejo areias manchadas de vermelho. Vejo fogo e um dragão em chamas. Vejo quem não devia morrer ser trespassado pela cruz enquanto o Sol se põe, enquanto um novo grito de guerra é ouvido.

Tocou no punho da sua faca. Viu em sua mente a arma cravada no peito da *coisa*. Balançou a cabeça para espantar os maus pensamentos. Despediu-se dos irmãos e rumou até o casarão no lombo do seu cavalo. Olhou de relance para o bosque onde tudo acontecera e deu cutucões com os calcanhares na barriga do animal, que galopou forte pela trilha. Respirou aliviado quando viu a mulher e seus três filhos. Kjeld veio correndo em sua direção, enquanto as duas meninas mais novas continuavam brincando com os pintinhos.

O filho segurou as rédeas e Ragnvald desmontou.

– Pai, posso dar um passeio?

– Ele não é muito grande para você? – perguntou o homem, dando tapinhas no pescoço musculoso do cavalo.

– Eu consigo – disse Kjeld, resoluto, enquanto montava com desenvoltura, apesar do seu tamanho.

– Tenha cuidado e não vá muito longe – disse Ragnvald. O filho acenou e partiu a galope.

As pessoas seguiram em silêncio para o bosque, não o do fatídico encontro com o *draugen*, mas outro que ficava do lado oposto. Ali as árvores eram mais velhas e tão altas que pareciam tocar os céus. Todos carregavam tochas e traziam alguns animais amarrados por cordas. Outros puxavam pessoas, algumas relutantes, que eram acalmadas com pancadas de varas de madeira, a maioria resignada.

Os irmãos já estavam lá. Tinham chegado antes para ver o oráculo e cada um deles já havia conhecido um pouco das tramas tecidas pelas Nornas, principalmente por Skuld, que controla o destino dos homens.

Mantinham-se em silêncio, pensando no que haviam acabado de escutar, quando o préstito chegou à clareira. Uma multidão de umas sessenta pessoas se reuniu para participar dos ritos, fazer as suas oferendas aos deuses e pedir pela segurança e sucesso da viagem. As mulheres dos quatro irmãos tinham o semblante pesado. Os filhos se divertiam ao redor da grande fogueira.

A clareira era circundada por faias, abetos, arbustos e um grande carvalho. À frente da imensa árvore havia uma rocha entalhada em formato de mesa, e nela estavam esculpidas as runas sagradas com os nomes dos maiores dentre os deuses. O sangue seco escurecia muitas partes da pedra e as heras cresciam em sua base, subindo sinuosas.

E sobre a rústica superfície, facas e machados recém-afiados.

A Lua já estava alta no céu quando o primeiro sangue humano escorreu pelas canaletas formadas pelas runas, já empapadas pelo sangue de animais. Um prisioneiro de guerra foi morto por uma machadada precisa que separou sua cabeça do corpo. O oráculo, ajudado por Frida, mulher de Arvid, recolheu o líquido rubro em uma tigela de barro. A multidão cantava e falava com os deuses em uma balbúrdia, que aumentava enquanto mais homens eram decapitados ou estripados sobre a rocha com as runas de Odin, Freya, Njörd, Thor, Týr e outros deuses. Oito morreram. Ainda havia espaço na tigela para um pouco mais de sangue.

Os tambores cessaram.

Somente o farfalhar das folhas era ouvido. Um corvo grasnou. Odin estava presente, o que era um bom presságio.

As pessoas ficaram em silêncio e até as crianças pararam com a algazarra, algumas depois de levar uns cascudos dos pais.

Então o sacrifício principal da noite foi trazido. Ela trajava um vestido claro, flores trançadas nos cabelos dourados lavados com águas perfumadas. Sua pele fora esfregada e limpa até ficar rosada. Inga, filha de Ulrik, estava linda.

Ficou meio tímida quando viu a multidão, apertou a mão da sua tia, Åse, e abaixou a cabeça, arrastando os pezinhos descalços pelo chão de terra batida.

A menininha foi levada até a avó, o oráculo, que segurou as suas mãos e balbuciou algo em seu ouvido. Inga riu, os dois dentes da frente faltando. E a gargalhada ecoou pela clareira, gostosa, vivaz. Sua mãe, Sigrid, pegou-a no colo e colocou-a sentada sobre a rocha. A garotinha fez uma careta quando sua pele tocou o sangue.

Sigrid se afastou, semblante pesado, mãos entrelaçadas à frente do corpo. Juntou-se ao marido e observou tudo em silêncio, a respiração entrecortada e as mandíbulas tensas.

Uma mariposa passou à frente de Inga, que tentou em vão pegá-la. Divertiu-se ao ver o inseto rodear uma das tochas que iluminava o local.

O oráculo pegou uma das facas, uma que ainda não fora usada. Tateou a menina e pousou a mão trêmula sobre a sua testa, fazendo-a se deitar. Inga obedeceu e permaneceu quieta, exceto pelos pezinhos sujos que balançavam para cima e para baixo. Colocou a língua pequena para fora da boca e começou a brincar com os lábios.

A velha olhou para cima, os olhos leitosos vidrados e a boca murcha pronunciando pedidos para os deuses.

O corvo grasnou e voou por entre as árvores.

A anciã respirou fundo, tateou novamente a menininha e, quando encontrou o pescoço magro, passou a lâmina afiada, fazendo um talho profundo.

O sangue jorrou, salpicando o rosto enrugado. O corpinho de Inga tremeu com alguns espasmos enquanto o sangue escorria profusamente pela rocha, delineando os sulcos das runas, sendo recolhido na tigela de barro por Åse. Então, a garotinha parou de se mover e sua cabeça pendeu para o lado, o semblante assustado, mas ainda lindo, puro.

O silêncio permaneceu. A multidão se aproximou da rocha. Inga morta sobre ela, os bracinhos caídos e os lábios arroxeados. Åse segurou a tigela à frente do oráculo, que enfiou a mão nodosa no sangue, passando-a em seguida no rosto. Novamente enfiou a mão na tigela, caminhou até Sigrid e Ulrik e pintou-lhes a face com o sangue da filha e das demais oferendas.

Pela terceira vez enfiou a mão na tigela e começou a atirar o líquido vermelho na multidão, que agora estava ensandecida. Algumas crianças riam da bagunça, outras choramingavam assustadas pelos cantos.

E assim os ritos sagrados terminaram. Os corpos das pessoas foram queimados em uma imensa pira e os dos animais foram assados e comidos. Todos se embebedaram com cerveja e muitos casais treparam ali mesmo, sujos de sangue, banhados de suor, rezando pela fecundação. Ulrik e Sigrid estavam entre eles.

Poucos voltaram à fazenda. A maioria dormiu ali mesmo na clareira, alguns desmaiados de exaustão e pelo excesso de bebida. E, quando os primeiros raios de Sol surgiram por entre as árvores, as pessoas começaram a despertar. Muitos ainda nus, outros tantos com martelos batendo nos miolos.

A clareira fedia a sangue, mijo e vômito. As pessoas cheiravam tão mal quanto. Cães devoravam os restos dos animais assados, fartando-se com os ossos, pele e gordura.

Os quatro irmãos foram os primeiros a ir até o barco, ainda que cambaleantes, prontos para enfrentar o mar revolto, ansiosos para desembarcar na terra dos ingleses e fazer fortuna como outrora. O Sol já estava alto no céu quando conseguiram içar as velas e levantar âncora. Os trinta e cinco homens remaram sem muita motivação, com os efeitos da bebedeira tamborilando em suas cabeças, enquanto o *langskib* se afastava lentamente da costa. O dragão estava livre outra vez.

– Recolham os remos! Amarrem as velas e se protejam, seus desgraçados! – berrou Ulrik, tentando falar mais alto do que o barulho da tempestade. – O martelo de Thor ribomba nos céus!

– Peguem os baldes e tirem logo essa água – gritou Einarr, o vento gelado castigando a pele. – Rápido, seus lerdos! Senão, vamos afundar!

Os homens obedeceram e trabalharam duro para esvaziar o barco, mas, a cada onda que quebrava no costado, o casco se enchia de novo. O exercício os ajudava a se aquecerem um pouco, estavam ensopados.

Kjeld pegou uma tigela e começou a jogar a água para fora.

– Você fique quieto aí e se segure bem! – Ragnvald gritou com o filho.

Ele não deveria estar nesse barco. Era muito novo para uma viagem como essa, mas o danado se escondera no meio das tralhas e só fora descoberto quando eles já haviam navegado por mais de meio dia. Era noite, Arvid sentou-se sobre um dos sacos e ouviu um gemido.

– Temos um rato nesse barco – falou ao puxar o sobrinho pela orelha.

Ragnvald ficou vermelho e avançou como um touro, pronto para dar uma surra no moleque, mas foi contido pelos companheiros.

– O meu Asbjørn navegou pela primeira vez com essa idade – disse Bjoern, o redeiro. – Foi quando fomos invadir as terras do bosta do Egil. Lembra-se, Ulrik?

– O seu moleque mijou na cara de um dos escravos que trazíamos para a fazenda enquanto ele dormia. Daí ele acordou assustado e engasgando. Nunca ri tanto na minha vida – Ulrik balançou a cabeça.

Ragnvald se acalmou e jogou uma manta de lã para o filho.
– Só não faça merda – disse, ainda sisudo.

A tempestade cessou. Todos estavam exaustos. O *longskib* aguentara bem o tranco e quatro dias depois da tormenta o dragão chegou à Inglaterra. Não era a mesma praia de antes. Não viram o mosteiro. Os homens temeram estar no lugar errado. Arvid estava convicto.
– Estamos um pouco mais ao sul de onde aportamos há dois anos – falou Arvid. – Estamos na Inglaterra.
Os homens comemoraram, confiavam na sabedoria dele. Desembarcaram e montaram acampamento na praia. Sabiam que por toda a costa outros barcos-dragão ancoravam. Os guerreiros estavam afoitos pelo ouro farto e fácil de ser tomado.
Nos primeiros dias fizeram apenas alguns saques em vilas e fazendas, praticamente só comida e umas poucas moedas de prata. Os homens estavam entediados e carrancudos. Alguns reclamavam bastante, devido à lembrança do farto butim da viagem anterior.
– Vimos um salão a meio dia de cavalgada – disse Frej, que saíra para desbravar a região junto com Gudmund. Eles haviam roubado dois cavalos em uma das fazendas.
– Dá para ir margeando a costa com o barco – falou Gudmund. – Assim chegamos até mais rápido – cuspiu – e, quando os cães perceberem a nossa presença, suas cabeças já estarão rolando pela areia.
– Então para lá iremos – respondeu Ragnvald, animado.
Os homens urraram em aprovação e começaram a desmontar o acampamento. Carregaram o *longskib* e afiaram as armas. Kjeld pintou um lobo no escudo do pai e ficou orgulhoso quando ele lhe deu a sua faca de caça.
– Ande sempre com ela. E se um dia precisar usar, faça sem dó – deu uns tapas no ombro do filho. – Mas, nas batalhas, fique longe dos guerreiros. Se eu pegar você por perto, corto o seu pauzinho fora, tá certo?
O menino assentiu com a cabeça, segurando o pinto com a mão esquerda. Colocou a arma, que para ele parecia uma espada curta, no cinto. Correu feliz para se esquentar junto à fogueira recém-acesa.
Os irmãos e os demais fizeram planos para o ataque e ouviram Frej e Gudmund falarem sobre o salão. Sabiam que seria uma luta

dura, mas poderia trazer boas riquezas. Com certeza melhores do que as conquistadas nos assaltos às fazendas.

– Partiremos com os primeiros raios de sol – disse Arvid. – Que Odin nos traga a vitória!

Todos concordaram e continuaram com os preparativos até o anoitecer. Uns pensando na glória, outros no ouro e na prata e muitos com aquele medo que antecede o derramamento de sangue. E, para se acalmar, recorreram aos últimos goles de cerveja azeda que tinham. Não conseguiram ficar embriagados, mas puderam relaxar um pouco para tentar dormir.

Na penumbra que antecede a alvorada eles partiram, singrando as ondas ao longo da costa. A carranca do dragão abria caminho pelo mar, enquanto os homens cantarolavam uma canção de guerra ritmada pelas remadas vigorosas.

Pelo mar viemos ligeiro
Atrás de ouro e peitos gostosos
Ganha o tesouro quem matar primeiro
Em nome dos nossos deuses poderosos

As mulheres adoram riquezas
E homens cheios de cicatrizes
Mostre o ouro e terá safadezas
De damas, princesas e meretrizes

Pelo mar surgiu o dragão
Que fez os homens cagarem nas pernas
Lutaremos com o coração
Para conquistar a glória eterna.

– Calem a boca! – Ulrik interrompeu a cantoria. – O salão está logo adiante. Vamos desembarcar naquela praia ali – apontou para uma estreita faixa de areia.

– A gente desce e faz o que tem que fazer – disse Einarr. – Devemos ser rápidos como uma flecha para não dar tempo dos infelizes chamarem por ajuda.

— Esses cagalhões ficam tão apavorados que sequer conseguem se mexer — zombou Ragnvald, fazendo os homens rirem.

— Isso aqui não é um mosteiro, meu irmão — disse Arvid, sério. — É um salão que deve pertencer a homens mais preparados. Quem sabe encontremos alguns guerreiros?

— Guerreiros, monges, fazendeiros... — Ragnvald ajeitou melhor o escudo no que restara da sua mão esquerda. — Esses ingleses não passam de uns veados.

Arvid não respondeu, apenas seguiu manejando o leme enquanto o barco se aproximava da praia deserta.

O casco tocou a areia grossa, os homens largaram o remo e pegaram as suas armas. Desembarcaram e se agruparam.

— Kjeld, fique no barco — ordenou Ragnvald. Resignado, o garoto obedeceu.

— Eles já devem ter fugido — rosnou Ulrik. — Tomara que esses bostas tenham esquecido algum ouro.

Andaram sem qualquer organização, subindo um pequeno morro até a imponente construção de madeira, muito maior que os maiores salões de sua terra gelada. Ainda havia animais nos cercados e em alguns casebres que circundavam o salão, bem como fogos acesos.

— Os cagalhões fugiram como ratazanas — disse Ragnvald, a apenas uns trinta passos do grande salão, que tinha as portas fechadas. — Largaram tudo e correram como coelhos assustados.

— Vamos com cautela, irmãos — Arvid preveniu. — Isso está muito estranho.

— Você não se lembra dos ingleses, Arvid? — Ulrik coçou o saco. — Já devem estar longe, choramingando como meninas.

Pararam à frente das portas duplas, da altura de dois homens. Então Einarr tomou a iniciativa e, ajudado por Ulrik, abriu as portas.

Caiu para trás no mesmo instante com uma flecha cravada no olho direito. Outra voou e fincou-se com um baque seco no escudo de Ulrik.

— Os filhos da puta armaram uma emboscada — gritou Arvid, pouco antes da onda de guerreiros ingleses avançar coordenada contra eles.

Mais duas saraivadas de flechas os fizeram recuar, abrindo um espaço precioso para que os primeiros homens passassem pelas portas. Dez deles saíram e fizeram uma parede de escudos, os outros vieram atrás e montaram uma segunda fileira, tão próxima à primeira que o homem da frente podia sentir o bafo quente do de trás no seu pescoço.

Os três irmãos, com a raiva inflamada no peito pela morte de Einnar, recompuseram-se e avançaram, Ulrik e Arvid empunhando escudo e lança e Ragnvald com seu escudo e machado. Os demais se juntaram aos irmãos sem qualquer ordem ou estratégia, e, depois de poucos passos, chocaram-se com a parede de escudos dos ingleses.

E a matança começou.

Eles tinham pelo menos uma dúzia de homens a mais que os ingleses. Todavia, a parede de escudos estava compacta, e os locais se mantiveram firmes pelos primeiros instantes.

– Odin! – berrou Ulrik ao trespassar a sua lança na virilha de um inimigo. Este caiu para trás, abrindo uma brecha para que Ragnvald destruísse a clavícula de outro com uma machadada violenta de cima para baixo. Logo ele estaria ajoelhado aos pés do tal deus crucificado.

Um inglês estocou com sua espada, e Arvid aparou o golpe com o escudo, contra-atacando, meio desajeitado, fazendo um corte com o gume da lança na altura das costelas do seu oponente, que mal sentiu o ferimento e continuou castigando o escudo de madeira.

Frej agonizava no chão, uma flecha presa à sua axila esquerda, outra logo acima do umbigo. Gudmund acabara de matar um ruivo de rosto coberto por cicatrizes com uma machadada precisa no meio do nariz. O infeliz desabou de joelhos, o sangue escorrendo pela barba, pintando o rosto feioso de vermelho. Foi difícil soltar a arma da cabeça dele.

Agora, no grupo inglês, também não havia mais ordem, formação, ou qualquer estratégia. Havia apenas homens lutando pela própria vida.

Ragnvald gargalhava enquanto seu machado decepava braços, talhava peitos e fazia viúvas. Ele mancava e sangrava pelo ouvido esquerdo, mas parecia não se importar com os ferimentos. Um após outro os ingleses foram tombando. Arvid perdera a sua lança, mas brandia a espada com habilidade. Aparou um golpe de *seax* com o escudo e enterrou a ponta da sua arma na boca do inglês, cortando lábios, arrancando dentes, talhando a garganta. O sangue esguichou, ele deu uns três passos para trás, caiu de costas e não mais se levantou.

Enquanto isso, Ulrik desfigurava o rosto de um rapaz com a bossa de ferro do seu escudo.

— Filho de uma cadela sarnenta — vociferava, ajoelhado ao lado do jovem desmaiado. — Você achou que podia me matar?

Mais três pancadas violentas e o crânio se esfacelou, fazendo sangue e cérebro se misturarem à terra.

Ulrik se levantou ofegante e apunhalou o pescoço, logo abaixo da nuca, de um careca que acabara de enfiar a espada na barriga de um dos homens do jarl Leif Haraldson.

E assim a batalha terminou, com vinte e um ingleses e seis homens do norte mortos, inclusive Einarr, um dos irmãos. Mais uns quatro estavam feridos, inclusive Ragnvald, que tinha um corte feio na coxa direita, além da pancada que levara no ouvido esquerdo, deixando-o surdo daquele lado.

Os homens agradeceram aos deuses e sentaram-se para descansar e cuidar dos machucados. Estavam felizes, apesar de tudo, pois viram torques de ouro e prata nos pescoços dos mortos, além de boas armas e algumas cotas de malha.

O dia chegava ao fim. Os irmãos e os demais bebiam uma cerveja fraca que encontraram em um barril dentro do grande salão e comiam peixes defumados com pão duro.

Queimariam seus mortos no dia seguinte, usando a madeira de um dos casebres como lenha. Estavam cansados demais para fazer isso agora.

Arvid preparou uma mistura com água do mar, mel, urina, cinzas e barro e colocou sobre o corte de Ragnvald, que se contorceu de dor. Enfaixou o ferimento apertando bastante e o irmão rosnou fazendo uma careta engraçada. Kjeld segurava a mão do pai, apreensivo.

— Já sobrevivi a merdas piores que essa, meu filho — respirou fundo. — Agora vá até o barco e me traga o meu casaco, estou congelando.

O garoto obedeceu prontamente e correu para fora do grande salão.

— Você perdeu muito sangue, meu irmão — disse Arvid. — Precisa descansar para recuperar as forças.

— Foi uma boa luta... — interrompeu a fala.

Ouviram um grito. Depois outro.

— Kjeld! — gritou Ragnvald levantando-se de um pulo e pegando o seu machado encostado na parede. Manquitolou para fora do salão, seguido pelos irmãos e pelos homens. Correu como pôde morro abaixo. E o que viu fez o seu sangue congelar nas veias.

O barco queimava, a cabeça de dragão consumida pelas chamas ainda fracas. Na praia, o inimaginável: o garoto caído de barriga para cima sobre a areia, uma espada longa atravessando seu corpo franzino, a silhueta na penumbra tal qual uma cruz. E na mão a faca de caça. A faca que acabara de ganhar de seu pai.

Ao seu lado, um punhado de cavaleiros e mais uma dezena de homens.

— Kjeld! — berrou Ragnvald com uma aflição nunca vista antes.

E logo veio à mente a previsão do maldito *draugen*.

Vejo um mar em tormenta. Vejo areias manchadas de vermelho. Vejo fogo e um dragão em chamas. Vejo quem não devia morrer ser trespassado pela cruz enquanto o Sol se põe, enquanto um novo grito de guerra é ouvido.

Tudo se cumprira exatamente como fora dito.

O sangue de Ragnvald voltara a correr com força em suas veias e o ódio explodiu no seu peito.

— Kjeld! — urrou e apertou o passo, segurando o machado sujo de sangue com o braço esticado ao lado do corpo. — Odin! Odin! Odin!

Esquecera-se dos ferimentos, não sentia qualquer dor. Correu, arfando, dentes cerrados, olhos de predador sobre a presa, as veias do pescoço e da testa saltadas, pulsando forte.

Arvid e Ulrik seguiram ao lado do irmão e os homens vieram logo atrás, mesmo os feridos. Alguns sequer portavam suas armas.

— Odin! Odin! — todos gritavam enquanto corriam.

Os cavaleiros avançaram, lanças em riste, seguidos pelos demais guerreiros.

— Odin! Kjeld! — Quinze passadas os separavam. — Morte! Odin!

Então veio o estrondo, metal contra metal, carnes dilaceradas, ossos partidos e os gritos de raiva e dor.

O destino previsto havia se cumprido.

E mais uma vez as areias da Inglaterra foram manchadas de vermelho.

Kitsune
Erick Santos Cardoso

Quando a espada entrou pela pele e então a carne e rompeu as entranhas, não gemeu por um senso herdado e aprendido de que isso não seria honrado, que seria fraco, covarde. Mas a dor parecia tão forte, tão intensa, que a única coisa que pôde fazer foi ignorá-la, correr para longe e deixá-la fora do espírito, esse que se amargurava pelo remorso e na vergonha de acordar a cada dia.

Os bambus farfalhavam à sua volta, eram altos e pareciam as lanças do céu que impediriam que algum incauto atrapalhasse esse momento sagrado. O som dos grilos e cigarras era um mantra frio e úmido como o ar, e o espírito do servidor só se agarrava a eles para ignorar a vida que se desgrudava a cada pequeno momento.

Escolhera encerrar a sua existência sem propósito e sem futuro antes que se iniciasse o dia seguinte, mas falhou. Quis ver o Sol uma última vez. E no começo da hora do coelho[1] ele já brilhava entre as frestas dos bambus, sua luz fatiada cortava a pele do samurai com o seu calor.

Uma raposa olhava para o homem que duvidava da sua escolha de morte. E saiu do meio dos bambus com os pelos dourados brilhando ao Sol.

O samurai se envergonhou ao ser flagrado pelo animal, e, enquanto o vermelho ganhava espaço no branco das suas vestes cerimoniais, quis matá-la para que não guardasse a sua última imagem.

Mas a raposa avançou, seu focinho sempre apontando para a

---

[1] No Japão antigo, o dia era dividido em 12 partes iguais, nomeadas de acordo com os signos chineses, cada hora-signo por sua vez sendo dividida em três partes. A hora do coelho abrangia aproximadamente das cinco às sete horas da manhã.

terra, seus olhos afiados e fixos nos do homem que já não segurava as primeiras lágrimas. O samurai as engoliu quando o bicho começou a falar dentro de seu coração.

– Por que a vergonha de viver é maior que a de morrer?

Não tinha dúvidas de que era ela. Pois a sua consciência voava longe para não enfrentar a dor, e os seus pensamentos de vida não pareciam mais importantes que o Sol e sua derradeira luz. E quis responder.

– Eu só existiria sem propósito, por que acordar no dia seguinte?

– Porque fugiu a sua vida inteira.

– Quem é você? – perguntou.

– Eu sou uma raposa. E você?

– Sou uma raposa também – respondeu o servidor.

A música da leve brisa entre os bambus foi quebrada pela voz da raposa na cabeça de Kitsune.

– E se tivesse a chance de apagar essa vergonha?

– Minha vida acabou, raposa. Só me resta esperar.

– Não acabou enquanto puder ver o céu ou chorar. O que você mudaria se pudesse voltar?

Kitsune pensou, mas não sabia o que dizer. Se a dor parecia sumir e a morte se tornava mais distante, desejava que isso acabasse logo. Não queria mais falar ou se expressar.

– Minha mulher. Ela não merecia ficar sozinha. Ela precisa de mim, como viverá sem que eu esteja por perto? – Essa fora a decisão mais difícil.

– Filhos?

– Não. Minha mulher não engravida.

– E se pudesse cuidar dela de longe, sem que precisasse surgir como Kitsune, mas como alguém que não fosse notado?

– Que feitio demoníaco é esse?

– É um poder das raposas. Dou-lhe o meu corpo e você vai até ela. Seja furtivo como uma raposa e vai vê-la e cuidar para que não lhe falte nada. Nós temos poderes. Eu fico em seu lugar para quando decidir voltar. Veja, o tempo não existe mais.

O silêncio. Kitsune notou que os bambus não farfalhavam mais, não faziam som. As cigarras e grilos estavam quietos.

Assustado, queria que o sangue continuasse invadindo a brancura da roupa, que a dor não tivesse sumido junto com o som e o movimento, que a raposa não tivesse surgido e começado a falar em seu coração.

— Vá cuidar de sua mulher, Kitsune — disse a raposa. Então, ao piscar os olhos, viu-se estático, um homem de roupas brancas sendo engolido pelo vermelho que partia de uma bocarra em seu centro, que mostrava suas línguas com uma lâmina brilhante no canto. O movimento que nunca acabava, o sangue que não se esvaía. Uma gravura de sua última decisão e da dor que decidira mandar para longe e se arrependera, pois os pensamentos eram muito piores.

Seu rosto estava próximo do chão, suas patas eram peludas e graciosas, as da raposa que havia pouco falava em sua mente. Virou-se e lá estava a sua cauda felpuda. Correu para a sua antiga casa sem receio de enfrentar a longa escadaria, tantos *toriis* e a chance de ajudar a sua amada esposa Mitsune. O seu corpo de homem congelado para sempre no momento derradeiro ficou para trás.

A sua casa não era a mais bela ou nobre, e nem de longe demonstrava a posição social que Kitsune se esforçou tanto para galgar. Mas dela emanava um senso de calmaria e de familiaridade que não sabia explicar, talvez por ser onde poderia sorrir apenas quando quisesse sorrir, sem o perigo de ofender ou não agradar.

Mas a sua esposa não estava lá. Estava vazia a sua casa, não havia ninguém.

A raposa seguiu pelas ruas de terra batida e, quando se lembrou da aparência, esquivou-se para trás dos quintais e jardins das casas, andando entre as sombras e longe dos olhos dos homens. Quando raposa, Kitsune não enxergava os rostos das pessoas. Todas eram manchas indecifráveis, como desenhos ruins em papel de seda, caligrafias mal executadas. Perguntou-se se poderia reconhecer sua esposa.

Chegou às ruas onde estavam as casas de chá e estabelecimentos onde bebia saquê com os colegas após o trabalho. E não pôde evitar as imagens que lhe encheram a cabeça.

Dias atrás o servidor trabalhava na contabilidade de seu feudo. Entre ábacos e registros, sentado de forma rígida e trabalhando incessantemente, da manhã à hora em que seria chamado para beber.

Era o funcionário mais competente da administração, o mais confiável. Com caligrafia precisa e números impecáveis, mantinha a ordem dos recolhimentos de impostos e dos celeiros. Encobria todas as manipulações e desvios de recursos que o seu amigo e oficial superior Kenji lhe pedia. A engrenagem perfeita para essa pequena parte da máquina do governo.

No intervalo dos jogos de dados na casa de chá – para eles era mais uma casa de saquê –, o servidor era polido e nunca perdia a oportunidade de ser gentil com os seus companheiros. Respondia a questões de trabalho sem delongas ou preguiça, e era ridicularizado pelos outros colegas de faces vermelhas.

– Você se esforça demais, Kitsune[2]! É hora de relaxar um pouco, podemos depois redescobrir as cortesãs no bairro alegre, o que acha?

– Claro, amigos. Vamos sim – sorria Kitsune, que tinha esse apelido desde muito tempo, por seus olhos serem pequenos como os de uma raposa e ter um sorriso quase permanente.

As cortesãs o tratavam de forma especial porque o seu dinheiro era sempre abundante, e enquanto as amava era quieto e dócil, o cliente que nunca dava problemas e era generoso não só com elas, mas também com os seus amigos, a quem empréstimos feitos nunca eram devolvidos.

A sua mulher o recebia exalando saquê e perfumes estranhos, mas o despia e ajudava a se preparar para o sono e o dia seguinte sob o Sol.

Mas agora Kitsune era uma raposa, e ansiava por ver essa mesma mulher. Foi até a rua onde estava o mercado, ela poderia estar comprando as coisas para fazer o jantar que ele nunca voltaria para comer. As pessoas sem rosto deixavam um rastro de tinta por onde passavam que logo sumia. A sua amada esposa não estava lá, também.

Confuso sobre o que fazer, pensou em ir à casa de uma das amigas de Mitsune, mas no caminho estava o cemitério da cidade. Então Kenji e o seu sorriso apareceram nítidos na memória. Sem borrões, as palavras de todos os tempos ressoaram enquanto a visão das lápides que guardavam as cinzas dos que se foram encheu-lhe o coração.

– Você parece uma raposa quando sorri – dissera Kenji certa vez, quando tinham dez anos. – Não dá para saber se é de verdade ou se está fingindo!

Kitsune resignou-se e entrou no meio das lápides. Os caminhos

---

2 Do japonês, "Raposa".

que formavam eram retos, às vezes se cruzavam. Escolheu um e o seguiu andando de uma ponta à outra. Kenji continuava falando em sua cabeça, mas a voz era a de um jovem bonachão.

– Mitsune é de uma família muito mais rica do que a sua, o que pretende com ela? Os pais dela nunca vão te aceitar, Kitsune, vê se toma jeito!

O cemitério terminou e a raposa seguiu por entre cerejeiras que margeavam o caminho que levava à casa do seu senhor. O lugar o atraía, uma devoção a servir que o seguia além da vida. Lá atrás, ao lado do templo de Fushimi Inari, sua morte congelada o aguardava.

Muros circundavam a enorme moradia, as *sakuras* que continuavam pela estrada também apareciam lá dentro, mas seus galhos negros já estavam despidos de rosa, as flores já morriam no final dessa primavera fria.

Enquanto os portões da propriedade se abriam e os guardas e transeuntes não se incomodavam com a raposa que se aproximava, Kitsune entendeu que talvez não pudessem vê-lo. Essas pessoas sem forma não o reconheciam, então atravessou a fresta aberta sem cerimônias, lembrando-se de quando transpôs as portas do mundo das altas famílias.

– Agora sua família é a de Mitsune, como se sente? – Kenji dissera quando bebiam depois da longa e solene cerimônia de matrimônio que envolvia trocas de roupas e rituais vencidos com diligência. – Não me olhe com esses olhinhos desse jeito. É bem você, não é, Kitsune, manter o seu sorriso incólume mesmo assim. – Kitsune era o homem mais feliz do mundo, mas não sabia se era por ter se unido à mulher que entendia amar ou porque cada porta que se pusera à sua frente transpôs sem grandes dificuldades. Era só manter o seu não-sorriso e andar sorrateiro entre os homens.

Pelo jardim organizado com esmero, Kitsune se aproximava do prédio que ficava no centro do terreno, com sua fachada larga elevada do solo, feita de delicadas paredes e portas de seda. Visto de baixo, como uma raposa, tudo parecia maior e mais imponente. Ouviu então o que parecia uma conversa dura e tensa e subiu para a varanda, esperando uma brecha para entrar ou ver quem era.

Era uma conversa ríspida quase sussurrada que cortava o ar frio. Esgueirou-se por costume, pois era invisível aos homens.

E em uma pequena sala, separada dele por alguns guardas e pouca luz bruxuleante, o rosto de Kenji era visível, límpido, enquanto o de seu amado senhor, a quem servira com afinco, era um borrão negro que dançava com manchas de luz. O que suas orelhas pontudas captavam não fazia sentido. Seus pequenos olhos não entendiam como Kenji poderia receber essas ordens de seu senhor sem questionar, com tanta naturalidade, como se o que era pedido fosse algo simples, em conformidade com aquele que sempre o guiara com amizade e dedicação. As palavras que Kitsune ouviu ecoaram muitas vezes em sua cabeça.

– Cuide para que não haja dúvidas que o culpado seja somente aquele a quem chamam de "Kitsune". Os registros estão todos com seus carimbos e aprovações, não há como as suspeitas de sonegação chegarem até mim. Já interrompeu os despachos para os receptadores dos produtos? Se não aceitarem depor que recebiam a mercadoria e pagavam para Kitsune, e que a negociação era só com ele, serão expostos e poderão perder suas cabeças também.

– Meu senhor, Kitsune não é visto desde ontem. A sua esposa disse que ele não voltou para casa. Temo que tenha descoberto que terá que se responsabilizar pelas acusações. Eu não entendo como ele pode ter se ausentado, o natural é que se apresentasse e executasse o *seppuku* aqui mesmo diante do senhor.

– É dedicado, mas não é estúpido. E ele não foi acusado formalmente, só viu a movimentação que ocorreu nos últimos dias. Deve saber que foi por nosso cuidado que as investigações do xogum só puderam terminar nele. Fugiu ou se matou, mas longe de todos.

Kenji olhou para o chão e os seus lábios estremeceram por um instante. O rosto do senhor não tinha forma, Kitsune daria a sua alma de raposa para poder ver os olhos de quem dizia palavras tão frias.

– Espero que esteja cuidando pessoalmente para que os outros envolvidos não tenham chance de fugir ou tentar nos acusar para os auditores do xogum.

– Meu senhor – disse Kenji –, tudo isso tem sido feito com muito cuidado, se o xogum não estivesse cavando mais impostos por conta da crise que a guerra tem causado, não estariam escrutinando as contabilidades dos seus feudos mais fiéis e leais como o nosso.

– Só retorne com as cabeças dos outros envolvidos que não estejam sob nosso controle. Vamos apresentá-los ao xogum como atos de justiça por termos descoberto a corrupção.

Quando Kenji saiu, foi seguido por Kitsune. Seus passos deixavam um rastro de tinta vermelha, que cheirava ao aço apodrecido de muitas lâminas. Iria ele à casa de quem? Eram pelo menos uns três culpados que não poderiam escapar ilesos se a investigação dos auditores apertasse.

Mas Kenji entrou em uma residência que conhecia bem demais, para a surpresa da raposa, que o seguia tentando entender o que a família de sua esposa teria a ver com isso. O seu sogro conhecia essa situação e era conivente com ela? Kitsune quis voltar ao templo e esquecer a ideia de cuidar de sua amada, era tudo terrível demais.

E quando Mitsune saiu ao encontro de Kenji, seu rosto era luz pura, e isso quase cegou Kitsune. Ela era a mulher que tanto amara, a quem dedicou a sua trajetória como servidor para satisfazê-la, torná-la a mulher mais feliz e próspera do feudo.

Quando sem qualquer pudor ela beijou Kenji e o envolveu nos braços vestidos na mais fina seda comprada por Kitsune, a luz se exauriu e se tornou o calor que subiu a sua garganta. Espremeu os olhos para que não vissem, mas os rostos em meio às pessoas borradas eram as únicas coisas que sempre reconhecera como a segurança de sua vida. Aqueles a quem tudo poderia confiar.

– Não temos notícias de Kitsune. Ele deve ter fugido, ele sabe de tudo.

– Ele sabe de nós? – perguntou Mitsune angustiada.

– Nunca imaginaria. Não isso. Nunca olhou para os lados, sempre só pensou que precisava subir até o céu.

– O que me importa é que estejamos juntos. Por favor, não me deixe, Kenji. Estou com medo do que pode acontecer.

– Aqui na casa dos seus pais você estará segura. E eles aprovam a nossa relação, vou cuidar para que consigam o divórcio por conta das acusações contra o seu marido e que nada recaia sobre você. Mesmo que tomem os bens de Kitsune, não tema, minha querida. Posso prover a você muito mais do que o raposa já pôde fazer um dia.

– Ele só me dava as coisas que posso comprar.

Kitsune recuou e quis fugir, as ruas de terra agora todas vermelhas da tinta sanguínea. Preso nesse mar, voltou-se uma última vez para o casal que não podia encarar.

– Eu devo ir cuidar de outros acusados.

– Não vá. Não me deixe agora.

– A responsabilidade é minha para que o senhor esteja ileso das investigações. É o meu dever como servidor.

Kenji deixou Mitsune, que mergulhou o rosto na seda e desabou sobre o chão rubro. Ela chorava sangue, e essa foi a última vez que a raposa pôde vê-la. Seu rosto se tornou um borrão e se confundiu com a casa ao fundo, como se água tivesse manchado a gravura de onde viera.

Pisando no sangue oleoso por toda parte, a raposa seguiu Kenji, que ia executar as suas tarefas derradeiras. Mesmo sabendo que não o encontraria, procurou o monte Fuji para tentar ver algo que estivesse acima de tudo, olhou para o céu e o horizonte tentando sair do chão, já que era um animal mágico quis flutuar e talvez ir mais alto que tudo e todos, mas só podia se enlamear na tinta vermelha e prosseguir por esse lodo cada vez mais denso.

O seu amigo Kenji se afastava, tentava odiá-lo, mas ele andava sem dificuldade pelos rios em que se transformaram as ruas. A raposa persistia e vencia, suas patas cansadas e o desejo da dor da lâmina em sua barriga surgindo com mais frequência.

A primeira morte que Kenji causou foi aceita com resignação, o servidor não tentou reagir. Era ser cortado para uma queda indolor ou arrancar a própria vida por honra. Escolheu o caminho fácil. A segunda teve uma rápida troca de golpes, mas a esgrima superior do oficial não deixou dúvidas sobre a razão de a incumbência ser dele. A terceira foi mais dura, e foi com dificuldade que a raposa assistiu à partida desse mundo de mais um homem que só seguira o que lhe fora pedido sem questionar.

De seu corpo rasgado o lodo do chão também transbordava, o olhar da sua esposa inconformada abraçada ao filho, o futuro incerto de ser casada com outro homem qualquer e a impossibilidade de ser aceita em uma boa família eram dúvidas que se misturavam ao desespero de perder o pilar da sua casa. A raposa não podia mais assistir. Se era um ser além da realidade dos homens, ela precisava agir.

Kenji limpava a própria lâmina e se preparava para sair, e então ouviu o grito desesperado da recém-viúva. O seu marido se reerguia do mundo dos mortos, tomado pelo sangue-tinta que alagava a residência e se estendia para o quintal. A mulher abraçou o filho e se afastou assustada, foi engolida pelo lodo rubro e sumiu de vista.

Kenji encarava a raposa dentro do homem-morto, do servidor que apenas seguiu as suas ordens em nome do seu senhor. E tomou postura de luta, a lâmina suja pronta para cortar o inimigo mais uma vez. Quantas vezes fossem necessárias.

A raposa não se lembrava da esgrima ou como empunhar uma arma. Lembrava-se pouco da língua dos homens e, quando a sua voz saiu pelos lábios do executado, estranhou.

– Eu daria a minha vida por você, Kenji.

Kenji estranhou aquilo e respondeu:

– Todos daríamos a vida pelo *senhor*. É o nosso papel como servidores, é isso que significa ser um samurai.

– Não me reconhece, obviamente. Sou a raposa, não me enxerga porque estou morto, mas agora vivo para impedir que continue a sua vida inútil.

Kenji matou o morto mais uma vez, o corte preciso abriu o tronco como se fosse um boneco de palha usado nos treinamentos. O morto tombou sem sequer ter a chance de posicionar a própria espada. Mas o lodo o dominou novamente, pois não havia mais o que sangrar, e o fechou para que se reerguesse e enfrentasse aquele que destruiu a vida da raposa.

– Sou a raposa que perdeu a própria vida para que você tivesse a sua. Gozando da melhor reputação, da confiança do senhor, do amor daquela que deveria ser a minha mulher.

A isso Kenji reagiu, não parecendo entender que magia estranha era aquela que dominava o morto. Baixou a lâmina por um segundo e quase não conseguiu esquivar do corte vertical com um jogo de pernas que o girou no ponto de apoio e lhe permitiu contra-atacar. A raposa usou as costas da espada e repeliu o ataque, cortou uma vez horizontalmente para dificultar a esquiva, porém Kenji saltou para trás, habilidoso.

– Que demônio é você? Como vive novamente para me enfrentar?
– e ergueu a lâmina para golpear a cabeça do morto-vivo, que tropeçou por não ser hábil e caiu sentado. Foi perfurado com a espada de Kenji no pescoço, para que não falasse mais.

O céu estava vermelho como o chão. As coisas do mundo eram apenas as suas sombras, silhuetas negras em uma imensidão rubra. Não havia Sol, tudo era sombra ou a cor do sangue. A raposa se ergueu uma terceira vez e desta vez não empunhou a arma. Deixou-a no chão. Kenji recuou mesmo assim.

– Você, a quem amei como um irmão, por que me tirou tudo? Não pode me ver, Kenji? Quem sou eu que fui tão insignificante em sua vida para não ser lembrado nem no momento final? Eu preciso que se lembre de mim, o que eu fui, o que fiz. Olhe-me, meu irmão. Por que me tirou tudo? Não me vê, não ouve as minhas palavras, não sente o meu propósito? Maldito seja aquele que não reconhece os seus!

– Demônio, não adiantam os seus truques para me confundir. Não me terá sob seus feitiços, vou cumprir o que me foi pedido. – E Kenji cortou a raposa uma terceira vez.

O lodo dominou a vista da raposa, que só viu a morte de dentro, embebida no gosto de aço que lhe sufocava a garganta.

E a raposa coçou os olhos com uma das patas e viu a recém-viúva que chorava diante do marido morto, inconformada, abraçada ao filho que encarava sem estremecer o corpo do defunto. Kenji limpava a lâmina e se preparava para sair, para cumprir alguma coisa em nome de alguém e fazer alguma coisa para ter os favores de alguém e sorrir, e viver para repetir tudo isso quantas vezes fosse necessário.

– *Kitsune*? – disse Kenji.

Mas ele se referia à raposa que via. Uma pequena raposa que o encarava de perto, dentro de uma casa de humanos. E, quando o animal notou que era visto, sentiu-se inseguro e ameaçado, e correu para dentro de um arbusto no lindo jardim de pedras e plantas cuidadas com esmero.

Nas ruas, as pessoas a olhavam assustadas, pois raras eram as raposas que se aventuravam pelas cidades dos homens. A raposa precisava voltar para o Fushimi Inari, reencontrar a morte em um mundo que só tinha tanta luz.

Enquanto subiu o caminho das centenas de *toriis*, sentiu uma brisa que lhe roçava os pelos e o aquecia, quanto mais alto, melhor a doce sensação. A floresta de bambus surgiu dançando com o vento vagarosamente.

Como dedos que procuravam um *koto* que não seria tocado nunca, eles buscavam o céu, sem parar, sem desistir. Os bambus formavam paredes dançantes que fizeram com que a raposa esquecesse o porquê de estar ali, o que a levara da cidade dos homens a esse lugar tão pacífico, tão solitário.

Procurava o lodo que cobria o chão e, depois de muito buscar, viu uma estátua, um homem com as mãos na barriga em um ato incompreensível, que parecia ter atravessado os milênios. E sob ela uma poça, um pequeno lago, mas de flores vermelhas. Aquelas que os humanos chamam de *higanbanas*. Formavam uma pequena cama, suas pétalas afiadas como aranhas deitadas de pernas para cima. Muitas delas próximas à estátua, mas depois rareavam e sumiam de vista, perdendo o terreno para a grama verde.

O som das cigarras voltou com força para as suas pontiagudas orelhas, que tremiam, tentando captá-lo melhor. Não havia o som dos corvos, esse não era um lugar de morte. A vida de uma raposa era plena e cheia de possibilidades. A luz do sol atravessava os bambus e aqueceu os pelos dela, que se enrolou sobre a cama de *higanbanas* para dormir. Sonharia que seria uma raposa, que não se lembraria do que ficara para baixo, o mundo aonde os degraus levavam.

Acordaria para um novo dia, pronta para a efemeridade do ato de existir.

A Dama Negra e a Donzela de Palha
Nikelen Witter

O FARDO DE feno voou por alguns instantes antes de aterrissar sobre o garoto que esperava. O impacto quase o achatou.

– Segure direito, molenga! – caçoou o homem de cima da carroça.

Edward bem que quis responder, mas não teve fôlego para hostilizar o irmão mais velho. Segurou com firmeza o fardo e, com o corpo arqueado, arrastou-se até os fundos da estalagem. Os cabelos cor de carvão estavam colados no rosto vermelho e sujo. Os sapatos de couro gasto mais estorvavam – coçando e aquecendo – do que protegiam. Fibras duras de feno pinicavam seus dedos, entrando dolorosamente sob as unhas, e ainda rompiam as fibras da camisa, espicaçando a pele das costas.

No entanto, aquilo era só trabalho e não algo de que Edward pudesse reclamar. Ele certamente nem pensaria que era possível viver de outra maneira. O que o incomodava era o fato de que, toda vez que vinham ao mercado vender as sobras da colheita, eles ficavam apenas o suficiente para o trabalho pesado. Nunca restava tempo para vadiar um pouco pela vila, ver pessoas diferentes, ouvir o que se contava daqui e de acolá. Para quem vivia longe da aldeia, aquelas vindas eram esperadas como o melhor acontecimento em semanas. Seu maior desejo era o de, algum dia, conseguir ultrapassar as poucas léguas que o separavam de Londres, com suas pontes, castelos e o rio que desaguava no mar.

Quando finalmente conseguiu chegar aos fundos da estalagem, localizou as pernas de um homem grande que carregava uma sela.

– Onde eu largo?

– Lá dentro – respondeu o outro, indicando o interior do

estábulo. – Ei, eu encomendei seis desses – falou o homem com uma cara sisuda.

– Eu sei – respondeu Edward, mal-humorado. – Já vou trazer.

Ele voltava à carroça quando o homem o interrompeu.

– Cadê o outro? – perguntou.

– Que outro?

– O grandão. Ele não devia estar ajudando você?

– Está na carroça – respondeu o garoto, sem entusiasmo.

O que ia dizer? Era assim que as coisas funcionavam na sua casa. Era seu irmão mais velho quem dividia o trabalho e, quando o fazia, levava em conta apenas sua própria comodidade, sem se valer de nenhuma lógica. A questão sobre seu tamanho ou força física nunca contou muito. Afinal, se não sobrevivesse à infância, ao menos sua vida não teria sido desperdiçada.

Quando terminou a tarefa, Edward se sentia nojento. Estava suado, sujo e com terra e feno entranhados em cada mínimo pedaço de pele. Perguntou ao cavalariço se havia um lugar onde poderia se limpar. O homem apenas lhe fez um sinal com a cabeça, apontando o cocho onde os cavalos bebiam água. Edward agradeceu e se apressou em jogar água no rosto, lavar o pescoço, catar feno dos cabelos e sacudir a roupa suada que vestia. Estava considerando tirar a camisa, enfiá-la na água e depois vesti-la molhada mesmo, porém o plano caiu por terra ao ser surpreendido por uma voz de menina.

– Olá.

Sem comando, o joelho de Edward dobrou para o lado errado por um instante assim que ele deu de cara com os dois grandes olhos que o fitavam. Conhecia a garota. Seu nome era Megan. Ela era filha dos donos da estalagem, tinha uma pele que parecia feita de leite, cabelos castanhos brilhantes e aqueles olhos da cor do céu. Na opinião de Edward, não havia menina mais bonita em toda a vila, nem nos arredores; talvez nem mesmo em Londres. A não ser, claro, que fosse uma princesa. Dizem que todas as princesas são bonitas.

Edward sacudiu a cabeça do devaneio para responder.

– O-oi.

Acabava de descobrir que, após vir tantas vezes até a vila com a esperança de vê-la, nem que fosse de relance, ainda não estava preparado para falar com ela. O sorriso de Megan ajudava bem pouco, assim como sua própria figura suja e amarfanhada. Porém dava graças a Deus por não ter tirado a camisa momentos antes de ela chegar. Morreria de vergonha.

— Você quer água? — ela perguntou, gentil. Depois pareceu se dar conta de que talvez tivesse dito algo errado. — Digo, para beber. Quero dizer, que não seja do cocho. Eu trouxe, olhe aqui.

Edward achou que devia ter feito que sim com a cabeça, porque ela virou parte do conteúdo da moringa que trazia nas mãos num copo de barro e entregou para ele. Um tremor fez com que, na passagem do copo da mão dela para a dele, uma boa parte da água se perdesse. Agradeceu sem jeito e bebeu quase de um gole, se afogando um pouco.

— Quer mais?

— Sim — ele estendeu o copo. — Obrigado.

Megan sorriu e Edward também. Nem podia acreditar. Estavam conversando! Ele tomou a água com a menina a observá-lo atentamente, o que o garoto acompanhou com o peito estufado.

— Outro? — ela pareceu ansiosa para que ele aceitasse.

— Claro.

Ele podia ficar ali, bebendo água o dia inteiro, e Megan parecia satisfeita em servir copos e mais copos para ele. Mas o paraíso tem seu preço — e este, em geral, se não é o inferno, é o purgatório.

— Ei! Você não devia estar ajudando seu irmão?

O filho do ferreiro estava no portão dos fundos da estalagem. Na verdade, ocupava todo o vão do portão. Estava acompanhado de mais uns três garotos que Edward reconheceu por ver de longe. Um grupinho que gostava de fazer desordem, provocar brigas com meninos mais novos e praticar pequenos roubos no mercado. Edward não gostava de nenhum deles e a recíproca, por algum motivo estranho ao seu entendimento, era a mesma.

— Eu já terminei.

— É? E quem te deu a permissão para falar com ela? — apontou Megan com o queixo.

— Fui eu que ofereci água a ele — replicou a garota, indignada.

O menino ignorou-a.

— Você não pode falar com ninguém por aqui, camponês.

— E por que acha que pode mandar em mim? — reagiu Edward. — Eu já fiz o meu trabalho e falo com quem eu quiser!

– A vila é nossa! – vociferou o garoto. – E eu acho que você quer continuar vindo aqui e vendendo sua colheita, não é? O que sua família faria se os nossos pais fossem comprar de outro fornecedor, hein, seu inútil?

– Inútil? Essa é boa! E que utilidade vocês têm batendo nos menores, roubando no mercado e comendo como porcos?

Isso foi suficiente para instalar a confusão: furioso, o filho do ferreiro investiu às cegas sobre ele. O cavalariço veio correndo e berrando contra os garotos e Edward, sem nem conseguir dizer uma palavra a Megan, saiu correndo. Pulou a cerca que dividia o estábulo da rua dos fundos e se lançou em direção ao mercado para tentar desaparecer na multidão. Não demorou muito para ouvir o tropel dos garotos atrás dele.

Duas travessas além, Edward se viu engolfado pela multidão que afluía ao mercado da vila. Carroças, cavalos, porcos, ovelhas, homens e mulheres carregando fardos envoltos em couro e lã e cavaleiros em armaduras velhas, já não tão brilhantes. Desviando e trombando como podia, Edward tentou se enfiar no meio deles. Olhou para trás e os garotos continuavam a segui-lo, causando, pelo menos, o triplo de estrago nos passantes. Edward gingou o corpo para desviar de um homem com um carrinho cheio de repolhos, pulou sobre um porco, quase caiu ao escorregar sobre restos limosos de hortaliças em frente a uma barraca, mas nada o deteve.

Às suas costas, identificava o barulho de gente sendo derrubada e de palavrões, cada vez mais altos e indignados, dirigidos a ele e aos outros garotos. O pior era que, à medida que avançavam para o centro da vila, havia mais gente e mais obstáculos – e, consequentemente, os meninos causavam mais desastres.

Numa das curvas do caminho, Edward viu quando um dos garotos foi agarrado pela orelha por uma feirante cuja banca caíra após sucessivas trombadas. Os outros não pararam e a perseguição seguiu ainda por duas ruas. No meio da confusão – que incluiu esbarrar e, mesmo sem querer, derrubar uma mesa de maçãs –, Edward girou para a direita, se abaixando, desviou de dois ou três grupos e entrou numa ruela lateral que estava praticamente vazia. Ainda correu alguns metros até verificar por sobre o ombro que, aparentemente, seus perseguidores haviam ficado para trás.

Levou a mão até o lado do corpo para segurar a dor aguda que gritava ali. Escorou a outra mão no joelho e inspirou com dificuldade. O sorriso acabou vindo e Edward já estava a ponto de cantar vitória quando uma voz zombeteira se fez ouvir:

— Cansou?

O filho do ferreiro e outro garoto estavam poucos metros à frente dele. Edward mal pensou e se virou para continuar correndo. Não chegou a dar um passo. Seu nariz se esborrachou contra o ombro do mais alto dos meninos. O outro sorriu. Com um safanão, virou Edward e o segurou pelos braços. O filho do ferreiro não esperou convite: fechou a mão e esmurrou a boca do seu estômago, sem pena. O pouco ar que ele havia conseguido respirar ao parar a corrida saiu dos pulmões de uma só vez. O segundo e o terceiro soco o dobraram ainda mais sobre si mesmo e afrouxaram suas pernas. A dor era tanta que Edward nem ao menos conseguia pensar. Ouviu risos e caçoadas, mas em seguida uma espécie de zumbido começou a encher os seus ouvidos e tudo pareceu ficar muito longe.

— Quebra a cara dele!

— Não. O irmãozinho grandalhão dele pode ficar nervoso se vir sangue e eu não vou me complicar por causa desse idiota. — Contudo, parecia que o filho do ferreiro achava que a sua barriga não sangraria e lhe deu mais um soco.

— Espera. — A voz de um dos outros garotos parou a nova sequência de golpes. — Eu tenho uma ideia.

No instante seguinte, Edward se viu arrastado pelos braços rua abaixo. Estava com dificuldade de abrir os olhos por causa das dores lancinantes no estômago, mas quando abriu se arrependeu. O que viu o fez abrir a boca — e essa era a última coisa que ele devia ter feito, já que foi jogado num lodaçal verdolengo bem no meio da rua de baixo. O gosto de bosta de cavalo chegou até a sua garganta enquanto ouvia os garotos rindo às suas costas.

— Acho que agora ele aprende — disse um deles. — Vamos embora!

As risadas se afastaram. Edward achou que tinham cuspido nele antes de ir, mas não tinha certeza, já que metade do corpo estava enfiado no barro fétido. Naquele momento, nada poderia tê-lo humilhado mais. Ergueu a cabeça apenas quando achou que não haveria perigo de eles voltarem. Cuspiu o que entrara na sua boca.

Sabia que estava chorando de raiva, mas seria impossível localizar as lágrimas, todo ele era uma coisa escura, marrom e verde, nojenta e fedida.

Sacudiu as mãos para tirar o excesso e depois tentou limpar o rosto. O ódio pelos garotos fervia nele como nunca e piorava a cada alfinetada dolorosa em seu estômago. Edward segurou a barriga com a mão, tentando diminuir a dor, e se arrastou para fora do barro antes de tentar ficar em pé.

– Se quer saber, foi covardia.

Edward demorou a achar a origem do comentário, feito num falar que soou estranho. Só naquele momento percebeu o que, provavelmente, nem seus algozes haviam notado: não estavam sozinhos no beco. Uma carroça em forma de jaula estava parada ali e dentro dela havia uma mulher.

O menino manteve distância enquanto se levantava. Aquela era a mulher mais impressionante que ele já vira. Tinha o rosto escuro – negro, ele diria. Assim como as mãos, os braços e o colo aparente. Edward desconfiou imediatamente que a pele dela deveria ser toda daquele jeito. Nunca tinha visto uma pessoa assim. Por outro lado, era daquela forma que se transportavam os prisioneiros e aquela mulher devia ser uma bandida para estar presa ali. A carroça estava atrelada a um cavalo de patas largas e peludas, mas, num relance de olhos, Edward percebeu que não havia guardas por perto. A mulher na carroça percebeu sua preocupação.

– Foram comprar comida para a viagem – disse, respondendo à pergunta muda. – Vamos para Londres, sabe? É claro, eu pedi que me trouxessem uns ovos cozidos, mas, como são dois idiotas, acho que vão esquecer. E, se estivessem aqui, não creio que o tivessem defendido.

– Deixaram você sozinha? – Edward não soube dizer por que trocou qualquer palavra com a estranha mulher. Deveria era ir logo embora dali.

– Eu pareço alguém que pode sair para passear?

A prisioneira apontou o cadeado na portinhola da jaula e Edward percebeu que se tratava de uma jovem extraordinária. Os cabelos escuros e crespos caíam selvagemente sobre o rosto, contribuindo para os dentes dela parecerem ainda mais brancos. Os olhos muito negros tinham um divertimento que o menino não esperava ver em alguém enjaulada daquele jeito.

— Tem água ali adiante — a moça apontou uma coletora de pedra que ficava junto a uma das casas da rua.

Sem muita escolha sobre o que fazer, Edward rumou para lá. Muitas casas tinham coletoras como aquela. Pegavam água da chuva que depois era usada para beber e dar de beber aos animais. Como estava sempre chovendo, elas sempre tinham água. Certamente os donos não ficariam nada felizes se vissem Edward emporcalhando a coletora, mas, como não havia ninguém por ali, ele resolveu se arriscar. Precisou de muito mais tempo do que na estalagem para se sentir novamente uma pessoa e não um monte de estrume.

— Vai dar o troco? — perguntou a prisioneira.

— Talvez — respondeu Edward, ainda ardendo de humilhação, mas com a consciência clara que teria poucas chances de vingança. — Quando chegarmos à Vida Eterna.

— Mocinho paciente — ela debochou.

— Olha... — Edward desistiu antes de responder. — É complicado, está bem?

— Com certeza. Cada um deles tem pelo menos duas vezes do seu tamanho e o gordão dá três de você lado a lado.

— Pois é. — Edward deu as costas para a jaula e já se dispunha a deixar o lugar, mas ela o chamou de novo.

— Ei, menino! Espere.

— O que é?

— A brincadeira que fiz sobre eles não trazerem comida — falou, lançando um olhar para o fim do beco; Edward deduziu que os guardas deviam ter saído por ali. — Eu... eu não como desde ontem e... Londres não é tão perto...

— Desculpe — respondeu Edward, com sinceridade. — Não tenho dinheiro comigo.

— Não. Eu achei que não. Tudo bem, eu... — ela esticou o braço para fora da gaiola, apontando. — Ali, eu vi umas maçãs rolarem de uma mesa. Acho que vocês derrubaram na confusão. Você... se importaria de trazer uma para mim?

Edward olhou a rua em ladeira por onde havia descido e depois sido arrastado pelos outros meninos. De fato, não lhe custava nada.

— Certo.

Subiu a ruela procurando pelas frutas. Precisou espremer os olhos para focar os cantos escuros e levou algum tempo até localizar as maçãs. Edward as recolheu e voltou para junto da jaula. Até pensou em ficar com uma para si, mas depois se deu conta de que a prisioneira, certamente, levaria muito mais tempo do que ele para ver novamente uma refeição. Ele não hesitou ao entregá-las; só quando a mão dela tocou a sua, fazendo-o sentir um estalo dolorido na pele, o menino considerou que ela poderia feri-lo ou algo assim. Deu, então, dois passos para trás, enquanto observava a jovem devorar a primeira maçã. Parecia que nunca havia provado nada melhor em toda a vida.

— Por que prenderam você?

Ele não soube por que não conseguiu controlar a curiosidade. Talvez fosse a juventude da moça. Quer dizer, era uma mulher, não era? O pai dele sempre dizia que as mulheres eram más por natureza. Imagine uma que fosse negra como aquela. Devia ser uma ladra. Mas não se levavam ladrões para Londres.

A moça o mirou, ainda mastigando. Seus olhos escuros ganharam um ar malicioso e Edward sentiu os pelos da nuca se arrepiarem.

— Eu matei um homem — respondeu ela, sem desviar o olhar, desfiando cada palavra como se tivesse orgulho apenas em pronunciá-las.

Edward retrocedeu instintivamente mais um passo, e a jovem riu antes de dar nova mordida na maçã. Ela pareceu perder o interesse em Edward, como se esperasse que ele fosse sair correndo dali.

— Por quê?

— Por quê? — repetiu ela, incrédula. Edward não soube se pela pergunta, ou por ele ainda continuar ali.

— É. Por que você matou um homem?

A prisioneira o considerou por alguns instantes enquanto engolia a maçã.

— Digamos que eu não quis deixar o «troco» para a próxima vida.

— O que foi que ele fez? O homem que você matou?

A moça esfregou a segunda maçã nas roupas, e só então Edward percebeu que elas eram bem melhores e mais limpas que as suas. Não eram roupas de uma mulher qualquer. Ela era uma dama.

— Ele estava junto com os homens que mataram o meu pai,

violaram minha mãe e nos trouxeram à força para este país. — Ela mostrou os dentes grandes e muito brancos numa espécie de provocação. — Seus Cruzados são mesmo valorosos.

Edward engoliu em seco.

— Me parece que ele mereceu.

— Claro que mereceu — rosnou a moça.

A vida e os problemas de Edward, de repente, lhe pareceram tão mesquinhos e pobres, tão estranhos à vida que ocorria fora da fazendola dos pais.

— Que idade, hã... — hesitou, depois concluiu que tratá-la sem formalidade após dar-se conta de que era uma dama seria muito grosseiro. — Que idade a *senhora* tinha?

— Cinco.

— E a sua mãe? Como ela vai ficar agora que a prenderam?

— Minha mãe morreu há três anos — a jovem respondeu sem emoção.

E Edward, que tinha achado impossível tornar as coisas piores...!

— Eu... eu sinto muito.

A moça fez que sim com a cabeça e voltou a mascar os pedaços de maçã.

— O que... o que acha que irão lhe fazer?

— O que *você* acha? Sou uma mulher. Uma estrangeira. Matei um homem. Acaso não sabe como as coisas funcionam? Levam-me para Londres e para a forca. Claro, ainda pretendem abusar de mim no caminho.

Edward acabou por dar uns passos até a jaula. Seu medo se evaporara.

— Isso é terrível!

A moça ergueu as sobrancelhas e mordeu novamente a maçã em sua mão.

— Chato, não é?

Edward estranhou o tom do comentário.

— A senhora não parece preocupada.

— Meu desespero não vai me tirar daqui. — Ela olhou para o fim do beco. — É melhor ir, garoto. Logo os guardas vão voltar e você vai apanhar de novo se eles o virem.

— Tem algo que eu possa fazer? — perguntou Edward sem pensar.

Dessa vez, a dama sorriu sem nenhum deboche, os dentes brancos ofuscantes no rosto delicado.

– Obrigada pelas maçãs, querido.

O que aconteceu a seguir, Edward levou algum tempo para explicar a si mesmo. Foi estranho, misterioso e, provavelmente, muito errado. Edward, porém, não tinha a menor ideia de como fizera. Lembrava-se apenas de ter sentido uma imensa compaixão pela jovem dama negra e que, a título de despedida, ergueu a mão num aceno de adeus. Contudo, como se tivesse sido atingido por alguma coisa destruidora, o cadeado explodiu e partes dele se espalharam para todos os lados. A porta da jaula se abriu em seguida, fazendo Edward recuar com a boca aberta de susto. A prisioneira pareceu bem menos espantada.

– O que sabe sobre magia, meu menino?

– Eu não... – negou Edward, apavorado.

A jovem não esperou que Edward se recuperasse do choque e pulou para fora da carroça.

– Não, você não quis, claro. Nem poderia. Até agora! – ela explicou, olhando-o com admiração.

– Não compreendo.

– Magia não acontece sem cobrar algo em troca. E, quando ferimos a beleza desse dom, ele pode se negar a nós. Minha magia se foi quando eu a usei para matar. A magia não reconhece razões, apenas atos. Talvez por isso ela o tenha escolhido.

– O que quer dizer?

– Você tem a magia em suas mãos – respondeu a moça, com entusiasmo – e ela o servirá enquanto usá-la bem. Fico feliz que ela o tenha escolhido. No fim, o ajudará a ter uma vida boa, e isso será sua recompensa.

Edward recuou, mais assustado do que nunca. Mesmo que quisesse encher a moça de perguntas, sua boca parecia ter se colado, e a coisa pegajosa que umedecia sua língua parecia grudar-se como visgo. A jovem ergueu os ombros.

– Bem, se não quiser ficar no meu lugar, é melhor sumir daqui, menino.

Edward a viu correr para o canto oposto do beco e, com uma agilidade espantosa, subir se apoiando em janelas e tijolos aparentes.

Num piscar de olhos a prisioneira estava no telhado e, no instante seguinte, havia sumido.

Edward viu dois vultos dobrando a esquina e, embora seu corpo ainda doesse barbaramente, ele se pôs a correr pela ruela, ladeira acima. Era melhor estar o mais longe possível quando os guardas chegassem até a jaula. Não demorou muito para que os gritos pela prisioneira enchessem as vielas paralelas à rua principal. Edward, no entanto, se apressou em voltar para o meio da multidão indistinta. O melhor a fazer agora era desaparecer.

A grande quantidade de barracas, vendedores e compradores do mercado eram o esconderijo mais eficiente em que ele podia pensar naquele momento. Assim que saiu para a rua principal, ele voltou a caminhar calmamente – e, pouco depois, o garoto franzino já não podia ser visto.

– Então – perguntou Ottis, ante os olhos arregalados do garoto. – Era assim que você imaginava?

– É grande! – disse Edward, enquanto entravam na cidade de Londres e ele tentava abarcar com os olhos tudo o que via.

Muitos meses haviam se passado desde o encontro de Edward com a dama negra e sua vida jamais voltara a ser a mesma. Todos os seus receios se mostraram menores que a realidade. Primeiro, ele ficou apavorado com o que quer que tivesse acontecido. Depois, acreditou veementemente que a mulher tinha brincado com ele. Era uma bruxa, é claro. Demônio! Maléfica! Ela o havia atraído e, depois, fizera chacota com ele. Era isso! A magia era má, porém era dela. Edward não precisava se preocupar.

Naquela noite, ele acordara flutuando junto ao teto e bem longe da cama que dividia com o irmão. Seu grito o levou ao chão e rendeu alguns cascudos dolorosos por isso, mesmo com a justificativa de ter sido um pesadelo. A partir desse dia passou a ter medo de dormir e a querer ficar o mais distante possível das outras pessoas. Sentia-se amaldiçoado, embora não falasse com ninguém a esse respeito.

No entanto, coisas e acontecimentos estranhos passaram a acompanhar Edward, mesmo que ele tentasse escondê-los, e não demorou para que sua família começasse a olhá-lo com desconfiança. Havia silêncios quando ele se aproximava. Seu irmão começou a assumir as tarefas sozinho, não o obrigando a segui-lo e a fazer a maior parte do trabalho. A mãe o dispensou da ordenha, depois de três baldes de leite talhado, e não tardou a deixar de mandá-lo recolher os ovos. O pai parou de falar com ele, apenas grunhia em sua presença. Ninguém mais o olhava de frente, e Edward começou a achar que o melhor a fazer era ir embora.

Assim, ele disse ao pai que gostaria de se empregar com um pequeno mercador, uma vez que já não era tão necessário nos trabalhos das poucas terras em que viviam. Era mentira, claro, ambos sabiam que dois braços a menos significariam grandes dificuldades, mas mesmo assim, na próxima ida à cidade, o pai de Edward convenceu Ottis Salomon, um mercador bigodudo e contador de histórias, a empregar o filho e carregá-lo com ele.

Havia um mundo muito maior do que Edward imaginava longe da fazendola dos pais. A quantidade de gente era muito maior que a dos dias mais cheios do mercado da aldeia, e o garoto nunca tinha visto tantas carroças e cavalos. O céu era consideravelmente menor, pois as construções eram altas e muitas casas tinham dois, até três andares. A terra úmida que cobria as ruas, porém, mais parecia a de um chiqueiro. Um cheiro forte de excrementos e de restos de comida se misturava a algo que lembrava sopa quente de repolhos e parecia exalar de todos os lugares. Edward pensou que o nariz sensível de sua mãe certamente sofreria muito ali. Os ouvidos dela também. Em cada esquina era possível encontrar uma briga, um bate-boca ou um pregador berrando a palavra de Deus e proclamando o inferno que estava por vir. Vendedores anunciavam suas mercadorias aos gritos, mulheres brigavam na hora de trocar produtos, sem falar nos animais: cães, cavalos, porcos, ovelhas. Era o suficiente para deixar qualquer um tonto.

À medida que avançavam pela rua da Costa, Edward não pôde deixar de notar a grande quantidade de tabernas que se espalhavam por ali. Praticamente uma a cada quadra, ou até mais. Algumas mulheres que estavam paradas na porta de um dos *pubs* mexeram com ele e, quando o garoto apertou o passo, elas riram alto e continuaram a chamá-lo, até ele sumir na multidão. Envergonhado, Edward andou um bom tempo sem olhar para Ottis, o que só fez o mercador caçoar dele também.

O estranho é que, quase na mesma quantidade que tabernas, Londres parecia ser cheia de igrejas. Edward podia reconhecê-las pelas inúmeras torres, torrinhas e sinos. Ele imaginou que, quando anunciassem as missas e orações, o barulho deveria triplicar.

Ao longe, na curva extrema do rio, Ottis lhe apontou a torre alta e cinzenta do palácio real. Mais adiante, só que para o outro lado, ficavam as docas. Edward viu os mastros de três navios ancorados lá.

– Onde estamos indo? – perguntou, assim que se acostumou um pouco com a paisagem.

– Bem, Londres é interessante, sabe? As ruas aqui são conhecidas pelo que se pode comprar nelas. E, no nosso caso, vender.

– Cervejas e rezas?

Ottis riu alto.

– Você não viu? Acabamos de passar pela rua da Feira e depois pela rua do Pão. Mas também há ruas que são nomeadas pelas suas características. – Ottis apontou a frente. – Lá embaixo fica a rua Ensopada.

Edward olhou o chão gosmento em que pisava.

– Eu imagino...

Seguiram caminhando até perto de Downgate e finalmente viraram à esquerda, entrando numa ruela quase escondida. De início, não pareceu a Edward que houvesse uma rua por ali; a entrada estreita entre duas casas mais parecia levar a um pátio. Contudo, passadas as duas casas altas que margeavam a passagem, a rua se abria. O lugar era, sem dúvida, o mais estranho que Edward já vira. Uma pequena ladeira descia flanqueada por portas abertas, em cujo exterior estava pendurada uma quantidade enorme de artigos. Estes iam de maços de ervas ordinárias até coisas que ele simplesmente não pôde identificar, como uma réstia de algo que parecia ser as pernas de um bicho, das quais escorria uma baba nojenta.

Ciganas liam a sorte e havia muita gente por ali comprando coisas e regateando nas trocas de artigos. Uma mulher carregava um tabuleiro cheio de ossos de animais diversos. Quando Edward tentou identificá-los, ela o brindou com um sorriso desdentado e balançou um saquinho sujo na frente dos seus olhos.

— Terra de cemitério, rapazinho? Ponha na soleira da porta de seu inimigo e ele morrerá em duas luas.

— Não estamos interessados — disse Ottis, com firmeza, enquanto passava a mão no cangote de Edward e o desviava para longe da mulher. — Não encare ninguém, garoto! Este lugar não é exatamente a melhor das vizinhanças.

— O que viemos vender aqui? — perguntou Edward. Estava assombrado e algo na boca de seu estômago lhe dizia para ficar com medo.

— É a rua dos Curandeiros — resmungou Ottis. — Viemos vender umas ervas lá da sua região e comprar uns odres de tônico para vender nas aldeias ao norte. É claro que tem de tudo por aqui — completou com uma careta.

— Essa coisa de terra de cemitério é o quê?

— É desrespeito.

Continuaram a descer a rua e Edward teve o cuidado de não encarar mais ninguém, nem demonstrar excessivo interesse em qualquer artigo exposto na rua. Preferiu seguir Ottis e apenas olhar rapidamente o que havia ao seu redor, sem se deter. O medo que o consumia nada tinha a ver com as pessoas por ali ou os artigos à venda. Edward temia mesmo era que alguém soubesse o que ele podia fazer — que as pessoas descobrissem aquela coisa que passara a carregar consigo desde que encontrara a Dama Negra.

Chegaram a uma venda excepcionalmente clara e limpa para o lugar. Ottis deu início às suas negociações, mas era, obviamente, um fornecedor habitual. Como das outras vezes em que ele havia comerciado — no caminho da aldeia até Londres — o mascate lhe sussurrou: "olhe e aprenda". Edward olhava sem saber se aprendia. Sua imensa ignorância só lhe permitira perceber que seu pai não gastara as poucas moedas que tinha apenas para que Ottis o levasse para longe. Ele pedira que o mercador auxiliasse o filho a encontrar um lugar no mundo, ensinando-lhe o que sabia.

Ottis era boa gente, como seu pai lhe dissera, mas não era um bom professor, sequer um bom negociante. Não demorou para Edward perceber que ele vendia fiado em demasia, dava largos descontos aos compradores que o brindassem com copos de cerveja e se esquecia da mercadoria depois de tomar o terceiro ou quarto copo, os quais se sucediam em impressionante velocidade.

O garoto se surpreendeu quando uma mão pequena tomou a sua. Uma menina que não parecia muito mais velha que ele, cujos longos cabelos tinham a cor e a textura da palha seca, sorria e o puxava pela mão. Ela o fez de tal forma que ele mal conseguiu avisar Ottis, que já andava empinando a quinta caneca de cerveja. Ela lhe repetia "venha, venha" toda vez que ele dizia que não podia ir; que não devia se afastar de seu empregador.

A moça não o deixou recuar, mas não fazia força, a não ser por seus olhos sequiosos. Ela o puxava por entre as pessoas que andavam nas ruas e que nem mesmo pareciam percebê-los. Havia um tal brilho naquele olhar, tal poder e deslumbramento em seu toque e palavras, que Edward logo percebeu estar diante de uma criatura mágica. Sua ideia sobre magia mudara pouco e ele temeu, mais do que nunca, estar sendo arrastado pelo mal.

No entanto, tudo o que não fosse a donzela deixou de ser notado por ele. Não viu as ruas, não viu para onde ela o levou, não viu as casas ou a porta por onde ela o fez entrar. Quando soltou a sua mão foi como se o despertasse de um sonho. Estava em uma sala assimétrica, com o fogo crepitando a um canto e cinzenta de fuligem. Ervas cheirosas pendiam do teto e havia um número grande de potes sobre a única mesa no aposento. Levou um susto ao ver numa cadeira uma mulher mais velha, pesada, com a cabeça para trás, como que adormecida.

— Não ligue para ela — disse-lhe a jovem. — Seria preciso uma invasão viking para acordá-la.

— Quem é você?

— Meu nome é Deirdre, e o seu?

— Edward. Por que me trouxe aqui?

— Esperei muito para encontrar alguém como você, Edward. Você sabe o que é?

A estranheza da jovem donzela e mesmo sua constatação de que ela possuía magia, assim como ele, não eram o bastante para que o garoto confiasse nela. De mais a mais, o que lhe diria? O que ele era? Não sabia. Foi sincero quanto a isso. A donzela sorriu.

— Você é poderoso! — Ela inclinou o rosto. — Nasceu assim?

— Não — ele se apressou em dizer. — Eu...

— Ganhou este dom? Que belo!

— Olha, eu não sei...

– É belo sim. Não acredite nos que lhe dizem o contrário. O poder que você recebeu é muito, muito belo.

– Eu só posso fazer "coisas" com ele – Edward adiantou, acreditando que ela acharia o dom ainda mais bonito. Ela voltou a sorrir.

– No momento, meu querido, você não pode fazer nada. Seu poder brota aos borbotões. Você é completamente ignorante de como invocá-lo, de que forma poderia usá-lo? E fazer "coisas"? Menino... De nada adianta ter poder se quem o carrega é um poço de desconhecimento.

Edward se encolheu. As palavras da donzela tinham verdade. Porém, também não tocavam o óbvio. Até aquele exato momento, Edward não pensara em como usar seu dom. Ao contrário. Fugira e se escondera. Toda vez que fizera alguma coisa acontecer fora porque o poder lhe havia escapado, sem que ele pudesse controlá-lo.

– Não se preocupe. Eu o trouxe aqui porque quero ajudá-lo. Tenho o remédio necessário para sua ignorância.

A jovem foi até uma das paredes, tão escurecida e imersa na penumbra que mal dava para ver se havia algo ali. Edward precisou forçar a vista para perceber uma estante inclinada e bamba, de madeira velha e gasta. Imaginou que, se estivesse mais perto, poderia sentir o cheiro deixado pelos cupins. Deirdre voltou de lá com um pesado livro nas mãos e o estendeu para ele.

– Tome. É um presente.

Edward olhou de relance para a mulher mais velha, profundamente adormecida, que lançava roncos esporádicos.

– Não posso aceitar.

– Pode, sim – insistiu Deirdre.

O garoto negou com a cabeça ainda afastando o corpo do livro que ela lhe oferecia.

– Seria de pouca ajuda – assegurou finalmente. – Não sei ler.

A donzela deu-lhe um sorriso largo.

– Este livro é diferente. Não precisará ler palavras. Leia o que não está escrito e será o sábio dos sábios.

– Como?

– Eu... – ela fez uma pausa, avançando com o livro em sua direção e obrigando-o a pegá-lo, já que não havia mais espaço para recuar. – Eu tenho a impressão de que seu dom o guiará.

Edward tomou o livro desajeitadamente. Nunca tinha posto as mãos em um. Para não correr nenhum risco, temendo que o objeto quebrasse ou lhe voasse das mãos, ele levou o livro até a mesa e o abriu com cuidado. Não encontrou nada escrito, ou quase nada, como lhe afirmara Deirdre; apenas páginas cheias de desenhos estranhos. Eram imagens carregadas, havia nelas tantas coisas a serem vistas que um simples olhar era impossível de captar tudo.

Deirdre o observava com avidez.

— Consegue compreender o livro?

— Não... Eu teria de olhar muito tempo para cada uma dessas pinturas para entender alguma coisa.

— Ah — disse ela extasiada. — Então você *consegue* realmente compreender. Vamos — ela fechou o livro e o empurrou em suas mãos. — Leve-o. É seu.

— Mas como?

— Não posso lhe ensinar nada, mas o livro sim. Leve-o!

— E ela? — perguntou Edward, apontando para a mulher ainda adormecida e resmungando a um canto.

— Ela não é nada. Não se importe com ela. Você sim! Você será muito, muito grande quando decifrar este livro.

— Escute, moça. Eu sou um qualquer. Um ignorante.

Deirdre negou.

— Olhe as imagens por muito tempo e você conseguirá, não tenho dúvida. Tem a magia ao seu lado, ela vai ajudá-lo.

— Mas, moça, eu sequer tenho como pagar por este livro!

Ela estacou.

— Não lhe cobrarei nada agora. Quando for poderoso, você me dará o pagamento de forma justa.

— Não é assim que a magia funciona — afirmou ele. — A dama disse...

Deirdre franziu a testa, atenta às palavras que saíam da boca de Edward. Em poucas frases, ele relatou o que se passara em sua aldeia quando encontrara com a dama negra, concluindo por fim:

— Ela falou que a magia sempre cobra algo em troca.

Deirdre sorriu.

— Não lhe estou concedendo nada de mágico, apenas um livro. Meu pagamento virá depois, já disse.

Edward olhou o livro.

– Ficarei em dívida, então?

A donzela segurou seu rosto e olhou firmemente dentro de um único olho seu como se procurasse algo. Quando encontrou, suspirou e se afastou dele, voltando para dentro da casa. Movendo-se rápido, ela pegou uma fita, agulha e linha. Voltou até a porta e começou a costurar a fita na dobra da camisa de Edward enquanto falava.

– Meu pagamento é uma lembrança e o que você fará com ela.

– Lembrança?

– Deve lembrar que, quando puder realmente pagar pelo que recebeu, antes e agora, irá condenar a si mesmo. É uma escolha, menino. Terá de escolher entre tudo o que tem e sua alma. Acredite-me, o demônio está à espreita, aguardando por ela. E quanto mais poderoso for, mais ele há de querê-la. Compreende?

– Eu nunca terei nada – afirmou ele, apavorado, mas sem conseguir fugir da costura ou das palavras dela. – E a alma é um preço muito caro!

– Não sou eu que faço o destino, Edward. Somente o observo e quero ver o que você há de considerar mais valioso – o tom da jovem era estranho, quase faminto. – Eu quero muito ver isso.

Edward tremeu.

– Eu não entendo.

– Entenderá no momento exato. Por isso a lembrança desta fita. Ela estará sempre em suas camisas, não importa quantas tenha, quantas queime ou jogue fora. Não há de se esquecer.

Ela arrematou a linha e o empurrou para fora da casa.

– Pronto! Não tem dívida agora, pois, quando lembrar, será a justiça de sua decisão o meu pagamento.

A porta se fechou para não mais abrir.

Os anos se passaram, e Edward sabia disso porque havia aprendido a contá-los. O livro lhe ensinou sobre os dias e noites, sobre as luas e quantas deveriam se passar até que o Sol estivesse, outra vez, exatamente no mesmo lugar em que ele havia começado a observá-lo.

Edward abandonou a companhia de Ottis assim que se sentiu seguro o suficiente. Estabeleceu-se assim que se sentiu conhecedor o suficiente. E prosperou assim que se sentiu poderoso o suficiente. Vinte anos depois, Edward era amigo do rei. Era juiz e dono de terras. Fora generoso e ajudara sua família. Tinha uma bela esposa e era pai de uma prole de cinco crianças, todas nascidas vivas.

Usava pouco sua magia e o que empregava era com perfeito domínio. Edward aprendera a ser cuidadoso e nunca abusar do que lhe fora dado ou ensinado, era sempre bom e justo. Poucos homens ou mulheres, com tanto poder, tiveram tanta paz.

O bedel do cais do turno da noite veio chamá-lo ao amanhecer.

– Encontramos uma coisa, meu senhor.

– Isso são horas? – ele resmungou, vestindo um casaco por sobre sua roupa de dormir, enquanto descia do segundo andar de seu sobrado a poucas quadras do palácio.

– Não viria incomodá-lo se não fosse importante, meu senhor. Eu lhe garanto que há de me dar razão.

Edward começou a vestir a capa.

– O que é?

– O meu senhor é o homem mais inteligente de toda a Inglaterra, fora o rei, é claro. O senhor dirá o que é. Mas eu acho que é coisa do demônio, te esconjuro! – ajuntou, persignando-se.

Os dois saíram para as ruas úmidas, tomadas de névoa.

– Conte-me – ordenou Edward.

– Estávamos fazendo a ronda, então vimos uma sombra se esgueirando por uma casa, parecia um lagarto grande. Sim, senhor – garantiu ele. – Um dos meus companheiros e eu fomos atrás da "coisa".

– O que era a tal "coisa" que prenderam?

O homem voltou a persignar-se.

– Metade demônio, metade mulher, meu senhor. Ou duas metades demônio, se preferir. Horrenda!

As mãos de Edward começaram a suar, embora fizesse frio.

– A criatura fala?

– Ah, meu senhor, nós cobrimos nossos ouvidos às suas palavras. Somos fracos. O demônio tem mil vozes, todas para tentar. Ela depois ficou inteira mulher e... é monstruosa! Pérfida! Maléfica! Não podíamos ouvi-la, meu senhor! Nada do que ela dissesse. Usaria isso para nos amaldiçoar. Depois do que fez com a pobre criança... Não, não! Deus...

— Cale-se ou quem vai amaldiçoá-lo sou eu, homem! O que fizeram com ela?

— Demos uma surra, claro! Arrastamos a coisa para a prisão e batemos até cansar. Onde já se viu virar mulher para tentar a gente? Monstro!

— Sim, sim, eu já entendi — cortou Edward ao chegarem à frente dos muros da prisão comum. Tinha certeza de que os homens só levaram a criatura para aquele lugar por não saber o que fazer com ela.

Foram recebidos pelo velho carcereiro e por um cavaleiro que Edward detestava.

— Também foi chamado? — perguntou Edward.

— Os homens acreditaram que Sua Majestade deveria ser informada imediatamente, meu senhor. O rei em pessoa me enviou para acompanhar sua diligência.

— Já viu a criatura?

— Sim, meu senhor.

— O que lhe pareceu?

— Absurdamente maléfica.

— Certo, então relate isso ao rei — disse ele, com a intenção de tirar o homem de suas vistas. — Falarei com a criatura sozinho.

As mãos de Edward continuavam suadas e a percepção de que havia magia por ali aumentara desde que ele entrara na prisão. Aprendera a farejar a magia, como a donzela do livro, tantos anos atrás.

— Meu senhor — objetou o cavaleiro —, o rei...

— Eu me entendo com o rei. Vá!

Sem esperar qualquer outro protesto, Edward seguiu pelos corredores da prisão. Ele soube em qual cela a criatura estava antes mesmo que os guardas a apontassem. Podia sentir a fera acuada que havia lá dentro. Confiava em seus poderes o suficiente para não ter medo; no entanto, a sensação de que encontraria algo grande à sua frente só aumentava.

Entrou na cela segurando um candeeiro que lhe fora dado pelos guardas e mandou que se afastassem. Caso precisasse usar magia, não queria muitas testemunhas. Foram três passos para dentro da cela e ele baixou o candeeiro para iluminar a pessoa no chão.

No instante em que reconheceu a dama negra aos seus pés, o coração de Edward pesou no peito. Ele se precipitou ao seu encontro, apavorado com o que lhe haviam feito. Sua primeira benfeitora, àquela a quem ele devia quase tudo o que era...!

— Minha velha amiga! — lamentou ele. — O que lhe fizeram? Será que é nosso destino que eu sempre a encontre presa?

A dama tinha um dos olhos muito inchado e demorou um pouco a compreender quem era Edward. Quando sua memória se iluminou, ela tentou sorrir.

— Dessa vez não sou culpada, menino. Eu lhe garanto. A magia me abandonou, mas não deixei de ser o que sou. Meu povo é filho de dragões e homens. Alguns de nós, como eu, têm seu corpo mudado nas luas novas. Por isso precisamos fugir e nos esconder para não assustar aqueles que não sabem o que somos. Eu me casei e tive um bebê. Infelizmente, meu marido descobriu meu segredo ao ver-me numa lua nova, enquanto eu tomava banho. Tive de abandonar minha casa. Mas como poderia abandonar o meu bebê?

— Ah, minha dama. Essas pessoas não entenderiam nada disso.

— Eu sei — gemeu ela. — Precisa me ajudar, meu amigo. Você é tudo o que eu tenho agora.

— E eu ajudarei. Pagarei minha dívida com você — garantiu ele, mas sua voz não era firme.

Contudo, assim que proferiu a frase, sentiu a lembrança da fita — para sempre cosida em suas camisas — queimá-lo como ferro em brasa. Tinha certeza de que, naquele mesmo momento, em seu baú de roupas brancas, a fita luzia, lembrando o que lhe dissera Deirdre.

Ordenou ao guarda relutante que permanecia no corredor que lhe trouxesse uma bacia com água para limpar os ferimentos. Depois, em silêncio, pôs-se a curá-la com a magia que saía de suas mãos e amenizar suas dores. Enquanto cuidava da dama, seus pensamentos caminhavam rumo ao futuro e à decisão que teria de tomar.

Quando saiu da cela, o cavaleiro detestável já o aguardava. Em suas mãos, a ordem do rei. Queria a cabeça da criatura para limpar Londres de todos os males que a assolavam. Para garantir ao demônio que a cidade não lhe pertencia. A profecia de Deirdre se concretizara. O papel não trazia apenas a sentença da dama negra, mas também a sua. Se pagasse sua dívida com as duas mulheres que o ajudaram, se fosse justo nos termos da magia e gratidão, perderia tudo o que tinha: sua posição, seus bens, a segurança de sua família.

O rei não o perdoaria e ele mesmo acabaria enforcado, pois nesse momento sua origem camponesa seria lembrada. As pessoas o execrariam por acoitar o demônio, o chamariam de satanista; mesmo aqueles que o haviam procurado por seus poderes. Cuspiriam nele e o arrastariam em excrementos, como havia acontecido no passado.

Contudo, se falhasse com a dama negra, cujo nome ele sequer conhecia, e com Deirdre, que ele só vira uma vez, perderia sua magia, seus poderes e tudo o que garantia a posição que tinha. Se a magia o abandonasse, como fizera com a dama negra, o que lhe restaria? Como manteria sua riqueza e a posição de sua família, já que não era nenhum ser extraordinário? Além disso, pagaria o preço de sua alma, jogada no inferno, onde não poderia esperar nenhuma misericórdia do senhor dos ingratos, dos injustos e dos que pagaram todo o bem que receberam com crueldade.

Quanto mais poderoso, lhe dissera Deirdre, mais o demônio haveria de querer sua alma.

Suas mãos dobraram, lentamente, a condenação do rei.

O GRANDE LIVRO DO FOGO
Ana Lúcia Merege

EM NOME DE Alá, o Clemente, o Misericordioso!

Nos tempos do califa Al-Hakkam vivia em Córdoba um tapeceiro chamado Mustafá. Era um homem robusto, de barbas grisalhas e mãos ágeis no manejo do tear que lhe garantia o sustento. Do nascer ao pôr do sol, parando apenas para as orações e para uma refeição modesta, ele trabalhava em seu ofício, tecendo tapetes que não envergonhariam a mais rica das mansões.

A qualidade de seu trabalho, no entanto, não bastava para proporcionar a Mustafá uma vida confortável. Sua loja, espremida entre duas maiores numa ruazinha do *zoco*, era quase invisível aos olhos de quem passava; sendo por natureza um homem quieto, ele não conseguia se forçar a apregoar sua mercadoria como os outros vendedores. Por sorte, contava com a ajuda de sua filha, Khadija, uma moça esperta, com modos decididos e uma bela voz que ajudava a conquistar os clientes.

Quando não estava exaltando a perfeição dos tapetes, Khadija gostava de conversar com as mulheres que iam fazer compras no *zoco*. Muitas serviam a famílias abastadas, e suas conversas sempre se ocupavam da fortuna, das mansões e das festas dadas por seus senhores. Assim, a filha de Mustafá não cessava de ouvir relatos sobre poetas e cortesãos, vinhos e doces exóticos, jardins com laranjeiras em flor; e ainda sobre almofadas bordadas a ouro, móveis finamente marchetados, joias, perfumes e especiarias. De tanto ouvir, passou a imaginar, e à imaginação seguiu-se o desejo de ter, ou pelo menos ver de perto o luxo e a riqueza de que falavam as histórias.

Dentre as mulheres que visitavam o *zoco* estava uma certa Hazma, que trabalhava como lavadeira para uma das famílias mais ricas de Córdoba. Seu amo era um estudioso que, tendo herdado uma considerável fortuna, multiplicara-a com investimentos no comércio, sem que ele mesmo deixasse o conforto de sua casa. Ali vivia, imerso nos livros que amava e alheio aos boatos sobre sua sorte nos negócios. Alguns não passavam de maledicência – era absurdo supor que Walid Abu-Bakr fosse o líder de uma quadrilha de salteadores ou que mandasse assassinar seus concorrentes –, enquanto outros, mais razoáveis, atribuíam o sucesso do erudito ao seu conhecimento dos números. No entanto, boato algum era tão fantástico quanto o sustentado pela velha Hazma, para quem o sábio Abu-Bakr possuía nada menos que um *jinn*, mantido numa garrafa em sua biblioteca.

Ao ouvir a história pela primeira vez, Khadija duvidou de que fosse verdade. Walid Abu-Bakr era um comerciante, não um mago, e só a magia era capaz de controlar os *jinns*. Hazma, porém, afirmou que vira a garrafa em mais de uma ocasião, que ela continha uma estranha fumaça que mudava de cor, e que, certa vez, surpreendera seu amo a murmurar com os lábios próximos à tampa, como se conversasse com o ser ali aprisionado.

Tal foi a insistência da velha lavadeira que, por fim, a jovem começou a acreditar que o *jinn* existia de fato. Não tardou muito para que o cobiçasse, mais do que cobiçara qualquer outra coisa mencionada nas histórias. E como fosse dessas pessoas que, dos desejos, passam rapidamente às ações, logo havia arquitetado um plano para se apossar da garrafa, embora para isso precisasse da ajuda de seu pai.

Ora, Mustafá era um homem correto, que não pedia pelos tapetes mais do que valiam e pagava suas dívidas até o último *dirham*. Foi difícil convencê-lo a tomar parte no plano. Contudo, nem mesmo o mais honesto dos homens está livre de ceder à tentação, ainda mais diante da promessa de infinitas riquezas – e assim, alguns dias depois, o tapeceiro se encontrava a caminho da residência de Walid, levando no ombro uma das mais belas peças saídas do seu tear.

A exemplo do próprio califa, a maior parte dos homens ricos de Córdoba possuía *almunias*, casas de campo que se erguiam às margens do Guadalquivir e de seus afluentes. Walid Abu-Bakr também era dono de uma, porém só a frequentava durante o Ramadan, preferindo passar os meses restantes em seu palacete. Ficava no bairro mais elegante da cidade, e as lindas fontes e edifícios que viu em seu trajeto serviram para fortalecer a convicção de Mustafá. Ainda assim, quando os portões da mansão se abriram e um vigia perguntou o que desejava, o tapeceiro tropeçou nas palavras, e só a muito custo foi capaz de recitar a fala que ensaiara com a supervisão de Khadija.

– Fica a saber, meu amigo – disse ele, por fim –, que me chamo Mustafá, que ganho a vida como tapeceiro e que, apesar de meu ofício humilde, tenho grande amor pelos livros. Ora, ouvi dizer que teu amo possui uma das maiores bibliotecas de Al-Andalus, e decidi rogar ao sábio Walid que me permita vê-la, pelo que agradecerei presenteando-o com este belo tapete.

– Com efeito! – exclamou o vigia, coçando o queixo. – É um pedido estranho, ó Mustafá, e se meu amo fosse outro homem eu nem sequer o incomodaria com a tua pretensão. No entanto, meu senhor não cessa de recomendar que sejam levados à sua presença todos aqueles que o procurarem para falar de livros e de estudos; e, sendo assim, podes considerar-te afortunado, pois ele te receberá na biblioteca que tanto desejas conhecer.

Tais palavras fizeram estremecer o coração de Mustafá, assim como o grosso tapete que levava ao ombro. Sem dar por isso, o vigia abriu os portões e o fez entrar num belo jardim de romãzeiras. Atravessando-o, chegava-se a um pátio revestido com ladrilhos, em cujo centro havia uma fonte de pedra com um chafariz. Ali encontraram um guarda, um negro alto e bem trajado que, após trocar algumas palavras com o vigia, encarregou-se de conduzir o tapeceiro até um dos edifícios que se erguiam ao redor do pátio.

A porta foi aberta por um jovem de rosto fino, usando um turbante redondo como uma cebola. O tapeceiro se inquietou, mas logo compreendeu que não se tratava do próprio Walid e sim de um funcionário. Após ouvir a explicação do negro, o jovem deu passagem a Mustafá, que avançou com passos tímidos... e em seguida se deteve, deslumbrado.

Estava no centro de um salão repleto de armários de madeira, fechados com portas de treliça por cujas frestas se viam centenas de livros. Havia-os de todos os tamanhos e formatos, em papel e pergaminho, encadernados em couro lavrado ou protegidos por estojos de sândalo. Alguns tinham deixado as prateleiras e se encontravam sobre as mesas baixas onde trabalhavam copistas. Eram três homens, entre eles o de turbante redondo, e duas moças, de rostos sérios emoldurados por finos panos de seda. O aposento era iluminado por uma grande janela; a porta que dava para fora parecia em princípio ser a única, mas logo Mustafá percebeu haver outra nos fundos. Esta era vedada por uma cortina verde, que logo se abriu, dando passagem ao sorridente dono da casa.

– A paz esteja contigo! – saudou ele, dirigindo-se ao visitante. Era um homem magro, vestido de forma elegante, embora discreta; cultivava uma barbicha tão pontuda quanto o seu nariz, acima do qual reluziam olhos pretos e vivos. Suas maneiras intimidaram Mustafá, obrigando-o a respirar fundo antes de repetir a história contada ao vigia. Esperava que a qualquer momento, Walid o interrompesse e o mandasse sair. No entanto, para sua surpresa, o mercador não viu em seu pedido uma audácia, e sim a feliz ocasião em que conhecia mais um amante de livros.

– São muitos em Córdoba, alguns ricos, outros humildes, porém é a primeira vez que me deparo com alguém como tu – declarou, com bem-humorado assombro. – Jamais pensei que um artesão oferecesse o produto de vários dias de trabalho em troca de um vislumbre de meus livros; e quão mesquinho eu seria se aceitasse? Não, meu bom homem – prosseguiu, mais sério. – Mostrar-te-ei minha biblioteca, e levarás de volta o tapete que tanto suor te deve ter custado. Ou, ainda melhor, o deixarás, mas receberás por ele o preço justo. Só assim estarei procedendo bem aos olhos de Alá!

Tais palavras trouxeram um aperto ao coração de Mustafá, pois o fizeram ver em Walid um homem bom e generoso, cuja confiança o tapeceiro estava prestes a trair. Ele baixou a cabeça, maldizendo o momento em que se deixara arrastar até ali – e mais uma vez sentiu o tapete se retorcer sobre seu ombro.

Assustado com o que parecia ser um aviso, Mustafá voltou a cumprir seu papel no plano: elogiou a bondade do anfitrião e os belos livros de que estavam cercados, mas pediu para ver também os volumes curiosos de que ouvira falar. Sabia, por intermédio de Hazma, que eles ficavam numa sala à parte, a mesma na qual ela dizia ter visto a garrafa com o *jinn*. Como esperava, Walid não se fez de rogado: satisfeito por mostrar o melhor de sua coleção, afastou a cortina verde e deu passagem ao tapeceiro.

O aposento contíguo era menor que o salão, porém mais impressionante, carregado de uma atmosfera de mistério que se traduzia nos armários fechados e na luz filtrada pelas treliças que cobriam a única janela. Outro brilho, mais frio e parecendo azulado, se insinuava pela fresta na porta de um armário, e o coração de Mustafá deu um salto, porque imediatamente supôs haver localizado o que procurava.

Bem devagar, certificando-se de que o anfitrião continuava de costas, ele se abaixou, depondo o tapete num canto escuro da sala. O rolo começou a se mover, com leves e silenciosas contorções, e Mustafá correu para junto de Walid a fim de cumprir seu papel de distraí-lo durante a execução do plano.

Ora, o mercador não saíra senão uma vez de sua Córdoba natal, mas tinha negócios em várias partes do mundo, e em todos esses lugares havia quem desejasse cair em suas boas graças. E, como sua paixão pelos livros fosse bem conhecida, não se passava um mês sem que lhe enviassem uma obra curiosa, fosse um rolo antigo de papiro, provérbios escritos num casco de tartaruga ou um breviário cristão com a capa cravejada de pedrarias. Foi esse tipo de tesouro que Walid se pôs a mostrar ao tapeceiro, enquanto este, cada vez mais tomado pelo remorso, ouvia o suave ruído de panos e de passos cuidadosos às suas costas. E tanto se afligiu, e tantas vezes torceu as mãos e mordeu os lábios no esforço de se conter que, por fim, o anfitrião percebeu seu nervosismo e olhou em torno.

– O que te incomoda, meu bom homem? – indagou. No instante seguinte, porém, a intuição o fez perceber o que havia de errado, e ele se afastou de Mustafá, correndo para o armário do qual emanava a luz azulada.

– Aberto...! – exclamou, chocado. – E a garrafa, subtraída! Quem poderia...?

– Ai de mim, senhor! Perdão! – bradou Mustafá, prostrando-se a seus pés. – Fui eu, homem tolo e fraco que sou, e... e minha filha, porém imploro que a deixes partir! Eu é que devo pagar por esta traição!

– Que traição? Que filha? O que estás dizendo? – indagou Walid. Mustafá não respondeu. Em vez disso se levantou e, decidido a consertar seu erro, marchou até um ponto obscuro da sala. Dali regressou, momentos depois, puxando pelo braço uma zangada e nada arrependida Khadija.

– Ei-los aqui – disse, empurrando-a para a frente de Walid. – Minha filha, esta criança insensata, e a garrafa, de cuja existência soubemos por uma de tuas servas. Juro, em nome do Profeta, que não somos ladrões, mas a história era tão fantástica que...

– Que vieste me ver, trazendo um tapete dentro do qual se ocultava tua filha – completou Walid, já refeito do espanto. – Sim, agora compreendo, e tua mentira me entristece, mas a forma como acabas de agir comprova que não és um ladrão. Creio, porém, que foste o único a quem pesou a consciência... Estarei certo, minha jovem?

Cruzou os braços, olhando para Khadija, que desviou o rosto e ficou em silêncio. Em suas mãos estava o que tirara do armário: uma garrafa de gargalo fino e bojo facetado, dentro da qual se revolvia uma fumaça azul. O movimento lembrava o de um redemoinho de água, e nele havia algo que fascinava Mustafá, impedindo que afastasse seus olhos do objeto.

– É a coisa mais linda que já vi – murmurou ele.

– É verdade – concordou o mercador. – E se alguma de minhas criadas chegou a ver a garrafa, bem posso imaginar as histórias que fez correr por toda Córdoba. Elas, no entanto...

– São verdadeiras? – indagou Khadija, sem se conter. – Há mesmo um *jinn* no interior dessa garrafa?

Walid parou a meio o que ia dizer e franziu as sobrancelhas. Pensando tê-lo desagradado, Mustafá se apressou a pedir perdão pela filha, ao mesmo tempo que tentava tirar-lhe a garrafa e empurrá-la porta afora. Teimosa como sempre, porém, a moça não arredou pé – e para o espanto do pai, após alguns momentos o comerciante voltou a falar.

– Para dizer a verdade, minha resposta só pode ser... *talvez*. – Recuou, deixando-se cair sobre um assento. – Não sei se há de fato um *jinn* nessa garrafa. E bem gostaria que houvesse, porque passei três décadas da minha vida tentando me preparar para vê-lo.

O tapeceiro o encarou, num silêncio perplexo. Khadija também pareceu intrigada, mas logo reagiu, perguntando – gentilmente dessa vez – como podia o mercador não ter certeza de uma coisa assim. O que o impedira, durante trinta anos, de abrir aquela garrafa?

— É uma longa história — disse Walid, com um suspiro. — Seríeis os primeiros a ouvi-la; mas, para dizer a verdade, ninguém além de mim chegou tão perto dessa garrafa. Seria um alívio ter com quem desabafar. Se isso ficar entre nós...

— Sim! Claro que sim! — exclamou a jovem. Mustafá assentiu com a cabeça, curioso e já penalizado pelo que parecia causar tanto desgosto ao mercador. Então Walid, como um bom anfitrião, mandou que fossem servidos limonada e doces de mel, e que ninguém os perturbasse enquanto estivessem no gabinete; e quando os criados saíram, acomodou-se diante do tapeceiro e de Khadija e lhes contou sua história.

Para começar, devo dizer que descendo de uma longa linhagem de mercadores, estabelecidos em Córdoba desde sua conquista pelo grande Tarik. Meu avô expandiu nossos negócios para o norte da África, investindo em caravanas que traziam ouro, marfim e outros bens desde o Sudão até as cidades do litoral.

Aos vinte anos, eu não me interessava pelo comércio, mas apenas por livros, música e arte. Querendo preparar seu único filho para que um dia o sucedesse, meu pai decidiu enviar-me à África, onde tomei parte no que foi minha primeira e última expedição ao deserto.

Não tenho muito a dizer sobre a travessia. O sol inclemente, o frio das noites, as tempestades de areia e a má catadura dos camelos — como todos os viajantes, passei por vários percalços, mas por fim realizei os negócios de que fora incumbido e tomei o caminho de volta.

A poucos dias de alcançar o destino, tendo acampado num oásis que fornecia tâmaras e água fresca, fui despertado pelos gritos dos caravaneiros. Instantes depois, um deles entrou em minha tenda, carregando o corpo franzino de um homem. Era muito idoso, a pele amarrotada como uma folha de papel; vestia os restos do que fora um traje de bom tecido e tinha preso ao corpo um alforje de pano. Das pontas dos cabelos à sola dos pés, seu corpo estava coberto de areia, como se ele houvesse sido soprado pelo siroco até o oásis. Estava inconsciente, e só pudemos supor que tratasse de um viajante desgarrado de sua caravana, que caminhara até cair de exaustão. Assim, limpamos seu rosto e o deixamos descansar sobre um tapete em minha tenda.

Ao amanhecer, o velho homem havia recobrado os sentidos, mas estava tão confuso que não conseguiu sequer dizer seu nome. Tentamos alimentá-lo, mas tudo que aceitou foi um pouco de leite de camela diluído em água. O dia avançou e não levantamos acampamento, porque o pobre velho não poderia suportar a viagem, nem eu a ideia de abandoná-lo à sua própria sorte. Assim, cuidei dele esperando que melhorasse, mas sabendo que o anjo da morte não se encontrava longe de minha tenda.

Então, no meio da noite, fui arrancado do sono por alguém que me sacudia os ombros. Para meu espanto, tratava-se do velho, que de alguma forma recobrara suas forças o suficiente para ir até mim. Com um dedo sob os lábios, ele impôs silêncio, depois falou muito depressa, como se o tempo estivesse prestes a acabar.

– Escuta com atenção, ó jovem – foi o que sussurrou. – Socorreste-me, quando eu julgava que morreria sem tornar a ver uma face humana, e por isso faço-te o herdeiro de meu único tesouro. É uma garrafa, e nela está encerrado um *jinn*, que te concederá tudo aquilo que quiseres. Mas cuidado! Antes de abrires a garrafa, certifica-te de ter encontrado o Grande Livro do Fogo, ou teus desejos nada trarão de bom.

Com essas palavras, o velho passou o alforje às minhas mãos, depois cerrou os olhos e soltou um longo suspiro. Tentei reanimá-lo, até bati em suas faces, mas em vão. Estava morto, e uma hora mais tarde o enterrávamos à sombra das tamareiras.

Naquele dia, impressionado com as palavras do velho, tudo que fiz foi pensar a respeito da obra mencionada. Acabei por concluir que se tratava de um livro-mestre, um manual que me ensinaria a ter domínio sobre o *jinn* e sem o qual ele iria me enganar ou mesmo me destruir. Não havia outra explicação. Assim, decidi seguir o conselho do velho homem e mantive a garrafa fechada até regressar a Córdoba, onde fui ter com o primeiro dos muitos sábios a quem faria uma simples pergunta: onde encontrar o Grande Livro do Fogo?

Trinta anos atrás, eu acreditava que não tardaria a obter uma resposta, mas a verdade é que ninguém foi capaz de fornecê-la. Nessa busca empenhei todo o meu tempo livre e boa parte dos meus lucros. Casei-me com a jovem escolhida por meu pai e tive sorte, pois meus cunhados se dedicam fielmente a administrar meus negócios e neles encaminharam meu filho. É a eles, não às artes de um *jinn*, que se deve a minha prosperidade.

Quanto a mim, que desde a juventude amava os livros, mergulhei neles cada vez mais em busca dessa obra misteriosa. Percorri todos os mercados de Córdoba, negociei com vendedores astutos e ávidos colecionadores; correspondi-me com filósofos, ulemás e sacerdotes, tanto aqui como no Oriente; fui à biblioteca do alcázar e, com a ajuda das diligentes Lubna e Fatima, percorri os 44 cadernos de seu catálogo; por fim, aproveitando sua visita ao califa, procurei Recemundo, o bispo de Elvira e autor do famoso Calendário, para saber se entre os cristãos havia alguma notícia do que eu buscava. No entanto, até agora não encontrei sinal do livro, e sem ele não me atrevo a abrir a garrafa e me encontrar cara a cara com o *jinn*. Pois a verdade é que, quanto mais envelheço, mais me convenço de que um homem pode facilmente ser destruído pelos seus próprios desejos.

Walid concluiu o relato com um longo suspiro. Mustafá se apressou a consolá-lo, dizendo que os anos de busca o haviam tornado mais sábio e que já acumulara uma grande riqueza. Além disso, fora abençoado com um filho. Esse era o maior dos tesouros que um homem poderia possuir.

Ao dizer isso, o tapeceiro olhou para sua própria filha, esperando que ela concordasse. Khadija, porém, tinha a testa franzida, e mal esperou que o pai se calasse para dizer o que pensava.

– És um bom homem, sem dúvida – afirmou ela, com seus modos diretos. – No entanto, pelo que nos contaste, vejo que não apenas tua riqueza e livros já te bastam como também que tens receio de buscar felicidade ainda maior. Pois bem, eu sou uma que não teme lutar pelo que deseja; e visto que meu pai, um homem pobre, me considera seu maior tesouro, nada mais justo que seja eu a lhe proporcionar um futuro livre de sobressaltos.

Com essas palavras, ela arrebatou do chão a garrafa ali deixada por Walid e se ergueu de um salto, correndo até um canto da sala.

Seus dedos já se dirigiam para a tampa quando o pai a alcançou e segurou-lhe o braço. Walid chegou até eles no momento seguinte e agarrou o gargalo, puxando-o para si – e o resultado de toda essa disputa foi que o objeto acabou por escapar das mãos que o retinham, caindo, com um ruído de vidro trincado, num dos poucos trechos do piso que não eram cobertos por tapetes.

No mesmo instante, uma fina fumaça azulada começou a se evolar pela rachadura, espiralando-se à medida que subia em direção ao teto. Assustados, Khadija e Mustafá se abraçaram um ao outro, enquanto Walid recuava alguns passos e se apoiava à parede. Tão apavorado estava que não conseguiu gritar, nem mesmo quando viu que a a fumaça se adensava, adquirindo, ao mesmo tempo, uma tonalidade esverdeada e os contornos de um homem gigantesco.

Um som cavernoso, como o de um trovão a distância, se fez ouvir no interior da sala. Pouco a pouco, o vulto do *jinn* foi se tornando mais definido, revelando um largo torso encimado por uma cabeça pequena, com orelhas que se destacavam como as asas de um caldeirão. Os traços de seu rosto eram pesados e severos, mas os olhos tinham o brilho de duas esmeraldas. Isso fascinou Mustafá.

– Saudações, ó poderoso *jinn*! – As palavras brotaram de sua boca sem que ele sentisse. – Possam as bênçãos de Alá cair sobre ti!

– E também sobre ti – replicou o outro, com gravidade. – Foste feliz ao me saudar em nome de Alá, caso contrário eu poderia destruir-vos a todos com um só gesto. Por que perturbastes meu sono?

– Para que atendas a nossos desejos – disse Khadija, com ousadia.

O *jinn* voltou os olhos para ela, surpreso. Um sorriso se desenhou nos cantos de sua boca larga; ele se agigantou ainda mais e esvoaçou como um redemoinho pela sala.

– Eu? E quem disse que eu iria realizar vossos desejos? – indagou. – Quem disse, aliás, que eu *podia* fazê-lo? Muito se fala sobre isso e nada se sabe. Pois a verdade é que *jinn* algum tem o poder de conceder desejos aos mortais, a menos que estes sejam capazes de inscrevê-los no Livro!

– No Livro? Estás falando do... do Grande Livro do Fogo? – exclamou Walid, tornando-se mortalmente pálido. – Eu dediquei minha vida a procurar essa obra. Não é possível que, no fim, fosses o único a saber onde encontrá-la! Tem pena de mim, ó ser poderoso

– prosseguiu, em tom de súplica. – Já sei que não atenderás a meus desejos, mas conta-me, ainda assim: onde está o Grande Livro do Fogo? Por que, em tanto tempo, não consegui achar nenhuma pista?
– Porque buscaste nos lugares errados, homenzinho – disse o *jinn*, não sem simpatia. – Obra nenhuma, escrita por mortais, mencionaria esse livro do qual os próprios magos falam aos sussurros, apenas dos lábios do mestre para o ouvido do aprendiz. O Grande Livro do Fogo não existe neste mundo, mas no reino dos *jinns*, numa caverna guardada por temíveis feras do deserto.
– Então o que esperas? Leva-nos até lá! – exclamou Khadija, para o desespero de seu pai. – Não podes conceder desejos, mas tens poderes, e estou certa de que um deles é regressar ao lugar de onde vieste.
– Criança imprudente! Cala-te, antes que seja tarde! – rogou o pobre Mustafá. O *jinn*, contudo, voltara a sorrir, como se aquilo o divertisse. Ao mesmo tempo, seu corpo diminuía a olhos vistos, de forma que, quando voltou a falar, ele não era mais alto que o tapeceiro.
– De fato, ainda tenho esse poder – confirmou. – E a verdade é que me saudastes da maneira adequada quando surgi diante de vós. Tenho para convosco o dever de um hóspede para com seu anfitrião; e assim, embora a jornada não seja isenta de perigos, levar-vos-ei até meu reino, desde que os três de cujas mãos escapou a garrafa estejam dispostos a vir.
– Ah, isso é que não! – exclamaram, em uníssono, Mustafá e Walid.
– Ah, isso é que sim! – gritou Khadija. O *jinn* soltou uma gargalhada. Estendendo o braço, ele apontou para o tapete de Mustafá e proferiu algumas palavras num idioma desconhecido – e, para o assombro dos demais, a larga peça de tecido se elevou, pairando suavemente a três palmos do chão.
– Por que o espanto? Esta é a melhor maneira de viajar – afirmou o *jinn*. – É mais veloz que um garanhão, mais resistente que um camelo, e, além disso, pode voar sobre as águas. Vinde! Garanto-vos que é seguro!
Sem se fazer de rogada, Khadija subiu no tapete. Perdida a esperança de dissuadi-la, o pai a seguiu, ambos se acomodando sobre as pernas cruzadas. Restava o comerciante, que, com a prudência de sempre, pôs-se a desfiar uma série de motivos para desistirem ou ao menos adiarem a empreitada.

— Voando nas alturas, ficaremos com frio, e sentiremos calor quando chegarmos ao deserto — arrazoou. — Precisamos ter roupas adequadas, sem falar na água e na comida. E o que dirão os criados quando nos virem sair? Como ficarão meus negócios e a loja de Mustafá? O que minha família irá pensar dessa longa ausência?

— Ora, cala-te, homenzinho — replicou o *jinn*. — Não inventes desculpas, como aliás fizeste a vida toda. Esta viagem não transcorrerá no tempo e no espaço dos mortais. Antes que vossos parentes pisquem os olhos, estareis de volta... *se* passardes pelos testes que vos aguardam — completou, dirigindo-se a todo o grupo.

Khadija deu de ombros, desdenhosa. Sem outro remédio, Walid se muniu de um manto de lã e alguns doces e tomou seu lugar atrás do pai e da filha. Quanto a Mustafá, apenas murmurou o nome de Alá — e a última letra ainda ecoava quando o tapete atravessou a janela e mergulhou entre as nuvens do céu de Córdoba.

Assim, reunidos pelo destino, Khadija, Mustafá e o sábio Walid iniciaram sua jornada. Voavam ora acima, ora abaixo das nuvens, em harmonia com as correntes de vento que os impeliam a uma velocidade fantástica. Teriam caído se não fossem as artes do *jinn*, que os mantinha tão seguros quanto se estivessem sentados no chão. Nem o frio, nem a rarefação do ar chegaram a incomodá-los; sentiam o vento em seus rostos como uma brisa de inverno, e as curvas e descidas bruscas como um suave ondular do tapete.

Lá embaixo, as paisagens se sucediam como imagens de sonho. Córdoba, com seus jardins e sua mesquita, logo ficou para trás, assim como a Medina Al-Azhara, a cidadela que servia de residência ao califa. Campos lavrados, colinas e pequenos povoados vieram a seguir, provocando a admiração dos viajantes.

— Quão bela e vasta é Al-Andalus! — exclamou Walid. — Sinto, agora, não ter viajado mais, nos tempos de juventude, para conhecer todas as suas maravilhas!

"Ainda podes fazê-lo. Meios não te faltam, e nem sequer és tão velho", pensou Mustafá, embora não o dissesse em voz alta.

Pouco depois, o tapete descreveu uma longa curva, contornando uma serra com o cume branqueado pela neve. Os viajantes bateram palmas, encantados, e tornaram a fazê-lo após uma descida vertiginosa sobre o mar. Logo haviam cruzado o estreito de Tarik. Arrebatado, Walid se pôs a falar sobre os feitos do grande general, depois sobre outras vitórias de Al-Andalus, coroadas pela expulsão, no ano anterior, de uma frota normanda que invadira a foz do rio Arade. Para a surpresa de seu pai, Khadija ouviu tudo com interesse, e mal esperou que o comerciante se calasse para afirmar:

– Por certo, os livros que leste não foram de todo inúteis, ó Walid! Muito aprendeste, e narras tão bem que eu poderia passar dias inteiros a te ouvir!

"Quem sabe, se também lesses livros e ouvisses falar os sábios, darias menos ouvidos aos boatos e à bisbilhotice do *zoco*", pensou Mustafá. Isso, porém, o entristeceu, pois ele próprio não pudera proporcionar estudos à filha, e ao mesmo tempo concordara em tomar parte numa trama desonesta. Se estavam todos na iminência do perigo, se passariam por provações na terra dos *jinns*, a culpa era toda dele, Mustafá – e, assim pensando, o tapeceiro baixou a cabeça, pedindo a Alá que o castigasse em dobro, mas que poupasse as vidas de Khadija e Walid.

Nem bem a prece havia sido concluída quando o tapete foi engolfado por um torvelinho de vento, que o fez girar loucamente sobre si mesmo. Em meio aos gritos de susto e pavor dos viajantes, o *jinn* anunciou que tinham chegado à fronteira entre os dois reinos, e que, embora estivessem diante do mesmo deserto cruzado pelas caravanas, o veriam acrescido de dimensões que os mortais não conseguiam perceber.

– E aqui nos separamos – acrescentou, enquanto o torvelinho ia perdendo a força. – Deveis prosseguir sozinhos, o que não será tão difícil para vós quanto o foi para os que vieram antes. Sois três, afinal, e, ainda que cada um tenha sua fraqueza, podeis somar vossas habilidades e ajudar uns aos outros.

– Esse é um ótimo conselho – disse Walid, ainda agarrado às bordas do tapete. Estavam próximos do solo, pairando sobre uma duna e contemplando o deserto que se estendia à sua frente. Seria, sem dúvida, um longo caminho.

Um a um, os viajantes saltaram, os pés afundando na areia enquanto o tapete recomeçava a se elevar. Khadija começou a descer a duna; Walid também voltou as costas, mas parou ao perceber que o tapeceiro se demorava a interpelar o *jinn*. Queria saber se voltariam a se encontrar, ao que a criatura apenas inclinou sua estranha cabeça.

– Não cabe a mim responder, visto que não sei como vos saireis nessa empreitada – disse. – Nada me impede, porém, de dar-vos um conselho, e este é: não vos fieis nas aparências, duvidai de vossos sentidos e de tudo que aprendestes até hoje. Caminhai com coragem, mas não avanceis às cegas. E, acima de tudo, confiai em vossos corações. Só assim podereis fazer bom uso do Grande Livro do Fogo!

Assim dizendo, ele abriu os braços num gesto amplo, que elevou o tapete em vários metros e o arrastou para o interior de novo torvelinho. Uma nuvem de areia envolveu os viajantes, confundindo-os e fazendo-os tossir; quando assentou, voltaram a olhar para o céu, porém o *jinn* não estava mais lá. Em seu lugar havia pequeninos pontos brilhantes, formando o contorno de uma seta em meio à escuridão. E, como não soubessem o rumo a tomar, eles seguiram na direção que ela apontava.

O início da jornada transcorreu sem surpresas. Após o milésimo passo, as dunas ficaram para trás, e alguns arbustos mirrados começaram a surgir, sugerindo a proximidade de um rio. Era um bom sinal, pois não estavam imunes à sede, mas, como observou Walid, as feras às quais o *jinn* se referira também podiam ser atraídas pela água. Assim, os três se mantiveram em alerta – e nisso fizeram bem, pois pouco tempo havia se passado quando o solo subitamente se fendeu em inúmeros pontos. De cada fenda surgiu um grande escorpião negro, e todo esse exército ameaçador avançou sobre os viajantes, as caudas erguidas na iminência de uma picada fatal.

Resoluta, Khadija marchou em sua direção, mas seu pai a deteve antes que pudesse alcançá-los.

– Fica aqui! O que pensas que estás fazendo? – esbravejou. – Não podes matar escorpiões a golpes de babucha, como se fossem as baratas do *zoco*!

– E o que faremos então? – replicou a moça. Mustafá encolheu os ombros e recuou, puxando a filha para junto de si. Nesse momento, um relâmpago riscou o céu, seguido pelo estrondo de um trovão que abafou as palavras de Walid.

– O fogo! – exclamou ele. – Só com o fogo poderemos enfrentar essa ameaça!

– Sim, o fogo, mas como... – Mustafá começava a dizer, mas foi interrompido por um grito de Khadija, que sentira um escorpião subir-lhe pelo tornozelo. Ela o chutou para longe e começou a pisotear o solo, esmagando alguns dos animais com suas babuchas de couro. Ainda assim, estava longe de dizimar o grosso do exército, e o tapeceiro acabava de reunir a coragem suficiente para se juntar a ela quando um enorme raio caiu sobre o arbusto mais próximo, deixando-o a arder em chamas.

– Agora sim! Temos uma chance! – gritou Walid, correndo para quebrar um dos galhos. Isso lhe custou uma queimadura nos dedos e a barba chamuscada. Khadija e o pai o imitaram, felizmente sem danos, e os três investiram contra os escorpiões, varrendo o chão com os galhos e fazendo correr de volta às fendas aqueles que não foram atingidos pelo fogo. Aberto o caminho, afastaram-se o mais rápido que podiam, conservando os tocos incandescentes até bem depois de o exército rastejante haver ficado para trás.

O susto e a corrida os deixaram cansados, mas aquela primeira vitória animou seus espíritos e os fez marchar com mais convicção. A tempestade anunciada pelos raios não chegou a cair, e os arbustos foram se tornando mais frequentes, acompanhados de uma grama rala que brotava em alguns pontos da areia.

– Não seria nada mau encontrar o rio – comentou Mustafá.

– Ou um oásis. Tenho muita sede – disse Walid.

– Shhh! – fez Khadija, a mão em torno do ouvido. – Não é barulho de água o que estamos ouvindo?

Os três se detiveram, tentando apurar seus sentidos em meio à escuridão. De fato, um leve ruído, lembrando o de um jorro d´água, podia ser ouvido a distância, misturado ao sopro cada vez mais forte do vento. Não havia nenhum odor que lembrasse o de uma fera.

Sussurrando uns para os outros que tivessem cuidado, eles caminharam naquela direção. O ruído crescia, assim como o vento, que os envolveu após os primeiros passos. Logo mudou de direção, passando a soprar por trás deles, como se quisesse empurrá-los para diante. Mustafá e sua filha se deram as mãos, e pouco depois era a vez de Walid se agarrar ao tapeceiro, temendo – pois começava a entender sua natureza – a força repentina e assustadora do vento.

– Estamos sendo arrastados! – exclamou, tentando recuar. – Deve ser outro torvelinho, como o do *jinn*!

— Não... É o chão que está querendo nos engolir! – berrou Khadija. À frente do grupo, ela via o que os homens levaram mais um momento para perceber: que o solo à sua frente se desmanchava em finos montes de areia, e que esta era sugada para o interior de um fosso, à maneira do que ocorreria numa ampulheta. Era dali que vinha o ruído que tinham confundido com o de água corrente. Grama e arbustos também caíam pelo sorvedouro, e o mesmo aconteceria com os viajantes se continuassem a ser arrastados pelo vento.

Desesperado, Mustafá abraçou Khadija e firmou os pés na areia. Walid, mais atrás, conseguira se agarrar a um arbusto ainda preso ao solo, a outra mão segurando o pulso do tapeceiro, que ele tentava em vão trazer para junto de si. O vento inflava suas vestes e açoitava seus rostos, obrigando-os a fechar os olhos e a rezar com os lábios cerrados. Ainda assim, embora se sentissem mais mortos do que vivos, conseguiram manter sua posição – e mal puderam acreditar no que viram quando, pouco a pouco, o vento finalmente serenou.

Diante deles, em torno deles, a paisagem tinha-se tornado inteiramente nova, como se toda a areia do deserto houvesse escorrido para dentro da fenda. Ao seu redor, estendendo-se até o horizonte, havia agora uma cadeia de montanhas, com picos que pareciam inatingíveis; o solo que pisavam também era rochoso, e até o arbusto ao qual Walid continuava abraçado se convertera numa coluna de pedra. Ele se apressou a largá-lo e olhou para o céu, que se tingira com um estranho tom de púrpura.

— Não vejo mais a seta – comentou, mas as palavras calmas foram seguidas por uma exclamação de alarme. – Por minha fé, o que é aquilo?

Seu braço estava erguido, apontando para o topo da montanha mais próxima. Em torno dela planava uma imensa ave, semelhante a uma águia, porém várias vezes maior. A uma distância de talvez duzentos passos, não havia como ver seu bico ou suas garras, mas isso não era necessário para adivinhá-los afiados e mortais – ou para que Walid, conhecedor de muitas lendas e relatos, afirmasse que estavam diante de ninguém menos que o temível pássaro roca.

— Ele é tão grande e forte que pode erguer um elefante em suas garras – disse, num sussurro. – Se nos vir, estaremos perdidos, pois só se alimenta de carne. Talvez possamos nos esconder entre essas pedras até que...

– Tarde demais – murmurou o tapeceiro. A ave mudara o rumo do voo e descrevia círculos cada vez mais amplos e baixos, um claro sinal de que os vira ou pelo menos pressentira. Angustiados, os três discutiram suas chances e decidiram não correr, mas se esgueirar por trás das paredes rochosas à sua volta e se ocultar aos olhos do roca até que ele partisse em busca de outra presa.

Walid foi o primeiro, caminhando pé ante pé até uma fenda entre duas pedras. Mustafá o observou encolher-se ali e se voltou para Khadija, pronto para mandá-la a um esconderijo avistado mais adiante – e então sentiu todo o seu sangue gelar dentro das veias.

Do alto de uma pedra, duas hienas pousavam o olhar sinistro sobre sua filha.

Devagar, tentando controlar seu próprio temor, o tapeceiro se abaixou e pegou do chão uma pedra pontiaguda. Tirou da cabeça o turbante já meio desenfaixado e, rasgando uma longa tira, nela envolveu a pedra à maneira de uma funda, que se pôs a girar, ao mesmo tempo que gritava tentando afugentar as hienas. Estas, porém, não se detiveram mais do que um momento antes de saltar para baixo e avançar em direção a Khadija, a essa altura também munida de uma pedra.

– Fora daqui! Fora! – gritou ela, ao atirá-la. Não atingiu as hienas, mas as fez recuar, ao passo que a pedra menor arremessada por Mustafá acertou uma delas na orelha. O animal soltou um ganido e bateu em retirada, seguido pelo companheiro. Triunfantes, Khadija e Mustafá sorriram um para o outro – um sorriso que se derreteu tão logo eles ouviram o ruflar de asas gigantescas.

– O roca! Chamamos sua atenção! – gemeu o tapeceiro. – O que faremos?

– Vamos por ali! – gritou Khadija, puxando-o em direção a um corredor formado por duas paredes de pedra. Walid se juntou a eles momentos depois e os três desataram a correr, tendo às costas, cada vez mais próximos, os sons do voo e do grito furioso do roca.

– Não adianta! Ele vai nos pegar! – arquejou Walid.

– Corre, Khadija! – Mustafá soltou a mão da filha, parou por um momento para tomar fôlego. – Não olhes para trás!

– Olha tu para cima! – replicou a moça, apontando o alto dos rochedos que formavam a passagem. Lá estava o pássaro roca, voando para cá e para lá em busca de uma brecha que lhe permitisse aterrissar sobre a presa.

— Ele não tem como chegar até nós. Estamos salvos! — afirmou Khadija.

— Mas ainda temos que sair daqui — lembrou o pai.

— Acharemos um meio. Por ora, vamos seguir neste corredor. — Walid se calou por alguns momentos, observou o roca fazer uma investida e recuar, gritando de raiva, quando suas garras se chocaram contra o topo das rochas. — Na pior das hipóteses teremos de esperar que ele se canse.

— Não! Isso pode levar *séculos*! — protestou Khadija. Ato contínuo, pôs-se a apalpar as paredes ao longo do corredor. Walid e Mustafá a acompanharam, enquanto a ave, cada vez mais furiosa, prosseguia com as tentativas de ataque.

— Acho que encontrei! — exclamou Khadija, após alguns momentos. — Esta fenda aqui embaixo é larga o suficiente para nos dar passagem! E há um vento fresco soprando dela para fora!

— Alá seja louvado! É uma saída! — comemorou Walid. — Vem, Mustafá!

— Não sei se devemos — disse o tapeceiro, indeciso. — Estou sentindo um cheiro ruim — um cheiro como o de um matadouro. Será que vem dessa passagem, ou...

Suas palavras foram interrompidas por uma horrível gargalhada. Vinha do alto das rochas, apenas alguns passos adiante de onde se encontravam, e Mustafá sentiu seu coração gelar mais uma vez.

— As hienas — murmurou, encostando-se ao paredão. Suas mãos buscaram a tira que usara como funda, enquanto os olhos acompanhavam cada movimento das feras. Uma continuava a rir, enquanto a outra apenas os fitava, exibindo duas fileiras de dentes afiados. Sem dar tempo a Mustafá para que reagisse, ela saltou, os pelos eriçados, pronta para cair com todo o seu peso sobre o tapeceiro — e então soltou um berro, as patas se agitando loucamente ao ser agarrada em pleno voo pelo pássaro roca.

— Pelo Profeta! O que aconteceu? — bradou Mustafá, embora tudo fosse muito claro. Grande demais para descer entre os corredores de pedra, a ave conseguira alcançar a hiena num ponto mais alto, e a rapidez com que a dilacerou foi um aviso para os viajantes: sem esperar para ver o que aconteceria, os três se espremeram pela fenda na rocha, um após o outro, deixando para trás os ruídos daquele terrível banquete.

A fenda se revelou a entrada para um longo túnel, no qual não era possível avançar a não ser que se arrastassem. Magro como era, Walid passou com mais facilidade, mas teve as roupas rasgadas pelas saliências das pedras. Khadija também avançou rápido, mas à custa de arranhões nos braços e joelhos, ao passo que Mustafá se viu em apuros, obrigado a complicadas torções de corpo para passar pelos pontos mais apertados.

Ao fim da travessia, os três se encontraram numa grande câmara, cuja altura era talvez a de cinco homens. No topo havia uma abertura, e dela vinha uma luz fosforescente que lhes permitiu ver uns aos outros e enxergar o interior da gruta. Estava vazia, ou, pelo menos, foi o que lhes pareceu a princípio: após terem se assegurado de que todos estavam bem e lamentado a triste figura que faziam, imundos e com os trajes em frangalhos, eles perceberam que a rocha elevada no centro da câmara fora esculpida, dando-lhe a aparência de uma mesa em cujo tampo alguém entalhara estranhos caracteres.

— Está coberta de pó. Ninguém vem aqui há muito tempo — observou Khadija.

— De fato. Esta é uma escrita que só se encontra em livros antigos — disse Walid, inclinando-se. — Vejamos...

Por um momento, seus lábios se ergueram num sorriso, mas este não demorou mais do que o tempo empregado a decifrar aquelas poucas linhas. Em seu lugar surgiu uma expressão chocada, os olhos se enchendo de angústia antes mesmo que conseguisse voltá-los para os companheiros.

— Mustafá, beija tua filha — gemeu ele, como se estivesse à beira de um desmaio. — E em nome de Alá, a cujos olhos somos todos irmãos, abraça o teu desventurado irmão Walid! Vamos morrer! É isso que diz a inscrição na mesa de pedra!

— O quê? Não pode ser! — exclamou o tapeceiro. — Passamos por tantos percalços para isso? Não, teus olhos devem ter-te enganado! Lê novamente, Walid!

— Lerei! — replicou o comerciante. — Traduzirei para ti, até escreverei se quiseres, mas a mensagem é clara. Olha!

Dizendo isso, ele alisou a poeira num canto da mesa e escreveu sobre ela, com a ponta do dedo, como se fosse uma lousa:

Viajantes! Estais perto do fim de vossas vidas. A última fortuna será terrível. Deveis olhar para o que importa neste momento derradeiro!

Mustafá acompanhou a escrita da última palavra e abafou um gemido. Era verdade, estavam condenados, talvez desde o momento em que decidiram entrar no túnel, ou antes disso, quando passaram do deserto às montanhas. Quem sabe o certo teria sido deixar-se arrastar como a areia na ampulheta, ou picar pelos escorpiões. Ou talvez jamais devessem ter seguido o *jinn* – mas o que tinha dito o *jinn*, bem no início, sobre não confiar naquilo que sabiam?
Por que Walid, por uma vez, não poderia estar errado?
Por que não tentar de novo?
Devagarinho, em meio aos soluços do amigo e gritos de Khadija – que batia no peito, repetindo que não queria morrer –, o tapeceiro estendeu o braço sobre a mesa e varreu, com um único movimento, a poeira que se acumulara sobre as frases fatídicas. Na mesma hora, para seu espanto, as linhas pareceram se reordenar, dando lugar a palavras que, no instante anterior, sequer caberiam ali. Ou estariam simplesmente ocultas pela poeira? Fosse como fosse, o gesto de Mustafá havia revelado a inscrição completa, e Walid tornou a lê-la, seu rosto se iluminando à medida que o fazia.

Saudações, ó viajantes! Estais perto do fim da maior jornada de vossas vidas. A última etapa será afortunada – ou será terrível. Deveis olhar para o que realmente importa. Só assim tereis êxito neste momento derradeiro!

– Não disse? – bradou o tapeceiro, mal cabendo em si de tanto alívio. – Não vamos morrer! A mensagem estava pela metade!
– Sim, sim! Que tolo eu fui, amigo Mustafá! – Walid enxugou as lágrimas; agora ria e chorava, tudo a um só tempo. – Ainda bem que resolveste limpar a mesa!
– É verdade, mas só tu sabias decifrar aquela escrita – lembrou Mustafá. – E é provável que sejas o único a poder ler, de fato, o Grande Livro do Fogo.
– Se é que vamos achá-lo! Eu me contentaria se encontrasse

alguma coisa de valor – bufou Khadija. Como Walid, ela também não tardara a se refazer do desespero, mas estava de mau humor. Mal se animou quando o pai descobriu, entre as sombras da câmara, uma passagem que lhes permitiria seguir em frente.

O novo corredor era estreito, mas alto o suficiente para que caminhassem sem ter de se curvar. A escuridão, porém, era completa, obrigando-os a tatear as paredes e a testar a firmeza do solo antes de cada passo. Não encontraram buracos nem armadilhas, mas havia alguns desníveis, e logo ficou patente que estavam descendo uma escada em espiral.

A ideia de se aprofundar cada vez mais no interior da terra não agradou a Mustafá. A escuridão o incomodava, porém ainda pior era o silêncio, no qual o som de seus passos produzia ecos sinistros. Ele tentou reagir contra a sensação, lembrou-se dos perigos deixados lá fora e disse a si mesmo que estavam no bom caminho, mas não conseguiu se livrar da angústia. Esperava, a cada instante, se deparar com algo terrível – e talvez por isso tenha sido o único a não gritar de surpresa quando uma neblina se ergueu à frente deles, enchendo o túnel com um suave brilho lilás.

Os viajantes se quedaram em silêncio enquanto a fumaça se moldava em uma nova forma. Supunham, é claro, que se tratava de um *jinn*, e não estavam errados; no entanto, em lugar do tórax avantajado e da cabeça semelhante a um pote, o corpo que se formou tinha contornos femininos, que se faziam acompanhar de um belo rosto e de uma voz melodiosa.

– Sede bem-vindos! – saudou a jovem. – Bem-vindos e bem-aventurados, pois há mil anos fui incumbida de guardar esta caverna, e em todo esse tempo foram poucos os que chegaram até aqui. Agora, tendes apenas que passar por mais um portal, e todos os tesouros que encontrardes serão vossos.

Erguendo o braço, ela traçou um arco no ar, como se desenhasse uma porta; e, para o espanto de todos, a escuridão se dissipou dentro daquele contorno, revelando uma sala repleta de objetos valiosos e pedras que brilhavam a distância.

Khadija abafou um grito e correu para o interior da câmara. Os homens hesitaram por um instante, depois a seguiram, abrindo caminho em meio a pilhas de vasos, moedas, joias e armas cravejadas de gemas preciosas. Ambos estavam impressionados, principalmente Mustafá, que nunca possuíra mais que um punhado de *dirhams*. Ele chegou a pegar uma corrente de ouro, mas a soltou, como se houvesse queimado seus dedos, tão logo ouviu a advertência de Walid.

– Não toques nisso, Mustafá! É uma armadilha! Não foi esse tesouro, e sim o livro, o que viemos buscar!

– É verdade! Ouviste, Khadija? – indagou o tapeceiro, mas a filha não deu mostras de ter escutado. Estava no extremo oposto da câmara, os braços carregados de pulseiras, ajustando uma tiara de rubis sobre outra, de diamantes, que já lhe adornava a testa. Seus olhos pareciam cintilar, mas na verdade só refletiam o brilho das gemas; quando o pai tornou a chamar, a moça não deu resposta, apenas se voltou para uma das pilhas em busca de novas joias.

– Está enfeitiçada! Vamos tirá-la daqui! – bradou Mustafá, precipitando-se em sua direção. No entanto, por mais que ele e Walid corressem, a distância que os separava de Khadija não diminuía, como se a câmara fosse crescendo à exata medida de seus passos. Desesperado, Mustafá gritou pela filha, implorou que o ouvisse e saísse dali, mas tudo que conseguiu foi vê-la desaparecer sob uma pilha cada vez maior de joias. E quando não havia mais nada à vista, uma súbita escuridão engoliu a câmera e o deixou no túnel, ao lado de Walid e diante da *jinna* que flutuava com os pés acima do solo.

– A jovem fez sua escolha – disse ela, e apesar de sua angústia Mustafá sabia que não podia protestar. – Quanto a vós, deveis seguir por outro caminho.

Sua mão se ergueu, desenhando um novo arco. Quando o portal se abriu, revelou uma câmara abarrotada de livros – e dessa vez foi Walid que mal conseguiu abafar um grito de entusiasmo.

– Isso sim! Aqui encontraremos o verdadeiro tesouro! – exclamou.
– Vem, Mustafá, ajuda-me a procurá-lo!

– Eu? Mas como saberei... – começou o tapeceiro, mas se calou ao ver que o amigo já abria o primeiro volume. Leu avidamente o primeiro trecho, depois deixou o livro de lado e passou ao seguinte, do qual também não leu mais que umas poucas páginas. A cena se repetiu com um terceiro, um quarto e um quinto livros. Por sua vez, Mustafá também abriu dois ou três volumes, todos escritos num árabe tão claro quanto o que aprendera na *maktab*, a escola da mesquita; mas as frases não faziam sentido, e um súbito clarão lhe iluminou a mente ao compreender o que se passava ali.

– Deixa esses livros onde estão, Walid! – exclamou, num impulso. – Eles são para ti o mesmo que as joias para minha pobre Khadija... São uma armadilha!

– Estás enganado – replicou o comerciante. – Esta não é mais uma das bibliotecas feitas pelos homens. Ela pertence aos *jinns*! O Grande Livro do Fogo tem de estar aqui – e vou encontrá-lo, nem que seja a última coisa que eu faça!

Mal havia pronunciado essas palavras quando um tremor sacudiu a câmara, seguido de um estrondo que fez Mustafá tapar os ouvidos. Vários livros caíram das estantes, livros tão frágeis que se desmantelaram ao tocar o chão. Walid se abaixou para recolher as páginas soltas – e nesse momento elas se multiplicaram como num passe de mágica, formando enormes pilhas que o ocultaram aos olhos apavorados do tapeceiro.

– Walid! – bradou Mustafá, mas já então as trevas engolfavam a câmara, deixando-o a sós com sua dor. – Meu pobre amigo, o que será de ti? E tu, Khadija, luz dos meus olhos, onde estarás? O que me resta agora neste mundo?

– Tudo o que desejares, Mustafá – respondeu, às suas costas, a voz da *jinna*. Ele se voltou e a fitou com olhos cheios de lágrimas, mal distinguindo, em meio à névoa violeta, o rosto e o braço estendido que desenhava um terceiro portal.

– Tu, que não fizeste caso da riqueza e percebeste as ilusões que a mente pode criar – só tu irás tocar o Grande Livro do Fogo. – A voz pareceu soar dentro de sua cabeça enquanto a nova câmara se descortinava. – Durante um curto espaço de tempo ser-te-á permitido escrever nele o que quiseres, garantir fortuna para ti ou ruína para teus inimigos, e tudo se fará de acordo com a tua vontade; mas fica atento, pois o Grande Livro do Fogo tem um guardião terrível, e ele surgirá para te arrancar desta câmara quando menos esperares. Vai! Não percas tempo!

O eco dessas palavras ainda estava no ar quando a névoa se dissipou, deixando Mustafá diante do último portal. Este se abria para uma câmara pequena, tendo no centro um pedestal de pedra esculpida. Sobre ele havia um livro fechado, cuja capa brilhava com os tons vermelhos e alaranjados do fogo; quando Mustafá, lutando contra o medo e as lágrimas, se aproximou o bastante para tocá-lo, o volume se abriu, revelando páginas brancas e imaculadas.

Por um momento, o tapeceiro não soube o que fazer, seus dedos apertando nervosos a caneta de junco que repousava ao lado do livro. Logo depois, porém, sua mente se desanuviou, trazendo-lhe à memória as palavras da *jinna*; e foi agarrado a elas, seu único e frágil fio de esperança, que ele mergulhou a caneta no pote de tinta e escreveu.

Khadija e Walid Abu-Bakr saíram vivos de sua jornada.

Um grande peso deixou o coração de Mustafá ao concluir a primeira frase. Se a *jinna* não houvesse mentido, se os registros no livro se tornassem realidade, então seu amigo e sua filha estavam salvos – e para se assegurar ainda mais ele acrescentou, *e regressaram a Córdoba*. Contemplou por um momento o que escrevera e, como ninguém aparecesse para impedi-lo, julgou que não faria mal legar mais bênçãos a Khadija.

A filha de Mustafá deixou de se preocupar com boatos e futilidades e se tornou uma mulher sábia. Casou-se com

A tinta fez um borrão sobre o papel enquanto ele pensava. Quem seria um bom marido para Khadija? Havia alguns rapazes promissores no *zoco*, mas era difícil saber qual deles faria sua filha feliz. Ao mesmo tempo, como bom pai e seguidor do Corão, não concebia para a jovem um futuro sem casamento, e após refletir por alguns instantes ele voltou a escrever.

Casou-se com o homem que escolheu, que lhe deu belos filhos, e todos foram prósperos e felizes até o fim de suas longas vidas.

Mustafá contemplou sua obra e sorriu, satisfeito. Agora poderia enfrentar seu destino com serenidade, pois Khadija seria feliz... e Walid provavelmente também, com sua riqueza e seus livros. Se bem que, pensando melhor, talvez alguma coisa lhe faltasse – e, pensando assim, Mustafá não hesitou em ajudá-lo da melhor forma possível.

Walid Abu-Bakr fez todas as viagens que sempre desejou. Seus negócios prosperaram e seu filho o tornou avô de lindas crianças a quem ele transmitiu sua sabedoria.

Mustafá abafou uma risadinha ao pensar em Walid cercado de netos. Ele também teria gostado de conhecer os filhos de Khadija. Daria tudo para embalá-los em seus braços, levá-los ao *hammam* e à mesquita, quem sabe ensinar a eles o ofício de tapeceiro. Se ao menos houvesse um jeito de deixar a gruta...

E de repente um estranho calor percorreu sua espinha, e a voz da *jinna* lhe voltou à memória, repetindo com clareza o trecho sobre a ruína e a fortuna. A primeira para os inimigos, que ele jamais tivera, nem pretendia ter. Mas a segunda, a segunda...

– *Mustafá!* – Uma voz trovejante percorreu as paredes da gruta e as fez estremecer. Assustado, o tapeceiro ergueu os olhos do livro, bem a tempo de ver a espessa coluna de névoa que se erguia do solo. Um novo ser se anunciava, sem dúvida o guardião que viera tirá-lo da gruta – e tanto sua voz quanto a ferocidade das feições delineadas na névoa vermelha fizeram saber a Mustafá que não o faria com bons modos.

– Lou... louvado seja Alá! – ele exclamou, reunindo os fios de sua coragem como se remendasse um tapete. A criatura respondeu com um grunhido. Tratava-se, isso estava claro, de um *ifrit*, com poderes semelhantes aos de um *jinn*, mas de índole violenta; se a saudação o obrigava a alguma cortesia, devia ser apenas a de não aniquilar Mustafá sem antes lhe dirigir algumas palavras.

– Teu tempo se esgotou, homenzinho! – A figura incandescente cresceu junto com o eco de sua voz nas paredes. – Afasta-te do livro e enfrenta o destino que escolheste!

– Mas... Mas não escolhi nada – balbuciou Mustafá, empunhando a caneta com mão trêmula. – Deixa-me apenas escrever que...

– Afasta-te! – trovejou o *ifrit*. Seus braços se estenderam, o corpo se alongando até o limite do teto da gruta, depois se curvando, avançando em direção a Mustafá e o ameaçando com olhos em brasa e mãos dotadas de garras. Era horrendo e era terrível, e não levou mais que um instante para chegar até o tapeceiro, erguendo-o como se fosse uma pena. Suas formas se dissolveram e o envolveram em névoa, logo transformada em torvelinho, um caos de fogo e vento que incinerou suas roupas e varreu os fiapos de consciência de sua mente.

E, enquanto seu corpo seguia o rumo tortuoso decretado pelo *ifrit*, na gruta o livro se fechava, guardando as palavras escritas em seu último instante de consciência.

Mustafá viveu

O despertar foi súbito, com todos os sentidos retornando a um só tempo. Isso lhe trouxe de uma vez a luz do sol, o cheiro e os sons do mar e o gosto de alguma erva. Ele piscou, ofuscado pela claridade, e se sentou, ainda sem saber onde estava; e então Khadija o abraçou, rindo e chorando tão alto que ele mal pôde escutar a voz alegre de Walid.

– Enfim estás conosco, ó Mustafá! Se soubesses o quanto rezamos, e como ansiamos pelo momento em que despertarias...

– Sim, sim, mas... Como? – O tapeceiro abraçou a filha, estendeu a mão para o amigo, fitando com olhos incrédulos aquele rosto queimado de sol. – Vejo que estamos todos vivos, isso eu já esperava, mas onde me encontrastes? Como deixamos o reino dos *jinns* e viemos ter a este... barco?

– Posso responder a tuas perguntas, Mustafá, mas o que está por trás delas permanece um mistério – replicou Walid. – Tens fome? Há um médico a bordo, que preparou um tônico para ti, e tens aceitado também as sopas que tua filha te faz engolir às colheradas, mas talvez já possas comer uma fruta. O que me dizes?

Sem esperar resposta, ele pediu a um marinheiro que trouxesse uma refeição leve, própria para um convalescente, embora Mustafá jamais houvesse se sentido tão bem; e, enquanto dava cabo de uma bandeja de frutas, seguida por um prato de arroz com lentilhas e um belo naco de cabrito, o tapeceiro ouviu o relato de como haviam chegado até ali.

Nenhum *ifrit* ou torvelinho faziam parte da história. Tanto Khadija quanto Walid acreditavam ter estado sob o efeito de um encanto, que se quebrara de repente e os deixara lado a lado no interior de uma gruta nua. Os livros e as riquezas tinham sumido, inclusive as joias com que Khadija se enfeitara, e suas roupas estavam limpas e intactas. Após algum tempo, em que se recobraram do susto e da confusão, os dois seguiram um túnel que os conduziu para fora da gruta; esperavam se deparar com a paisagem rochosa de antes, mas, para sua surpresa, estavam de volta ao deserto. Havia um oásis à vista e nele estava acampada uma caravana, que se revelaria como uma das que viajavam a serviço de Walid. Seu chefe, um beduíno de poucas palavras e coração bondoso, acabara de recolher um pobre homem que fora encontrado nu e sem sentidos na areia...

– ... e esse homem eras tu, pai querido – rematou Khadija. – Deliravas, mas não tinhas febre e aceitavas alimento. Nós te transportamos até a cidade mais próxima, onde encontramos um médico que tratou de ti e concordou em nos acompanhar a Al-Andalus. É para onde estamos indo agora.

– E, lá chegando, vida nova! – exclamou Walid. – Não só para mim, que pretendo aproveitar ao máximo os anos que me restam, mas para ti, Mustafá, que agora considero meu irmão; e para ti, Khadija. Daqui em diante, seguiremos sempre juntos, seja qual for o nosso destino!

- *Insha'Allah*! – bradaram pai e filha a um só tempo; e foi então que o vento leste encheu as velas, e o vigia anunciou que já enxergava a costa de Al-Andalus.

O regresso a Córdoba marcou o fim da viagem de Mustafá. Sua vida, porém, se prolongou por muitos anos, em que experimentou tristezas e alegrias.

Cumprindo sua promessa, Walid ajudou o amigo a ampliar o negócio de tapetes, que passaram a ser vendidos em toda Al-Andalus e exportados para Bagdad e Isfahan. Um homem de confiança cuidava das transações comerciais enquanto Mustafá comandava os artesãos e ensinava os aprendizes. Sua nova prosperidade permitiu que ajudasse outros comerciantes, e seu prestígio cresceu, mas ele jamais aceitou o cargo de almotacém ou qualquer outra honraria que o distinguisse no *zoco*. Também não aceitou o convite de Walid para acompanhá-lo em suas muitas viagens. Em vez disso, gastava seu tempo livre na mesquita, a ouvir os sábios, ou em pescarias, nas quais, alguns anos mais tarde, passou a ter a companhia de seus adorados netos.

Khadija não fizera promessas, mas o futuro sonhado para ela por seu pai também se realizou. Walid, cuja erudição a moça tanto admirava, a apresentou à célebre Lubna, que ensinava poesia e gramática na biblioteca de Al-Hakkam, e a filha de Mustafá se tornou sua discípula. Também frequentava a casa de Walid para falar sobre livros, e assim conheceu Munir, o jovem de turbante redondo, com quem viria a se casar.

Quando o feroz Almanzor subiu ao trono de Córdoba, o casal de eruditos salvou dezenas de volumes da destruição, levando-os da biblioteca real para a de Walid. Ali escaparam ao expurgo ordenado pelo novo califa, e alguns chegaram mesmo a sobreviver à Reconquista cristã; mas o que ninguém jamais descobriu foi o paradeiro do Grande Livro do Fogo.

Até onde sei, ele permanece no reino dos *jinns*, à espera dos poucos homens e mulheres capazes de escrever seu próprio destino.

A Flor Vermelha
Karen Alvares

O céu chorava.

Tian chorava.

Pingos grossos de água gelada caíam das nuvens escuras e espessas que ocupavam o céu naquela tarde sombria. Era verão e ainda assim o ar cortava a pele e gelava as faces desprotegidas. O imperador Gaozo de Tang estendeu a mão direita espalmada. Gotas de chuva se atreveram a tocar sua pele, frias e indiferentes, para logo depois fugirem, procurando a terra.

Yin. Frias como seu coração.

Li Yuan, o imperador da China, sentia que seu coração era comprimido por mãos enormes feitas de gelo, muito maiores que ele. Eram as mãos dos deuses que levaram para longe a flor mais louvável do seu jardim.

O imperador respirou fundo, sentindo uma dor forte no peito. Era difícil inspirar com o coração cristalizado pela dor. Ele observou sua mão esquerda, onde ainda se encontrava segura uma única flor de azaleia, cor de sangue.

Aquilo não era *tian-dao*. Não era o caminho da natureza. Os deuses pregavam-lhe uma terrível peça. Uma filha, especialmente uma filha como ela, jamais deveria seguir seu caminho tão cedo.

Naquela tarde, Li Yuan não se sentia imperador. Sentia-se somente homem, pequeno diante daquele imenso vazio, apenas um pai esmagado pela dor de perder a filha mais amada, talvez a única que realmente amasse.

Pingyang não era uma filha qualquer, afinal. Muito menos uma mulher como todas as outras. Ela era especial. Ela era *zhao*.

Naquela tarde distante, era possível ouvir o silêncio na grande sala. Ele era tão sólido que quase se podia tocá-lo.

Ao adentrá-la, o duque Li Yuan encontrou sua esposa, a duquesa Dou, sentada sobre os joelhos, ereta e altiva. Seus filhos, Li Shimin e Pingyang, estavam sentados da mesma maneira, de frente para ela, porém com as cabeças abaixadas.

Dou inclinou levemente a cabeça, em sinal de reconhecimento ao marido que acabara de chegar. Ela pedira para chamá-lo para tratar de um assunto familiar. Poucas vezes sua esposa tomava tal atitude, o que significava que devia ser algo importante.

Assim que ouviu os passos do pai, Pingyang cedeu à tentação e, desafiadora, ergueu levemente a cabeça e encarou-o, apesar de saber que fazê-lo consistia em falta de respeito. Quando seus olhos, negros e brilhantes, encontraram os do pai, ela rapidamente fitou o chão mais uma vez, como se nada tivesse ocorrido. Porém, aqueles poucos segundos de contato foram suficientes para que Li Yuan enxergasse novamente nos olhos da menina aquele brilho quente e misterioso que emanava deles. Esse brilho, tão distinto, jamais passara despercebido aos olhos do duque; porém, naquela tarde, ele pareceu especial.

Dou o cumprimentou com reverência, levantando-se. Assim também fizeram seus filhos, ambos ainda de olhos pregados no chão.

– Certo, minha duquesa. Por que me chamou?

Dou lançou um olhar inseguro para os filhos, especialmente para a filha, e então disse, com um tom de repreenda na voz:

– Shimin tem algo a dizer, meu esposo. Sobre Pingyang.

– Então vamos, Shimin. Diga, meu filho – ordenou Li Yuan.

Apesar da determinação em seus olhos, Li Shimin parecia assustado por ser obrigado a falar com o pai. Ele não esperava por isso. Quando chegara ali, mais cedo, puxando a irmã pelo braço e cheio de razão, pensou que seria necessário falar apenas com a mãe. Ela, porém, fora taxativa quando ordenou que o menino contasse também ao pai, para que ele julgasse a punição correta para a menina. Agora Shimin não tinha mais tanta certeza se teria feito a coisa certa delatando a irmã, apesar de saber em seu coração que ela fizera algo errado.

– Senhor, meu pai... – o menino começou, a voz ligeiramente trêmula. Li Yuan soltou um bufo de impaciência. Não gostava nem um pouco quando as pessoas demonstravam insegurança na sua frente, especialmente seu filho. O menino percebeu e tentou consertar o tom da voz.

– Ontem, pela madrugada, descobri que minha irmã roubou meu *dao*.

Pingyang continuava a fitar o chão, porém seu pai percebeu que a menina fechou os punhos com força debaixo das longas mangas de seu *ch'ang-p'ao*, ornamentado com azaleias vermelhas. O duque adivinhou que, se olhasse nos olhos da filha naquele instante, encontraria de novo aquela brasa quente e misteriosa.

– Meu pai, ela está espiando os nossos treinamentos, tentando aprender as artes marciais! – Shimin continuou, a indignação inflando-o de confiança. – E agora pegou meu *dao*, às escondidas, tentando aprender a usá-lo. É um perigo, meu pai, uma *mulher* portando uma arma!

As palavras de Shimin perduraram no ar. Um silêncio se seguiu. Li Yuan observou a filha: seus punhos continuavam cerrados e ela agora direcionava o perigoso fogo em seus olhos, cheios de raiva contida, para o irmão delator.

– Acalme-se, Shimin. O seu *dao* é apenas um sabre de treinamento, com o gume cego – arrematou Li Yuan, quase com bom humor na voz. – Pingyang não seria capaz de machucar ninguém com ele, nem você, meu filho. Espero que saiba disso, Shimin – ele continuou em tom professoral. Aquilo, sim, era algo que o filho precisava ter em mente, pois havia muito que aprender até se tornar, talvez, um general como o pai.

Não era um grande problema familiar a ser resolvido, afinal; mas a questão agora tinha se tornado interessante, devido às reações da menina. Pingyang sempre fora diferente de suas irmãs, mas aquela sua postura, o fogo em seus olhos, a tensão em seus ombros e, especialmente, aquele tipo de travessura tão peculiar tornavam a situação atraente aos olhos do general. Sua filha, uma mulher, tentando aprender a usar uma arma? Isso era algo incomum.

Mas também não podia ser certo.

– Pingyang – Li Yuan chamou e, finalmente, a filha ergueu seus olhos escuros. Ela mantinha a expressão impassível e, se sentia medo, não demonstrava. Era uma menina de fibra, o que tornava as coisas ainda mais interessantes. – É verdade que você roubou o *dao* do seu irmão?

– Não.

Foi a primeira vez que a menina se fez ouvir na grande sala. Ela não tremeu uma única nota: sua voz era firme e clara. Seu simples "não" ecoou pelas paredes soando como um desafio. Shimin resmungou "mentirosa!", alto o suficiente para ser ouvido e baixo o bastante para fingir que nada dissera. Pingyang, por sua vez, sustentava corajosamente o olhar do pai.

– Então pode me explicar como estava com o *dao* de Shimin, treinando sozinha na madrugada?

– Não roubei – ela afirmou novamente, ainda mais firme. – Shimin não estava usando o sabre; portanto, não o roubei.

– Menina petulante! – Dou exclamou, horrorizada. – Isso não é comportamento de uma dama! Que modos são esses?

Dou, no entanto, calou-se quando Li Yuan ergueu sua mão esquerda. Ninguém mais falou. O pai olhou novamente para os olhos de fogo da filha.

– Pingyang, minha filha, o que você fez não foi certo – disse, e até ele mesmo estranhou o tom brando em sua voz. Mais tarde, perceberia, intrigado, após uma longa reflexão, que só utilizara esse tom porque se tratava de Pingyang e não qualquer outra de suas filhas. – Prometa que jamais vai pegar o sabre de um dos seus irmãos, mesmo quando eles não estiverem usando.

Pingyang abaixou a cabeça, mas seus punhos não estavam mais flexionados. Ela agora parecia triste e desapontada.

– Mas, diga-me, minha filha... – o pai continuou. O que estava prestes a dizer podia ser imprudente, porém em seu coração de homem, pai e general, ele sabia que era o certo a fazer. – Você almeja aprender as sagradas artes marciais? Deseja aprender a manejar uma arma de guerra?

A menina ergueu a cabeça novamente, com surpresa e alegria espalhadas por todo seu rosto infantil. Shimin, no entanto, ficou irritadíssimo, bem como Dou, que parecia até mesmo afrontada. Mãe e filho protestaram quase instantaneamente.

– Meu marido! Perdoe-me, mas isso é descabido! Pingyang é uma menina, como poderia usar armas...?

— Meu pai, isso é um ultraje! Uma menina, uma *mulher*, ela não pode...

— Calem-se! Os dois. — Li Yuan retrucou duramente. Depois, tornou a se virar para a filha, que parecia dividida entre o espanto e a felicidade genuína. — Se Pingyang quer aprender, permitirei que aprenda. Só espero que esse não seja um mero capricho feminino e ela tenha dedicação suficiente para chegar até o fim de um duro treinamento. Se o seu desejo e vontade não forem verdadeiros em seu coração, este será um suplício e castigo suficiente pela sua ousadia — ele proferiu, buscando determinação nos olhos da filha. Caso ela fosse fraca, ele logo perceberia e não desperdiçaria seu tempo precioso. No entanto, se seu desejo fosse sincero, ele também saberia. Suas próximas palavras, no entanto, foram sombrias.

— Sinto que o Império passará por momentos difíceis à frente. Não fará mal algum uma guerreira a mais protegendo nossos interesses. E pode ser bom que até mesmo uma mulher saiba se defender.

Sua fala pairou no ar, agourenta e misteriosa. Li Yuan sentia, no fundo da alma, que algo escuro se aproximava, mas até o momento guardara suas desconfianças somente em seu coração, pois elas fediam a traição ao imperador, seu primo Yang. E traição era paga com morte nos tempos da Dinastia Sui.

Inspirando profundamente, o duque tentou afastar aqueles maus pensamentos e concentrou-se naquela tarde e, em especial, nos olhos brilhantes da filha. Sua voz assumiu um tom novamente brando e paternal.

— Mas, é claro, um *dao* não é a melhor arma para uma moça. — Ele viu a surpresa nos olhos da menina e sorriu. — Tenho algo especial para você em mente, minha filha.

E, deixando a sala sem dizer mais nada ao filho ou à esposa, Li Yuan soprou suas últimas palavras ao vento.

— A paciência é a primeira virtude de um guerreiro, pequena Pingyang.

O homem era comprido e magro como um bambu. Tinha uma barba rala no queixo, como se o pelo teimasse em não crescer. Não fosse tão alto, pareceria apenas um menino, mas com ares de homem. Porém, segundo recomendara seu pai, Pingyang deveria respeitá-lo como a um pai ou irmão e chamá-lo de mestre.

Seu nome era Lin Syaoran.

Seus olhos escuros eram os mais brilhantes que Pingyang já encontrara. Tinha os cabelos cor de madeira presos atrás da cabeça, como se fossem o rabo comprido de um dragão. Vestia um *ch'ang-p'ao*, verde com detalhes amarelos como o Sol. Pingyang jamais pusera os olhos em alguém tão bonito, exceto, talvez, seu pai, que para a menina era o homem mais belo, admirável e imponente que já vira.

Segundo o que ouvira em conversas escutadas ao pé da porta, aquele fora o único mestre que seu pai encontrara disposto a ensinar artes marciais para uma mulher. Pelo canto dos olhos, a menina conseguia ver uma das amas da casa, uma velha rabugenta e silenciosa chamada Sau, vigiando a aula e o jovem mestre.

Lin Syaoran abriu um leque vermelho bem na frente de seu rosto. Pingyang conseguia enxergar apenas seus olhos escuros atrás do objeto.

— Um leque, mestre? — a menina perguntou, confusa. — Mas meu pai disse que eu aprenderia a usar uma arma.

Os olhos do jovem mestre sorriam, divertidos. Quando ele fechou o leque com ímpeto, a menina percebeu que seus lábios acompanhavam os olhos.

— Pois saiba, pequena aprendiz petulante, que um leque é uma arma letal. Não o subestime. Um *tiĕ shān*, um leque de aço, é uma das armas mais eficazes em batalha, já que é muito versátil. Além disso, é perfeito para uma dama, pois à primeira vista parece feminino e inofensivo, porém...

Ele abriu o leque, girou o corpo avançando em sua direção, fechou a arma, abriu-a novamente, girou os braços em um golpe rápido e certeiro, no qual as pontas do tecido passaram a centímetros dos olhos da menina e, por último, fechou o leque e apontou-o para o coração da aprendiz.

— Um *tiĕ shān* usado com habilidade e sabedoria é uma arma mortal.

Ele entregou o leque vermelho nas mãos da menina, que o recebeu com desconfiança, abrindo-o lentamente. Parecia um leque comum, igual aos que sua mãe usava. Não havia nenhuma diferença visível. Apesar de impressionada com os movimentos do mestre, Pingyang não conseguia imaginar como aquele objeto poderia ferir alguém.

– É claro que esse que está segurando, minha aprendiz, não é um leque de aço. Espero que já tenha percebido isso.

A menina ergueu os olhos para o mestre, que sacou – de onde, ela não imaginava – dois outros leques, negros e brilhantes, que ofuscaram seus olhos quando ele os abriu. O estrondo que produziram foi tamanho que até a velha Sau, que cochilava sobre os joelhos, acordou sobressaltada.

Foi só nesse momento que Pingyang percebeu que havia algo a mais nos leques. Era como se vários sabres, pequenos e afiados, estivessem incrustados na seda fina do objeto. Era dali que vinha o seu brilho. Um fulgor perigoso e mortal.

Pingyang sorriu, fascinada e finalmente convencida. O mestre Lin Syaoran sorriu junto com ela.

Li Yuan observava atento aos movimentos precisos de sua filha Pingyang com o leque de aço. A seu lado direito encontrava-se sua esposa, olhando para a filha com um ar de reprovação. Dou jamais concordou com o fato de que o marido realmente levara a cabo aquela loucura de fazer a filha aprender as artes marciais, ainda mais com um mestre tão jovem. A duquesa lançou um olhar frio e avaliador para Lin Syaoran; apesar de terem se passado anos após o início do treinamento de Pingyang, o homem ainda era moço e atraente. Ela acompanhou com atenção as instruções que o mestre passava à filha, não mais uma menina. Havia uma clara amizade e afeição entre os dois.

Dou olhou para o marido, mas conteve as palavras que queriam pular de sua boca. Ele parecia maravilhado com a exibição da filha. Os homens jamais percebiam aquelas coisas. Eram muito distraídos, obcecados por seus próprios assuntos. E Li Yuan andava preocupado demais com os caminhos do Império para dar atenção àquilo que chamava de frivolidades femininas e domésticas. Ele só abria uma exceção para acompanhar, quando estava em casa, os avanços dos filhos em seus treinamentos. E, quando o fazia, seus olhos brilhavam de orgulho.

Só havia uma maneira de acabar com aquele disparate.

— Muito bom! — disse o duque, com um sorriso satisfeito, após Pingyang finalizar sua apresentação com um floreio. Seus olhos eram ameaçadores, mas logo se abrandaram e se tornaram brilhantes ao perceber a apreciação e orgulho na expressão do pai.

— Está satisfeito, senhor? — perguntou o mestre Lin Syaoran, também contente em receber a aprovação do duque.

— Muito, meu caro mestre, muitíssimo. Minha filha Pingyang tornou-se uma guerreira habilidosa na arte do leque. — Ele se virou para a jovem, que sorria. A mãe notou que parecia corada, talvez pelo esforço, mas mais provavelmente pela apreciação do pai e do belo mestre. *Aquilo estava errado.* A mãe permaneceu quieta, jamais aprovaria aquela situação.

— Minha filha, estou orgulhoso de você — tornou o duque. — Você não é uma jovem como as outras, Pingyang. Você é especial.

Depois da tarde no *wu guan* observando o treinamento da filha, a duquesa Dou percebera que aquela tolice fora longe demais. Quando Pingyang era uma menina, tudo aquilo parecia apenas uma brincadeira infantil, e a mãe acreditou que logo seu marido perceberia que era inútil ensinar uma menina a lidar com uma arma. Pingyang, porém, mostrou ter ido além das expectativas de qualquer um deles. Agora, que a filha já era uma moça, a brincadeira se tornara perigosa.

A duquesa sabia que a velha Sau não mantinha seus olhos abertos nas sessões de treinamento da filha com o jovem mestre e, portanto, foi obrigada a substituí-la por uma ama mais nova, de confiança, que prometeu ficar atenta ao que acontecia no *wu guan*.

Certa tarde, Pingyang, atrevida e suada após o treinamento, perguntou à mãe o porquê da troca. Dou respondeu apenas que ela não deveria fazer perguntas e que uma jovem elegante não andava por aí brincando com armas e fedendo a suor. Isso não atrairia nenhum marido, ela completou.

A moça, por sua vez, não retrucou, tampouco dirigiu sua palavra à mãe depois disso, o que confirmou as suspeitas da duquesa.

Alguns dias depois, pela manhã, a jovem ama pediu para falar com a duquesa em seus aposentos e Dou logo percebeu que chegara o momento pelo qual esperava.

— Senhora, tenho notícias. Sobre sua filha. — A duquesa apenas fez um sinal para que a moça prosseguisse, o que ela logo fez, ansiosa por dividir suas descobertas.

— No último treinamento dela, após uma longa sequência de movimentos, o jovem mestre foi muito elogioso — a ama disse, em tom de conspiração. A ansiedade em sua voz também denotava outro sentimento: inveja, aquele tipo de inveja que só as mulheres têm e sabem reconhecer. — Muito mais elogioso do que um homem deve ser para com uma jovem que não seja de seu interesse, minha senhora, se me permite dizer.

Aquilo não era o suficiente, Dou pensou. Precisava de mais. Suspirou, desapontada, e fez um sinal para a moça, dispensando-a.

— É pouco. Vá e não volte até ter algo realmente importante a me dizer.

— Espere, senhora. Há mais.

Dou ergueu os olhos, finalmente encarando a moça. A jovem tremia, mas sua voz foi firme quando disse:

— Se a senhora for até os aposentos de sua filha, tenho certeza que encontrará uma azaleia vermelha à sua janela.

— O que isso importa? Azaleias vermelhas sempre foram as flores favoritas de Pingyang.

— Mas, senhora, a jovem não colheu essa flor sozinha... Ela foi um presente. Do seu jovem mestre, Lin Syaoran.

A duquesa sorriu quando presenciou seu marido Li Yuan assumir uma expressão de fúria ao ouvir aquela história.

— Estou decepcionado...! — ele confessou, suspirando, enquanto batia com os punhos no tampo da mesa. — Não pensei que Pingyang fosse tão, tão...

— Frívola? — Dou sugeriu. — Mas é assim que são as mulheres nessa idade. É até compreensível. Pingyang não poderia ser diferente, ela é uma mulher como todas as outras. Nunca acendas um fogo que não possas apagar, meu senhor. O que devemos fazer é cuidarmos para que esse fogo não se espalhe. E é para isso que serve o casamento — ela finalmente disse em voz alta a ideia que a perseguia havia muito tempo. Era seu dever zelar pela honra da filha, e aquele era o momento oportuno. O duque a olhou com espanto, mas não disse nada que a contestasse.

— Pingyang já está na idade de se casar, meu senhor.

Li Yuan engoliu em seco, ponderando a ideia, talvez procurando outra saída. Dou sabia muito bem por que ele hesitava: seu marido tinha um carinho especial pela filha e não queria se separar dela. Aquilo não era certo, um pai não deveria se importar tanto com uma filha. Dou tinha que zelar por isso também, caso contrário seu marido se tornaria amolecido como a pétala de uma flor. Um homem e general deve ser firme como uma rocha. Era o que o imperador esperava dele, afinal, bem como sua esposa.

O duque se virou e caminhou até a janela, de onde se viam os jardins floridos. Ele segurava na mão direita uma azaleia vermelha, a mesma que Dou apanhara nos aposentos da filha naquela manhã. Pingyang, lívida, não negou nem confirmou que aquele fora um presente do seu mestre, mas seus olhos quentes e furiosos contaram tudo à mãe.

— Você tem razão, minha senhora — disse o duque, amassando a flor em sua mão grande e calejada por várias batalhas. Ele estava novamente endurecido. — O treinamento de Pingyang chegou ao fim. Está na hora de ela ser uma mulher de verdade.

No verão seguinte, Pingyang se casou com Chai Shao, uma união adequada à filha do duque e governador da província de Taiyuan. Dou finalmente respirou aliviada. Sua filha estava no bom caminho e ninguém poderia dizer que ela não fora uma boa mãe.

Quando recebera a notícia de que estava prometida pelos lábios do próprio pai, profundamente decepcionado, Pingyang disse apenas que a vontade do pai era a sua vontade. Isso espantou Dou, que esperava que a filha, sempre tão inquieta e atrevida, agisse de outra maneira. A sua única reação, na verdade, foi lançar aquele seu olhar quente e cheio de raiva para Dou, que estava ao lado de Li Yuan quando este deu a notícia à filha.

Pingyang jamais dirigiu a palavra à mãe novamente depois desse episódio.

No dia da cerimônia, Pingyang vestia vermelho com detalhes dourados. Ironicamente, o vermelho significava o prenúncio do prazer. Um lenço vermelho cobria seus olhos quando ela se postou à frente da mãe, como exigia a tradição. E Dou esperou por um choro que jamais veio. A noiva deveria chorar com a mãe, mostrando a relutância em sair de casa. Mas Pingyang não derramou sequer uma lágrima; ela se postou à frente da mãe, impassível, até que Li Shimin, seu irmão mais velho, a levou, como mandavam os costumes.

Uma ferida se abriu no coração de Dou. Ela era mãe, afinal.

Li Yuan, distraído que estava com os assuntos do Império e de Taiyuan, mal prestou atenção à cerimônia. Depois de tamanha decepção, o pai jamais tratou Pingyang diferente de suas outras filhas. O único ato de rebeldia de Pingyang, no entanto, não passou despercebido aos olhos de Dou.

Uma única flor de azaleia encontrava-se em suas mãos, vermelha e brilhante como o sangue.

Tal qual um castelo de areia, o Império ruía a olhos vistos.

As decisões do imperador Yang eram cada vez mais descabidas. Milhões pereceram em obras gigantescas e em guerras fracassadas. Os súditos, ao invés de respeito e admiração, tinham seus corações inundados por ódio e desolação. Yang também perdera o respeito de seus comandantes e soldados. A situação fugia ao controle. O Império estava falindo.

Li Yuan viu de perto o sangue chinês derramado. Sangue demais.

Ainda assim, ele retornara de todas as batalhas, mais vivo do que nunca. À medida que seu primo e imperador Yang perdia o controle do Império, Yuan conquistava a admiração e o respeito de seus homens, bem como dos súditos por onde passava, até mesmo em lugares muito além da província de Taiyuan, onde governava.

Aquilo despertou a atenção do imperador Yang.

Foi então que Li Yuan foi declarado uma ameaça ao Império. Na Dinastia Sui, o imperador lavava sua honra com sangue. E, desesperado como estava, ninguém era poupado. Nem mesmo seu general e primo. Nem mesmo seu próprio sangue.

O governador se encontrou em uma encruzilhada, onde havia apenas dois caminhos a seguir: render-se e morrer... ou lutar.

Li Yuan escolheu lutar.

Quando Chai Shao se sentou à frente de Pingyang com um ar grave, ela teve em seu coração a certeza de que algo terrível acontecera.

— Eram mensageiros de seu pai. Vindos de Taiyuan.

Após se casarem, Chai Shao e Pingyang se mudaram para a capital da Dinastia Sui, Chang'an. Shao era comandante da guarda do palácio imperial. Pingyang não se importou com a distância. A única pessoa da qual sentia falta era seu pai. Em seu coração, sabia que ele fizera o melhor por ela e o amava da mesma maneira que antes. Renunciara ao seu amor por causa dele. E vivia à espera do dia em que provaria seu valor a Li Yuan.

— E o que eles disseram, meu marido?

Chai Shao respirou profundamente antes de dizer, desolado:

— O Império perece aos poucos. Eu, que acompanho tudo de perto na guarda, já vi muitos horrores.

— O que isso tem a ver com meu pai? Vamos, diga!

— O seu pai foi acusado de traição pelo imperador Yang. O próprio imperador quer sua cabeça.

Aquelas palavras foram como a lâmina afiada de um *dao* na carne de Pingyang. Ela levou as mãos ao peito: faltava-lhe o ar.

— O que meu pai disse? Qual missiva trouxeram os mensageiros? Ele não se rendeu, é claro.

— Claro que não. Seu pai não se rendeu. Muito pelo contrário, ele se rebelou. E foi isso que os mensageiros vieram dizer. Seu pai convocou seu irmão, Li Shimin, e a mim, para apoiá-lo.

Shao respirou fundo, pesadamente, e quando soltou o ar novamente foi como se um fardo fosse arrancado do seu peito.

— Eu vou me juntar ao seu pai. Vou abandonar a guarda e trair o Império. Pingyang, nós precisamos voltar para Taiyuan o mais depressa possível.

Ela se levantou, andando de um lado para o outro, arrastando o grande *ch'ang-p'ao* vermelho no chão. Mil pensamentos caminharam por sua cabeça, um atrás do outro, como formigas trabalhando. Ela sentiu as mãos do marido em seus ombros. Chai Shao era um bom homem, isso ela não podia negar. Não era uma mulher completamente infeliz. Mas Pingyang sentia que algo lhe faltava. Às vezes ainda pensava em Syaoran, mas sabia que nem ele nem aquela paixão perdida eram a causa de seus anseios. Faltava-lhe algo que ela ainda não sabia nomear. Algo que a fizesse se sentir verdadeiramente *viva*.

— Mas estou preocupado — disse Shao, alisando seus ombros. — Nós temos que ir imediatamente para Taiyuan, porém... Não sei se conseguiremos escapar juntos assim tão fácil, Pingyang. Somos genro e filha do general rebelde, procurado pelo imperador. Nós também somos procurados agora. Além disso, a guarda imperial, eles serão os primeiros a vir até mim...

Pingyang se virou para o marido. Ele se espantou com o olhar decidido que encontrou nos olhos da esposa: um olhar quente e rubro com o qual ele jamais se deparara em todos os seus anos de casados.

— Vá, Shao — ela disse, e sua voz retumbou confiante e imperativa, tal qual um general. — Vá. Eu sou uma mulher, poderei me esconder com mais facilidade.

— Mas... Pingyang, não posso simplesmente deixá-la... O que direi ao seu pai?

— Apenas diga a ele que sou diferente das outras mulheres.

O momento de provar seu valor enfim chegara.

O som dos cascos do cavalo quebrava o silêncio da noite.

Pingyang cavalgava a um trote lento. Não era prudente viajar em velocidade àquela hora da noite, tão próxima que estava de uma vila nos arredores de Chang'na. Também não tinha pressa, não queria de verdade voltar tão cedo a Taiyuan. Outros planos vagavam por sua mente.

Ela estava atenta a todos os sons noturnos. Os animais, o farfalhar das árvores, os cascos do cavalo batendo contra a terra dura da trilha. Os batimentos de seu coração. Ela percebeu a aproximação daqueles homens, talvez bem antes de eles a notarem.

Algo gelado invadiu seu ventre e ela o identificou como ansiedade, não medo. Sentia o volume e o peso dos leques debaixo da roupa. Eles lhe davam uma sensação de segurança e de paz.

Era a mesma sensação que a invadia quando estava com seu pai.

Pingyang sorriu oculta pela escuridão.

— Olha só, mas o que temos aqui? — disse uma voz rachada, masculina e zombeteira.

— É uma mulher — disse outra voz. — Sozinha. Deve ser uma concubina.

Os homens se aproximaram. Eram quatro: dois velhos e dois jovens. Tinham um brilho lascivo no olhar e empunhavam arados. No entanto, apesar dos modos grosseiros e agressivos, ainda assim eram apenas camponeses com um ar faminto. Apenas um, o mais jovem, guardava um *dao* enferrujado na bainha.

— Que delícia, parece até uma princesa — debochou o jovem com o *dao*. — Essa pode ir direto para a minha cama. Vamos, desça, princesa! — exclamou, sacando a arma e apontando para a mulher no cavalo.

Pingyang apeou em silêncio, calma e obediente. Algo fervilhava dentro dela. Ansiedade, raiva, tensão. *Nunca acenda um fogo que não possa apagar*, dizia seu pai. Percebeu que ainda sorria. O jovem interpretou mal seu sorriso; pensou que se tratava de um flerte. Ele se aproximou, cheio de desejo; cheirava a bebida forte e suor e era magro como um graveto. Provavelmente era um dos pobres infelizes oprimidos pelo Império. O jovem ergueu seus dedos finos e sujos para tocar o rosto de Pingyang. Em sua fascinação por ela, o pobre homem baixou a guarda.

Pingyang não pensou, não sentiu. Era o que seu mestre dizia, anos atrás. Na guerra, há momentos para pensar e planejar. E há momentos em que se deve apenas agir.

Esse era um daqueles momentos.

Tudo aconteceu rápido demais para que os pobres homens conseguissem captar o sentido daquela cena vermelha.

Pingyang sacou seu leque de aço. O sangue jorrou quente quando ela acertou o pescoço do rapaz. O leque cortara sua pele como se fosse papel: ela era tão sensível, tão frágil. O jovem caiu, derrotado, levando as mãos ao pescoço, engasgando-se em seu próprio sangue. Pingyang se permitiu encará-lo por apenas alguns poucos instantes. Ele estava morto. Ela o matara. O que diria seu pai se a visse agora, após retirar a vida de um homem? Será que ficaria orgulhoso? Ou talvez em choque?

Os outros recuaram, cheios de pavor, e apenas um dos homens, o mais velho, empunhou o machado no alto.

— Meu pai me ensinou a respeitar os mais velhos — Pingyang disse com a voz rouca e firme. *Não sinta*, dizia o mestre. *Apenas aja.* — Mas isso não vai me impedir de matá-lo caso seja ingênuo o suficiente para me atacar.

– É uma armadilha do imperador! – disse o outro velho. – Ela veio nos matar a mando dele! Ele agora envia mulheres para nos enfeitiçar e nos arruinar, aquele carrasco!

– Não tenho nada a ver com o tirano que está dizimando nosso povo e acabando com essa terra – Pingyang respondeu, genuinamente irritada. O leque ainda estava bem seguro em sua mão direita, empunhado como uma lança na direção dos homens. – Se vocês estão contra ele, então estão do meu lado.

– Mas então quem... Q-quem é você? – perguntou o outro jovem, o único que estivera calado até o momento.

Pingyang deixou o silêncio pairar sobre suas cabeças por alguns instantes antes de falar.

– Juntem-se a mim – ela disse, calma e firmemente. – Juntem-se a mim para derrotar o imperador.

– E o que você vai fazer se não nos juntarmos a você? – perguntou o velho que debochara dela no início.

Era quase como se pudesse tocar a tensão que pairava no ar.

– Vocês podem ficar à vontade para morrer – Pingyang disse por fim. – Pelo meu leque ou nas mãos do imperador. A escolha é sua.

Uma família de camponeses se reunia ao redor da mesa humilde. À frente de cada membro havia metade de um pote de chá e duas castanhas. O chá era tão ralo que tinha gosto de água suja.

A menina mais nova, que se chamava Meimei, fixou seus grandes olhos negros cheios de cobiça nas castanhas que estavam postas em frente à única cadeira vazia da mesa.

– Essas são para seu irmão, Meimei – avisou a mãe.

A menina abaixou a cabeça e murmurou que sentia fome. A mãe, com o coração partido e a abnegação que só as mães possuem, colocou suas duas castanhas à frente da filha, que as devorou com ansiedade e alegria.

– Onde está Huan? – perguntou a mãe, observando a filha pequena devorar as castanhas como se fossem uma delícia dos deuses.

– Na cidade – respondeu o pai, desolado. – Pedi ao menino que negociasse com o velho da venda o nosso último porco. Espero que aquele velhote sovina nos dê algumas castanhas, chá e soja que durem ao menos alguns dias...

— O porco estava muito magro — disse a mãe. — Era puro osso.

— Vire essa boca pra lá, mulher. Um porco ainda é um porco — retrucou o pai, irritado, apesar de saber que a esposa tinha razão. Ele tentou instilar esperança em suas palavras. — Vai nos render alguma coisa, com certeza.

Ele observou a filha por alguns instantes. A menina segurava a barriga, mas não dizia nada. Ainda estava com fome. Todos estavam. O pai socou a mesa com os punhos.

— Maldito imperador. Está nos matando aos poucos!

Desesperada, a mãe olhou para os lados, como se procurasse espiões. Levantou-se depressa, fechou as cortinas puídas da janela e voltou a se sentar.

— Não fale assim, meu marido — sussurrou.

— É verdade... Todas as vendas são controladas pelo imperador. Ele vai nos matar de fome, de desespero! Ele nos cobra impostos que não podemos pagar e arranca tudo o que temos. Ele não nos deixa nada, nada. É uma...

Mas o que era o homem nunca chegou a dizer, pois seu filho, Huan, entrou esbaforido na casa. Arrastava atrás de si um grande saco, muito maior que ele, cheio de grãos e folhas de chá.

— Huan! — gritou a mãe, surpresa. O pai se levantou para ajudar o filho. O rosto do menino estava aberto num sorriso de orelha a orelha.

— O velho lhe deu tudo isso, Huan? — perguntou o pai, desconfiado. — O que você fez? Roubou? Vamos, diga, não lhe ensinei a ser um homem honrado?

— Acalme-se, meu marido. — disse a mãe. — Deixe o menino falar.

O sorriso de Huan não se esvaneceu, nem mesmo com o nervosismo e a acusação do pai. Ele abriu o saco e mostrou o conteúdo. Havia muita comida, o suficiente para mais de um mês.

— Tem uma moça lá na cidade, pai — disse Huan, encantado e sem fôlego. — Uma moça vermelha. Ela veio com muitos soldados, um exército deles! Ela abriu as lojas do governo, invadiu os mercados e deu de comer para todos os camponeses que tinham fome. Veja, eu peguei um monte de comida!

— Uma... uma o quê? — o pai perguntou.

— Ela é general, foi o que disseram. Usa um leque vermelho e tem os olhos em brasa. Ela parece enorme! Alta e vermelha como o sol! É a mulher mais bonita que já vi. Ela diz que quem estiver contra o imperador está ao seu lado. Disse que todos, homens e mulheres, devem pegar suas armas e se juntar a ela para combater o Império!

A noite era escura, mas, através das copas das árvores, ainda era possível enxergar a Lua cheia e brilhante no céu. Uma fogueira fora acesa no centro do acampamento e o fogo ardia refletido nos olhos de Pingyang, que o observava.

Ela não conseguia dormir. Alguns de seus homens, porém, roncavam sob o abrigo do céu ou em tendas. Ao mesmo tempo, outros vigiavam o acampamento. Ela passara por várias cidades e vilarejos. Vendera todos os terrenos e outros bens familiares que pudera em troca de armas. Já não carregava apenas seus leques, mas usava também um *dao* e uma lança quando estava a cavalo.

A guerra a moldava. Um rastro vermelho a seguia.

Perdera a conta de quantas vidas ceifara pelo caminho.

Às vezes, ela ainda se lembrava daquele jovem da primeira noite, o jovem do *dao* enferrujado, que pensara ter encontrado uma mulher para ocupar seu leito, porém descobrira a morte em seu leque.

Naquela noite ela matara pela primeira vez. Para se defender, mas também para recrutar. E era o que vinha fazendo desde então. Reunira um exército. Passava pelas cidades, dava comida aos camponeses, convidava-os a se juntarem a ela. Convidava grupos rebeldes e também bandidos. Se eles não aceitavam por bem, ela os fazia ceder de um jeito ou de outro. Tirou a vida de alguns. Seu nome e seus feitos já corriam mais rápido que o vento pelas províncias. Sua notoriedade a precedia.

Ela perdera o contato com a família. Apenas ouvia, por onde passava, notícias desencontradas sobre a revolta. As pessoas tinham respeito e carinho por seu pai. Aquilo a ajudava também. Eles odiavam o imperador e alguns pareciam admirar e até mesmo amar Li Yuan. Estavam todos contra Yang e ela recrutava qualquer um que desejasse tirá-lo do poder e ajudar seu pai.

Ela tinha certeza que o imperador já notara sua existência. Se tantos notaram, era impossível que ele não percebesse também. Todas as noites, Pingyang olhava para o céu e esperava. Esperava que alguém aparecesse. Esperava que a terra ficasse manchada de sangue. Esperava pela batalha que nunca vinha.

Era porque ela era mulher, sabia disso. O imperador não a levava a sério. Precisaria incomodá-lo ainda mais. Aumentar seu exército, incitar a revolta cidade após cidade, em cada pedaço de terra e em cada coração desesperado que encontrasse.

Ela olhou ao redor, para seus homens. Havia algumas mulheres também. Nem todos eram soldados, mas o ódio os alimentava, bem como o desejo de justiça e de uma vida melhor. Eles viam esperança em Pingyang e na figura que ela representava: seu pai, Li Yuan.

Eles aprenderam a respeitá-la e a enxergá-la como sua líder e general. Obedeciam a suas ordens, respeitavam sua voz, até mesmo quando Pingyang fora rigorosa e os proibira de estuprar, saquear ou roubar, pois isso ia contra todos os princípios pelos quais lutavam. Só lhes era permitido abrir as portas dos mercados controlados pelo imperador e dividir a comida entre os camponeses e cidadãos famintos. Ela sorriu sozinha para si mesma. No final, transformara-se em uma general, assim como seu pai.

– Senhora – disse uma voz ansiosa. Pingyang ergueu os olhos do fogo, observando o dono dela. Era um rapaz jovem demais para a guerra; ele segurava um *dao* em suas mãos pequenas. – Senhora, há um homem que deseja vê-la. Ele diz que tem informações importantes. O homem está com os outros soldados nos limites do acampamento, nós já o desarmamos.

– E ele se apresentou?

– Sim, senhora. Ele disse que seu nome é Lin Syaoran e que deseja lhe falar.

Pingyang não conseguiu controlar um salto descompassado no peito, mesmo que não demonstrasse isso nos olhos. Indiferente, apenas pediu ao menino que permitisse a entrada do tal homem no acampamento.

Ela não desviou o olhar nem por um segundo quando viu, ao longe, a figura de Syaoran se aproximar. Ele parecia muito mais velho; finalmente sua barba teimosa crescera e ocupara seu rosto.

Alguns fios brancos tingiam-lhe os cabelos. Parecia ainda mais magro. Vestia aquele *ch'ang-p'ao* verde e dourado que ela tanto conhecia, mas agora ele estava velho e puído. Finalmente, quando parou a alguns metros de Pingyang, ele sorriu e fez uma reverência.

– Senhora – ele disse com respeito. Sua voz também parecia mais velha.

Pingyang assentiu e dispensou os soldados que o escoltavam, assegurando-lhes que conhecia o homem. Se não fosse por ele, afinal, Pingyang não estaria ali. Fora Syaoran quem lhe ensinara quase tudo que sabia na arte da guerra.

– Mestre... – ela disse lentamente, acenando uma reverência discreta com a cabeça. Não poderia fazer mais que isso, mesmo que desejasse. – Já faz muito tempo.

Ela tentou, mas não conseguiu esconder o sentimento que aflorou em sua voz como uma azaleia no jardim. Syaoran sorriu. Ela indicou uma tora de árvore de frente para ela. O fogo os separava.

– Não sou mais seu mestre, Pingyang – ele se permitiu dizer seu nome agora que estavam relativamente a sós. – Você é uma mulher, não uma aprendiz, e se tornou a general desses homens. Seu nome e seus feitos correm como brasa nos vilarejos. Sua fama a precede. Você inspira os povos oprimidos. Seu pai deve estar orgulhoso.

Pingyang suspirou.

– Não vejo meu pai há muito tempo.

– Mas está dando seu melhor para apoiá-lo e honrá-lo.

A jovem sorriu e assentiu. Fazia tudo aquilo por seu pai. Para honrá-lo.

– Os anos foram generosos com você, Pingyang – disse ele, de repente. – Você está ainda mais bela que antes, apesar de trazer em seu rosto as marcas do sofrimento e da guerra.

– Sou casada agora, Syaoran – ela disse como um aviso, pois pressentia o rumo perigoso que aquela conversava tomava. – Shao traiu o Império e a guarda imperial, onde servia, e juntou-se ao meu pai. Está lutando ao seu lado.

– Eu sei – Syaoran disse com certa tristeza na voz. Parecia se lamentar. – Sempre estive por perto, Pingyang. Um mestre jamais abandona seu aprendiz, mesmo que ele o abandone. E você sempre esteve em meu coração.

– Syaoran... – Pingyang sentiu a voz tremer. Ao falar seu nome em voz alta, tentara demonstrar todo o sentimento, lágrimas, mágoas e desculpas que queria expressar. No entanto, a única coisa que conseguiu fazer depois disso foi desviar os olhos do fogo e evitar o rosto de Syaoran que a encarava sobre as chamas.

– Por que veio? – ela murmurou.

– Tenho notícias do seu pai, Pingyang.

Isso a fez encará-lo novamente.

– Ele não está em Taiyuan.

– Como assim?

– Ele e sua família se refugiaram no município de Hu. Eles precisaram recuar por causa de um ataque do exército do imperador. Estão se reorganizando agora.

Um silêncio seco pairou entre eles por alguns minutos.

– Eu não sabia – Pingyang disse por fim. – Obrigada por me avisar. Partirei para Hu pela manhã.

Ela se levantou depressa. Sentia uma necessidade urgente de se recolher e colocar seus pensamentos em ordem. Jamais conseguiria isso se estivesse próxima de Syaoran. Seu antigo mestre também se levantou, observando-a com seus olhos cansados.

– Pingyang...

Ela se virou para olhá-lo. Seus olhos declaravam uma súplica silenciosa.

– Syaoran... Eu agradeço por ter vindo me alertar, mas...

– Eu ouvi dizer que você aceita qualquer um que esteja contra o imperador em seu exército, Pingyang – ele disse depressa e com energia. – Isso vai além dos nossos sentimentos. Eu também odeio o imperador. Sofri muito depois que deixei de ser seu mestre. A vida foi dura comigo. Por favor, eu... eu quero me juntar a você. Quero fazer parte de seu exército.

– Syaoran...

– Você me chamou de mestre, mesmo após tantos anos – ele insistiu. – Não sou mais seu mestre, Pingyang, mas, por ter sido um dia, suponho que tenho direito de lutar ao seu lado, não acha?

Pingyang respirou fundo. Havia algo quente e amargo em seu coração. Ela observou Syaoran iluminado pelo mesmo fogo ardente que ele via refletido em seus olhos. Os olhos da menina, da jovem aprendiz que ela um dia fora e da mulher e guerreira que se tornara.

— Você está certo — Pingyang disse algum tempo depois. Olhou-o nos olhos com firmeza, mesmo sentindo-os marejados. Permitiu-se o sentimento que brotava em seu peito, apenas por aquela noite, apenas naquele instante. Era mais do que uma paixão antiga: era carinho e gratidão.
— Lute comigo. Lute ao meu lado, mestre.

A batalha pela qual Pingyang tanto esperava enfim a encontrou.

Foi em seu caminho para Hu, em uma planície estéril, onde o horizonte se perdia de vista. Os homens do imperador, enfileirados e em guarda, aguardavam o Exército da Dama. A notícia de que Pingyang reunira um exército de mais de 70.000 homens finalmente incomodou os ouvidos do imperador Yang.

Pingyang mandou soar os tambores de guerra. Ela os liderava. Foi preciso apenas um único movimento e um grito retumbante de raiva para que aquela enorme multidão cheia de ódio se inflamasse e corresse como um dragão gigante e furioso, disposto a tudo para destruir o inimigo.

As duas enormes massas de gente cruzaram a planície. Pareciam apenas dois corpos, gigantes, únicos, unidos por ódio, esperança, raiva e honra. O exército do imperador, negro, e o Exército da Dama, vermelho. E, quando ambos se chocaram, foi a cor vermelha que explodiu e dominou todo o quadro de guerra.

— Ataquem! Tomem de volta o que é nosso! Matem! — Pingyang gritava, siderada. Era *aquilo*. Finalmente encontrara. Era essa a sensação que lhe faltava, era esse o sentimento que procurara por tanto tempo. Quando sua lança atravessava as armaduras, quando seu leque espirrava vermelho no chão de areia e pedras, quando os homens do exército negro caíam a seus pés; era nesse momento que Pingyang se sentia completa... e *viva*.

O céu se enchia de gritos e dor, enquanto o chão se pintava de vermelho. Soldados, camponeses, guerreiros: todos lutavam como um só e derrubavam os homens de preto, que caíam ao chão, urrando de dor, destroçados, humilhados. Havia também parte do exército vermelho no chão, mas eram homens e mulheres que morriam com um sorriso no rosto e a satisfação do dever cumprido, da alma lavada, da honra restituída. Todos sentiam que cada golpe desferido contra o adversário era também um golpe no imperador e na opressão que ele representava.

E realmente era.

— Vocês vão pagar! Vão pagar por tudo que nos fizeram sofrer! — gritavam camponeses simplórios, transformados em guerreiros no momento em que suas famílias foram destroçadas pela fome e miséria.

Os corpos começavam a se amontoar. Os gritos se misturavam ao tilintar dos escudos, dos *daos*, das lanças e até das armas simples dos camponeses: os *shuāng jié gùn*, os *yaris*. Pingyang tinha armado seu exército até os dentes e os treinado à exaustão. O imperador Yang perdera tempo demais a desprezá-la: seu exército agora pagava o preço.

— Morram! Morram como mataram meu marido, minha família! — berravam mulheres que tiveram seus companheiros e filhos mortos em disputas inúteis, em obras infinitas e sem motivo.

Pingyang sorria, gritava, urrava, matava. Ela via o mundo vermelho enquanto girava em movimentos delicados e cruéis: a sua dança da morte. A alguns metros, ela via o único par de leques que a acompanhava naquela dança: seu mestre, sua paixão de menina, Lin Syaoran.

Até que ele caiu.

Então, o mundo se tornou negro. E o céu escureceu.

Pingyang urrou de dor. Sua alma estava irremediavelmente ferida. Seu ódio pareceu injetar ainda mais fúria e ânimo em seu exército, pois depois disso não sobrou um único soldado negro. Todos foram pintados de sangue.

Ao pôr do sol, o céu era uma mistura de laranja, amarelo e rubi, enquanto o chão era um lago de sangue e lágrimas.

E então o silêncio. Opressivo. Doloroso. Vazio.

Assim como Pingyang, o Exército da Dama não mais comemorava a vitória, mas sim chorava seus mortos. A dor os tocava, como fizera por todos aqueles anos, por tanto tempo. Eles choravam os mortos de uma guerra que se iniciara muito antes daquela batalha.

Por alguns instantes, Pingyang se despojou de seu manto de general. Livrou-se das amarras e convenções, da máscara que usava por tanto tempo. Permitiu-se, naquele momento, ser apenas mulher: apenas a menina que um dia fora. Assim como seus irmãos de guerra, ajoelhou-se ao lado do corpo sem vida de Syaoran. Seus olhos estavam arregalados, chocados por talvez por não terem conseguido segurar em seus dedos a vida que lhe escapara como um sopro de vento dos lábios. Seu *ch'ang-p'ao* verde era uma sombra do que um dia fora; estava inundado por sangue, dos que ele abatera e do seu próprio. Os leques, que um dia fizeram a pequena Pingyang admirar-se, jaziam também sem vida ao lado de seu senhor.

Ela fechou os olhos de seu mestre, segurando-os por tanto tempo que seu coração tornara-se apenas um grão minúsculo de mostarda, comprimido pela dor. Finalmente, Syaoran fechou os olhos e sua face se tornou serena e jovem como um dia ela o conhecera.

Pingyang permitiu-se uma única lágrima. E um grito, que ressoou na noite vermelha e escura.

Em Hu, Pingyang foi recepcionada como um *herói*.

Li Yuan a recebeu de braços abertos, sorridente e orgulhoso, como ela não o via havia muitos anos. E assim também seu pai a reconhecia após tanto tempo: aquele brilho rubro, quente e misterioso em seu olhar, aquela aura de vitória e fúria que era tão grande ao seu redor, inundando o coração de todos e injetando ânimo nos desalentados pela guerra sangrenta.

Era disso que precisavam, disse Li Yuan.

O coração de Li Yuan estava vazio.
Uma ferida enorme, do tamanho do céu, rasgava seu coração.
Perdera um pedaço de si mesmo.

O exército de seu pai e seu irmão, Li Shimin, lutara com bravura e deixara a guarda imperial bastante enfraquecida. O Exército da Dama, inflado por uma vitória esmagadora, juntou-se ao do seu marido, Chai Shao. Lado a lado, eles marcharam contra o imperador e derrubaram o restante de seus homens.

Li Yuan ergueu-se e declarou que a Dinastia Sui chegara ao fim. Ele se proclamou o imperador Gaozo de Tang e iniciou uma nova era, uma era de ouro e prosperidade na China: a Dinastia Tang.

Após o final triunfante da guerra, Pingyang recebeu, das mãos de seu pai e imperador, a patente de marechal.

A flor de azaleia, vermelha como a princesa, ainda repousava delicadamente em sua mão quando o imperador sentiu a presença de alguém às suas costas.

– Meu senhor imperador, meu marido... – ele ouviu a voz de sua esposa, a imperatriz Dou. Ela tinha os olhos fundos e cansados. Finalmente, após tantos anos, parecia derrotada. Pingyang, afinal, nunca a perdoara. Uma tristeza pungente derramava-se dos olhos de Dou, a mesma tristeza que abatia o imperador. – Está tudo pronto.

Sentindo como se um dragão estivesse sentado em seu peito, queimando-o e pressionando-o com seu enorme peso, Li Yuan seguiu a esposa.

Os jardins estavam enfeitados com várias cores: branco, amarelo, roxo, cor-de-rosa, verde e anil. As flores vermelhas, porém, foram guardadas especialmente para ela, a sua princesa, sua filha mais amada, Pingyang. Elas a envolviam como a um manto de cor e perfume. Em suas mãos entrelaçadas repousavam seus dois leques de aço, finalmente abatidos. Pingyang, no entanto, parecia serena e bela, como se apenas dormisse e sonhasse.

Ela era jovem demais para deixá-lo. Ainda parecia que aquela cena – quando Pingyang recebera de suas mãos, com aquele sorriso vermelho e radiante, a patente de marechal – acontecera no dia anterior. Tinham-se passado dois anos. Apenas dois anos. Ela merecia mais. Sua filha nem ao menos conseguira vislumbrar o maravilhoso império que ajudara a construir. A prosperidade inundava a China como a luz do Sol iluminava as manhãs, mas Pingyang, sua flor vermelha, bela e guerreira, jamais sentiria essa luz novamente. Ela se apagara como a chama de uma vela, inesperada e dolorosamente. Era insultante que uma mulher tão valente como ela tivesse sido abatida por um mero mal súbito, indigno de sua imponência.

Havia soldados vestidos com seus melhores uniformes de guerra, empunhando suas armas brilhantes. Outros seguravam seus instrumentos, prontos para fazer ressoar sua música. O imperador ordenara um funeral militar completo, com todas as honras que a princesa Pingyang merecia.

Li Shimin, seu filho, aproximou-se do pai com um ar grave. Em tom de sussurro e apreensão – ele jamais seria destemido ao falar com o pai como a irmã era, lamentou Li Yuan –, disse que os funcionários do Ministério dos Ritos opunham-se fortemente à presença da banda imperial, afirmando que funerais de mulheres não deveriam ter bandas.

– Eu não sabia que precisava tanto de você até reencontrá-la, minha filha – disse seu pai. E então, num arroubo de emoção, ele a abraçou. – Minha filha, a princesa Pingyang.

– A banda tocará música militar – disse o imperador, furioso. – A princesa pessoalmente ressoou os tambores e se levantou em rebelião para me ajudar a estabelecer a dinastia. Como ela pode ser tratada como uma mulher qualquer?

O coração de Pingyang, outrora vazio e ferido, enchera-se novamente de paz.

Ela finalmente encontrara o que tanto procurara por toda sua vida.

Anos depois, Li Yuan, apenas pai, deu adeus à filha. Permitiu-se uma dolorosa e amarga lágrima e, por fim, depositou sobre Pingyang a flor vermelha de azaleia.

Lenora dos Leões
Helena Gomes

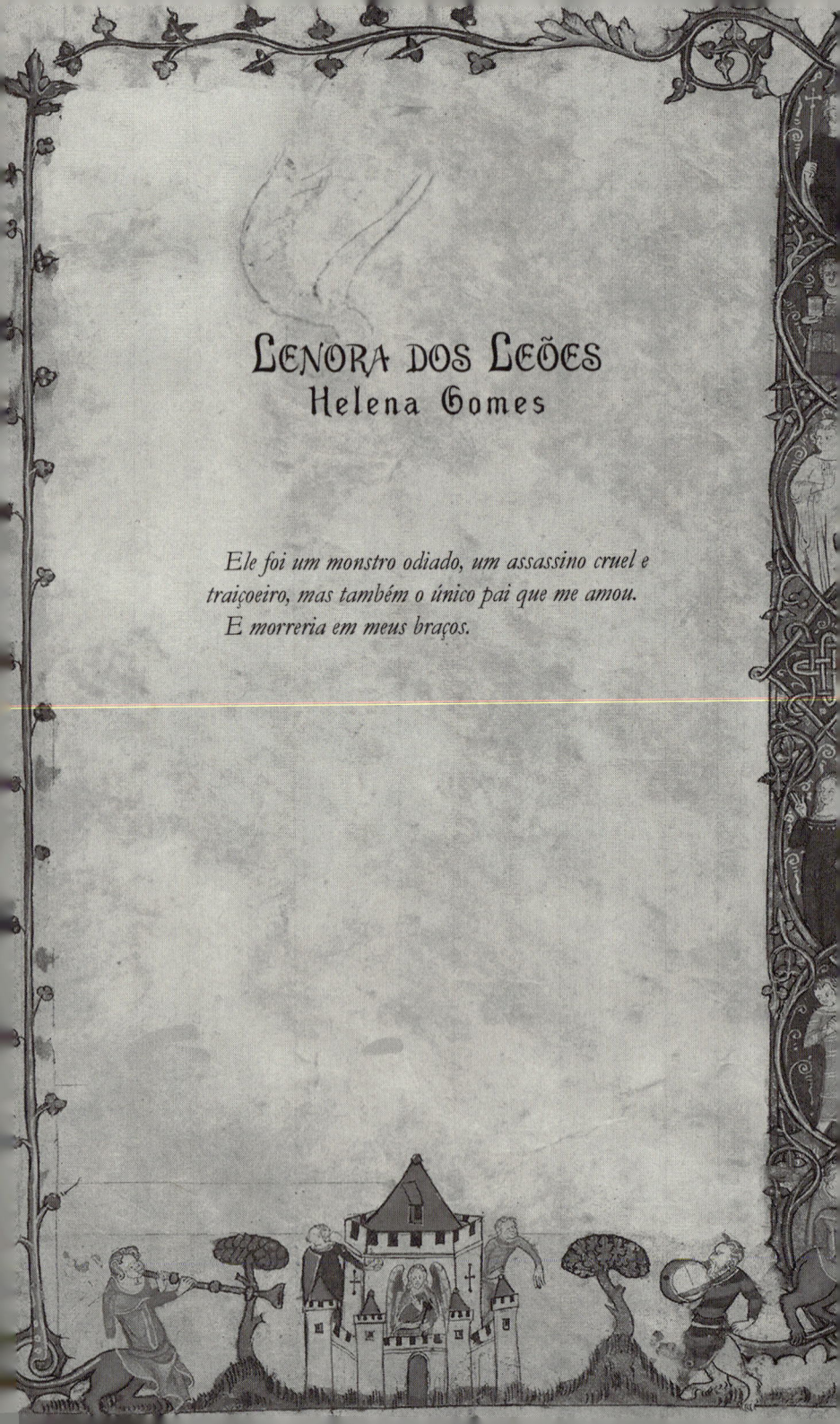

Ele foi um monstro odiado, um assassino cruel e traiçoeiro, mas também o único pai que me amou. E morreria em meus braços.

Península Ibérica, século XIV

Em pânico, a ama espiou pela janela. Não reparou na praia logo adiante, iluminada pela manhã, mais uma entre outras na escarpada costa das Astúrias. Seus olhos enxergaram apenas o perigo trazido pelo exército do jovem rei de Castela, Pedro. Ele já dominava o castelo de seu meio-irmão bastardo Enrique, conde de Trastâmara, que escapara antes dali para se refugiar nas montanhas, em mais uma etapa de sua fuga contínua – como vinha fazendo desde o enterro do pai deles. Enrique tivera de deixar para trás a esposa Juana Manuel, suas damas, os menestréis, servos, escravos e ainda os nobres que a protegiam.

A ama só pensava em Leonor, a menininha de um ano e poucos meses sob seus cuidados. Era apenas uma bastarda de Enrique, mais uma de sua prole ilegítima que só aumentaria com os anos. Como ele ainda não tivera filhos legítimos, Leonor era a única naquela vila, Gijón, que representava sua descendência. O que seria dela se o rei a descobrisse?

O som da luta e seus gritos medonhos de fúria, medo e dor alcançavam o aposento em que a ama se escondera com a criança. Ela não quis mais olhar o mundo desabando além da janela. Já vira o suficiente, os mortos que se acumulavam do lado dos soldados de Juana, em sua inútil tentativa de deter o avanço da tropa real.

As horas avançaram. Por fim, o silêncio se impôs com a chegada da noite. E a ama, descoberta por um soldado inimigo, foi arrastada por ele até o salão, com a criança em seus braços. O rei, em pessoa, estava no local. Parecia ansioso.

Ao ver Leonor, dirigiu sua pergunta a Juana, que, acompanhada por sua gente, apenas aguardava.

— É esta a criança que foi jogada aos leões? — Pedro quis confirmar. Falava com o sotaque da região de Andaluzia, onde passara muitos anos de sua vida.

— Sim, meu senhor — confirmou a mulher, a contragosto.

Com medo, a mãe da menininha, uma das damas de Juana, não ousou revelar seu parentesco com ela. Apenas abaixou a cabeça.

Pedro aparentava ser mais jovem do que seus 18 anos, um a menos que Enrique. Era alto, tinha a pele clara, cabelos avermelhados e olhos azuis, muito claros. Herdara o trono havia dois anos, após a morte do pai Alfonso XI, vítima da peste negra em Gibraltar.

Desde então, ele vivia para combater os irmãos bastardos que ameaçavam lhe roubar o trono, entre eles Enrique, o filho preferido de Alfonso. Pedro mandara executar a mãe deles, Leonor de Guzmán, a amante real que tanto sofrimento trouxera à rainha-mãe, a portuguesa Maria, e a ele, o herdeiro legítimo ignorado pelo próprio pai.

Pedro crescera alimentado pelo ódio da mãe e pelas ameaças veladas da Guzmán e de seus filhos bastardos, estes sempre agraciados com títulos, terras e fortuna por Alfonso. Um passado que influenciava a trajetória do novo rei, marcada pela avidez em acumular riquezas e eliminar progressivamente os inimigos. Para isso, ele não media esforços, atitudes traiçoeiras e demonstrações de crueldade. Não era à toa que já o chamavam de Pedro, o Cruel.

Pois o Cruel abriu um sorriso imenso, inocente até, para a menininha.

— Então esta é a famosa Leonor dos Leões! — disse, esticando os braços para ela.

A pequena Leonor retribuiu o sorriso e não se fez de rogada. Jogou-se em seu colo, sendo recebida com firmeza. A ama, por outro lado, tremia, apavorada demais para sair correndo.

— E a mãe da menina? Está aqui? — ele perguntou.

Ninguém respondeu.

A mãe de sangue comportou-se da mesma forma que se comportara meses antes, como se o assunto não lhe dissesse respeito, quando Enrique, duvidando de que a menininha fosse mesmo sua filha, atirou-a para os dois leões que ganhara de Alfonso em algum aniversário – apenas outro presente entre muitos, caros e excêntricos, trazidos de reinos distantes pelos mercadores árabes.

Embora as feras estivessem famintas, apenas cheiraram a criança e deixaram-na em paz. A pequena Leonor não chorou nem tampouco demonstrou medo. Diante do que Enrique interpretou como uma intervenção divina, ele mandou que a resgatassem e a reconheceu como filha.

– A menina não tem mãe? – insistiu Pedro. – Não? Melhor! Que o pai dela saiba que Leonor dos Leões agora é minha!

Um dos cavaleiros que o seguiam avisou Juana que ela e os seus deveriam se preparar para seguir viagem. Tornavam-se oficialmente prisioneiros do rei de Castela.

– A criança ainda é amamentada? – Pedro perguntou à ama, que assentiu. – Então tu vais comigo.

E foi saindo, com Leonor pendurada em seu pescoço.

– Vosso pai vos atira aos leões e eu é que sou o Cruel, hein? – ele murmurou para ela, pensando em voz alta. Somente a ama, em seu encalço, pôde escutá-lo.

Apoderar-se de mim, Leonor dos Leões, transformara-se numa obsessão para Pedro desde que ele soubera da minha triste história. Uma obsessão como outras em sua vida, na verdade. Claro que era um modo de provocar Enrique, por roubar-lhe alguém que o bastardo fora obrigado a valorizar graças ao que todos consideravam um milagre. Mas talvez o rei também tentasse compensar a rejeição paterna que eu sofrera, como ele mesmo também sentira na pele. A partir daquela noite, em Gijón, passou a me ter por perto como um brinquedo favorito, junto com seus cachorros.

Ainda naquele ano, 1352, ele conheceu mais uma obsessão, a bela e delicada Maria de Padilha, uma dama criada pelo tutor do rei e segundo homem mais poderoso de Castela, Juan Alfonso de Albuquerque. Este a preparara para ser a distração do rapaz, o que lhe daria a oportunidade de governar o reino segundo os próprios interesses e com o apoio da rainha-mãe Maria. Uma artimanha, aliás, que funcionou muito bem.

Um desses interesses era a aliança com a França, concretizada com o casamento de Pedro com a nobre francesa Blanche de Bourbon e, naturalmente, o valioso dote que ela trouxe a Castela. A cerimônia foi realizada numa segunda-feira de junho do ano seguinte, na cidade de Valladolid, na mesma época do nascimento da primogênita de Pedro e Padilha, Beatriz.

Com os pensamentos e o coração na amante, o rei passou a noite de núpcias junto à esposa e, após o desjejum na manhã de terça-feira, galopou velozmente atrás da filha, apesar dos apelos da rainha. Pernoitou em um vilarejo e na quarta-feira já estava em Montalban, com sua Padilha, chegando antes mesmo de alguns dos homens de sua escolta.

Quem me contou esta história foi a própria Padilha, rindo da travessura de seu amado rei. Se ela não pôde ser uma mãe para mim foi porque Pedro, sempre ciumento de seus pertences, não permitiu. Mas Padilha me tratava bem e sempre me contava as histórias que os adultos comentavam apenas entre si.

Depois de seu fracassado casamento, Pedro enviou Blanche para longe, embora a mantivesse como sua prisioneira. Ordenou a execução ou matou pessoalmente os nobres que tentaram defendê-la, perdeu o apoio da França e, após obter uma aliança com Enrique, devolvendo-lhe a esposa e sua gente, e com o irmão gêmeo dele, Fradique, mestre da Ordem de São Tiago, colocou-os para vigiar seu antigo tutor, Juan Alfonso. Mas este era esperto e logo conquistou o apoio dos bastardos contra Pedro, tramando derrubá-lo para colocar em seu lugar o irmão da rainha e herdeiro do trono português.

Para complicar ainda mais a situação, Pedro seguiu um impulso e casou-se novamente, apesar de já ser casado com Blanche. A noiva da vez, de quem ele logo se cansou depois de lhe fazer um filho, foi uma nobre da poderosa família Castro. Diante do que consideravam uma grande desonra, os Castro se aliaram a Juan Alfonso, aos bastardos reais e até aos infantes aragoneses. Castela transformou-se em um campo de confrontos entre o rei e seus desafetos.

Secretamente, Pedro comprou a lealdade do médico particular de Juan Alfonso, mandando-o envenenar o antigo tutor, que morreu em setembro de 1354. Então vinha a parte de que eu mais gostava: em testamento, Juan Alfonso deixara claro que só deveria ser enterrado ao final de sua demanda contra o rei. Sem alternativa, seus vassalos cumpriram-lhe a vontade, levando o cadáver para participar de reuniões e até de batalhas. Eu, criança ainda, ficava imaginando a cena, o morto sentado numa cadeira na cabeceira de alguma mesa, cercado por seus homens que fingiam consultá-lo... Ou então cavalgando, amarrado à sela para não cair.

Juan Alfonso só foi enterrado após os rebeldes conseguirem a ajuda da rainha-mãe Maria para deter Pedro na cidade de Toro, dois meses mais tarde. Para o rei, a traição da mãe foi a gota d'água. Na primeira oportunidade, fugiu durante uma caçada e, buscando o apoio dos aliados e também dos ricos comerciantes judeus de Toledo, deu o troco aos desafetos, mais cruel do que nunca. Aos Castro, que acabou desistindo de executar, entregou títulos e terras para comprar-lhes a lealdade.

Quanto aos outros... Ele perseguiu vários nobres, matou quem pôde alcançar. Quando chegou a vez de se vingar da própria mãe, resolveu que o melhor castigo era fazê-la sofrer. Decapitou quatro conselheiros da rainha, incluindo o amante dela, e a afastou de sua vida. Ela morreria três anos depois, isolada em Portugal.

Em Toro, Pedro novamente aprisionou Juana Manuel, esposa de Enrique. Desta vez, não pretendia devolvê-la. Já o meio-irmão novamente lhe escapou, fugiu para a Galícia, depois Astúrias, Biscaia e, finalmente, para a França, em busca do apoio tanto político quanto financeiro do rei daquele reino.

Naquela época, eu não passava de uma criança de quase sete anos e não sabia direito o que era maldade. Conhecia algumas das histórias do rei, de seus assassinatos, muitos contra a própria família, mas não conseguia relacioná-los ao rapaz que sorria para mim em seus momentos de bom humor, afagava-me os cabelos e gostava de me assistir rodeada de brinquedos, divertindo-me.

Pedro era meu mundo, o único que eu conhecia.

Para ele, meu nome não era Leonor, o mesmo da abominável amante de seu pai, a Guzmán. Era, sim, Lenora, a dos leões.

Pedro costumava lembrar que eu não tivera medo das feras, o que fazia com que me sentisse muito corajosa, principalmente ao enfrentar o pente que a ama usava para desembaraçar meus cabelos longos, negros e muito finos.

Ele sempre me levava em suas andanças. Às vezes, íamos encontrar Padilha e as três filhas que ela lhe dera, em algum ponto do reino. Ou ficávamos dias em qualquer um de seus castelos. E ainda havia a prática da falcoaria, outra de suas obsessões, e principalmente as caçadas. Nesses momentos, eu dividia com ele a mesma sela, em cavalgadas velozes e audaciosas.

Nem sempre ele me dirigia a palavra ou me dava atenção, mas me queria por perto a todo momento. Se eu me afastava, procurava-me com o olhar. Se eu sumia, mandava-me buscar. Eu tinha de ficar sentada a seus pés durante suas refeições, nas longas reuniões com seus nobres de confiança, o que quase me matava de sono, e também nas horas de missa e de leitura. O rei só me enxotava se queria privacidade com alguma amante – e tinha várias, de quem muitas vezes nem sabia o nome, pois apenas Padilha importava de verdade.

Nas suas noites solitárias, eu dormia no chão, junto a seu leito, dividindo espaço com os cachorros. Como não conhecia outra vida, aquela, para mim, era perfeita. Eu me sentia tão filha de Pedro quanto as outras.

Para meu orgulho, acompanhava-o também nos dias de guerra, ao contrário delas. Claro que, durante os combates, eu permanecia em sua tenda, com a ama, vigiada por soldados. Afinal, fora por um triz que eu não acabara aprisionada como ele em Toro. Como que guiado por algum pressentimento ruim, ele me despachara para Toledo com uma escolta antes de cair na armadilha da mãe.

Essa rotina ao seu lado me fez uma criatura desajustada aos olhos dos demais. Não tive a educação reservada às princesas e demais meninas da nobreza, como as próprias filhas ilegítimas de Pedro, nem tampouco tutor e padre para me tomar a confissão. Mal aprendi a ler, a escrever e a rezar. Não me tornei prendada em costuras, bordados ou qualquer outro trabalho reservado às mulheres.

Em compensação, Pedro mostrou-me como combater, atirar flechas e manejar uma espada. Como eu não tinha vestidos, usava roupas de pajem. Só aprendi a me comportar como uma dama porque gostava de imitar os modos refinados de Padilha. Foi a maneira que encontrei para ser mulher no ambiente masculino que cercava o rei.

Também lhe fiz companhia em suas viagens por terra e mar durante a guerra que arrumou contra o reino de Aragão. Pedro, como de hábito, dormia pouco, evitava se alimentar demais e se dedicava muito a qualquer coisa que cismasse fazer. Tomou castelos, conseguiu apoio do novo rei português, seu tio por parte de mãe, acumulou vitórias, aceitou uma trégua com o rei aragonês, promovida pela Igreja Católica, e teve sua preciosa prisioneira, Juana, roubada debaixo de seu nariz por um vassalo de Enrique, que a conduziu até o marido, na França.

Pouco depois, em 1358, novamente pôde dar o troco. Foi quando vi do que Pedro, o Cruel, era capaz.

Estávamos em Sevilha, em sua residência preferida. Naquela manhã, ele recebia ma câmara um dos bastardos, Fradique, o gêmeo de Enrique, a quem aceitara como aliado após afirmar perdoá-lo pelas ações do passado.

Aquele também era meu tio, como Pedro, e, como sua aparência era a mesma do meu verdadeiro pai, pude descobrir como ele seria. Fradique era grande, altivo e intimidante em suas vestes de cavaleiro da Ordem de São Tiago. Ignorou minha presença, considerando-me um dos pajens, e foi beijar as mãos de seu rei. A conversa foi rápida e amena. Fradique chegara de viagem havia pouco, com alguns de seus homens.

Simpático, Pedro perguntou se já tinham onde se hospedar. Se fosse o caso, seriam seus convidados.

— Não se faz necessário, meu senhor — disse Fradique. — Ficaremos numa estalagem próxima daqui.

— Vejo que estais cansado, irmão. Já vos alimentastes?

— Ainda não, meu senhor.

— Ide descansar. Conversaremos depois.

Fradique assentiu com uma reverência e saiu. No corredor, rumou até o jardim para cumprimentar Padilha e as sobrinhas. Eu, que escapulira sem que Pedro notasse, entretido em um jogo de xadrez, fui atrás dele.

Assisti de longe à breve conversa de meu tio com Padilha e aos beijos estalados que deu na bochecha de cada sobrinha. Ah, como eu queria estar no lugar delas...

Tive de me esconder atrás de uma pilastra quando ele passou por mim no trajeto até o estábulo, onde deixara seus homens e cavalos. Estranhamente, não encontrou ninguém no local, exceto por Sancho, seu segundo homem em comando, que veio ao seu encontro.

– O que está acontecendo? – Fradique perguntou-lhe. – Onde estão os nossos?

O outro balançou a cabeça, apreensivo. Também descobria sobre o sumiço naquele minuto.

Sem saber o motivo, senti medo. Fradique e Sancho retornavam à câmara do rei. Eu quis gritar, impedi-los, mas não consegui. Continuei a segui-los à distância.

A poucos metros da câmara, os soldados surgiram e, sob o comando de Pedro, posicionado atrás deles, avançaram contra os dois com suas maças. Seria um massacre. Para evitar ser uma das vítimas, Sancho fugiu. Já Fradique quis empunhar sua espada, mas não a retirou da bainha a tempo.

A pancada da primeira bola de ferro com espinhos salientes, presa na extremidade de um cabo e usada com violência por um dos soldados, esmagou-lhe parcialmente o rosto. Fradique perdeu o equilíbrio, recebendo outros golpes antes e depois de tombar no chão.

Aterrorizada, não pude tirar os olhos daquela cena. Sangue, carne, cérebro, pedaços de ossos, vestimentas e fios de cabelo misturavam-se numa massa disforme. Uma parte da minha mente reteve a voz de Pedro, que mandava executar os homens do meio-irmão, capturados durante a conversa com Padilha.

Mas faltava um. Sancho.

– Ele foi para o jardim! – gritei. Padilha e as meninas ainda estavam lá.

Pedro ouviu-me, tirou a espada da bainha e correu naquela direção. Em seu encalço, deixei para trás a imagem que assombraria minhas noites de sono por anos.

Sancho apoderara-se de Beatriz, miúda para seus cinco anos de idade, e, prendendo-a com o antebraço contra o peito, ameaçava degolá-la com a espada. As irmãzinhas choravam, com medo, nos colos de suas amas. Padilha tentava se aproximar, as mãos erguidas pedindo clemência.

– Se vou morrer, levo comigo a bastarda que geraste em tua puta preferida! – gritou Sancho para o rei.

Mas este não se intimidou. Com a espada em punho, cheio de ódio, chegava cada vez mais perto.

– Soltai minha filha! – exigiu.

Corri para perto de Padilha e meu movimento distraiu Sancho. Quando ele recolocou Pedro em seu campo de visão, já era tarde demais. Descobri o horror da morte em seus olhos, o sangue que lhe jorrava da garganta onde Pedro afundou a espada, Beatriz sendo retirada por ele dos braços de Sancho, este deslizando sem vida sobre o gramado.

Comecei a chorar baixinho. Ninguém viria me consolar.

– O maldito não faria isso comigo se eu fosse a rainha! – berrou Padilha, estridente. – E a culpa é toda vossa, meu senhor! Se não matardes Blanche de Bourbon, eu mesma a matarei!

Pedro franziu o nariz, aborrecido, e devolveu-lhe a filha. Depois, com um aceno, chamou-me. Queria minha companhia para o almoço.

Tive de segui-lo, as lágrimas embaçando-me o caminho. Quando passamos pelo cadáver destruído de Fradique, Pedro quis ter certeza de que ele estava mesmo morto.

– Mata-o – disse a um dos soldados.

Se estranhou a ordem, o soldado não disse. Pegou um machado e, com um golpe, separou a cabeça do que sobrara do corpo do gêmeo.

Foi neste instante que vislumbrei um vulto negro e sobrenatural ao longe, coberto por um manto escuro, apenas à espera de algo que não pude decifrar. Retirei com os dedos as lágrimas que me atrapalhavam, procurando entendê-lo. Não distingui seu rosto nem tive tempo para isso. Ao se dar conta de que somente eu podia vê-lo, ele esboçou um sorriso diabólico e se desfez no ar.

Gemi baixinho, novamente tomada pelo terror, os olhos arregalados.

– Lenora, vinde comigo – disse Pedro. Como eu era incapaz de me mover, ele teve de repetir o comando, porém de modo mais enérgico.

Reuni toda a minha coragem e obedeci. O rei não hesitaria em me pôr de castigo se fosse obrigado a me convocar pela terceira vez.

Depois daquela manhã, Pedro decidiu que não descansaria enquanto não eliminasse os meio-irmãos e seus aliados. Mandou decapitar vários nobres e, na sequência, chamou um primo, Juan, príncipe aragonês que anos antes o confrontara, para ajudá-lo a caçar outro meio-irmão, Tello. Este, avisado por um escudeiro, conseguiu chegar a uma vila pesqueira e, de lá, escapou num barco até a Inglaterra.

Bem que Pedro o perseguiu numa de suas naus, mas foi impedido pela chegada de uma tempestade. Possesso, retornou para terra firme, onde aprisionou a esposa de Tello.

Presenciei todos esses acontecimentos, pois Pedro, mais do que nunca, tinha-me ao seu lado. Agora era eu que não queria ir com ele. No entanto, obedecia. Da mesma forma que obedeci quando ele me proibiu de chorar após me tirar a ama, alegando que eu não precisava mais dela.

Em Biscaia, chamou o primo Juan à sua presença. E foi na minha frente que Martim Lopez, um dos cavaleiros do rei, segurou Juan para que um soldado lhe esmagasse o crânio com a maça.

Eu quis fechar os olhos, mas Pedro não permitiu.

– Vede, Lenora, ele pagou o preço por me trair. Todos eles pagam no final.

Naquela terça-feira triste, quinze dias após o assassinato brutal de Fradique, entendi qual era a maior obsessão de Pedro, a mais perigosa de todas.

Sua necessidade urgente e insana de matar antes que o atingissem.

Houve retaliações por parte de Enrique, Tello e do irmão de Juan. Para provocar o último, Pedro mandou matar a mãe dele e a cunhada, viúva de Juan, após lhes tirar todos os bens. A seguir, teve a ideia de envenenar sua prisioneira, a esposa de Tello.

Mais tarde, enfurecido por perder uma batalha, eliminou seus dois meio-irmãos mais novos, um de dezenove e outro de catorze anos.

A matança prosseguiu e eu, na minha mera posição de espectadora, fechei-me num casulo invisível para não ser devastada pela brutalidade ao meu redor. Parei de contar os mortos, as traições e as vinganças sangrentas.

Na vida pessoal, Padilha deu-lhe um menino, o que também fez outra amante, mas não registrei estes fatos na época. Eu vivia, mas não sentia a vida.

Meu mundo ainda era Pedro, a quem amava como pai e odiava como ser humano.

Eu estava com dez anos na época em que Padilha foi coroada rainha de Castela, após finalmente se livrar da primeira esposa de Pedro. Mas seu reinado não durou muito. Em 1361, ela faleceu, vítima da peste negra. Tinha 25 anos, a mesma idade de Blanche ao ser morta.

Pedro, enlouquecido de dor, extravasou-a da única maneira que conhecia: atacando os inimigos. Provocou enormes perdas ao reino de Aragão e ainda entrou em guerra contra Granada, o último reino muçulmano da Europa. Perdeu cidades, ganhou outras e agiu como de hábito, atraindo o inimigo para matá-lo de modo traiçoeiro e se apoderar de suas riquezas.

Foi neste período que ele se cansou de mim. Deixou-me para trás, em Sevilha, com sua nova favorita Isabel de Sandoval, aia do filho caçula que ele tivera com Padilha e que perdera um ano após a morte dela.

Ao contrário de Padilha, Isabel me detestava. Amarguei a solidão, o abandono e a falta de notícias de Pedro, sempre envolvido em disputas. Nas semanas que passava com a amante e os dois meninos que ela lhe dera, não me enxergava.

Quando veio 1365, eu tinha catorze anos, treze deles vividos como brinquedo, animal de estimação, refém e objeto esquecido. Isabel fazia-me de sua serva pessoal, com uma única e específica tarefa: esvaziar o pote de urina e fezes em seu quarto, enchido por ela ao se levantar pela manhã ou quando bem entendesse.

No mais, eu passava meu tempo fugindo do assédio de criados, soldados e até de alguns nobres. Já menstruara e, como não tinha nenhum homem para me defender, parecia estar à disposição para uso e abuso. Alguns pude encher de socos e pontapés por tentarem me tocar, mas com os poderosos era melhor evitar qualquer atrito. Por isso eu preferia ser invisível, escondendo-me atrás de portas e tapeçarias.

Foi de um esconderijo assim que vi Pedro numa noite. Ele estava em seu quarto, sozinho com os cachorros, consultando pergaminhos espalhados sobre uma mesa. O criado trouxe-lhe a refeição numa bandeja, acomodou-a sobre um banco e foi dispensado.

Um dos cachorros não titubeou. Equilibrou-se nas patas traseiras e, sorrateiro, abocanhou um pedaço de carne. Sorri. Se tivesse notado a ação do animal, Pedro não o castigaria. Pelo contrário, dividiria o restante da carne com os demais cães, reservando para si as frutas e as verduras.

Mas o rei estava concentrado na leitura. Alguns fios brancos, reparei, muito precoces para seus 31 anos, misturavam-se à barba e aos cabelos longos, na altura dos ombros. Seu corpo permanecia magro e flexível, como na juventude, e não havia rugas em seu rosto.

Suspirei, pensando no quanto sentia falta de sua presença e atenção. Era como se todas as atrocidades que ele cometera diante de mim tivessem desaparecido. Não vi o rei, mas o pai que eu amava.

Eu quis sair detrás da tapeçaria, me aproximar, e foi então que descobri e reconheci o vulto negro e sobrenatural, protegido por seu longo manto escuro. Em pé a alguma distância de Pedro, ele me sorria daquele jeito diabólico.

Um capuz ensombrava-lhe parte do rosto, impedindo-me de analisá-lo por completo. Apesar disso, senti que era alguém estranhamente muito antigo, com milênios de existência, talvez mais. Suas mãos imensas, no entanto, pertenciam a um homem jovem. Elas estavam largadas, assim como os braços, nas laterais de seu corpo grande e ameaçador.

O vulto apenas esperava. E Pedro não conseguia enxergá-lo – como isso era possível?

Tremi de medo, da cabeça aos pés, mas o medo se foi de repente, no minuto em que o cachorro guloso começou a babar.

"Veneno", deduzi, aflita.

E minha aflição cresceu quando Pedro esticou o braço para a bandeja, pegou um figo e, num gesto automático, ia levá-lo à boca.

Corri como nunca tinha corrido em minha vida. Segurei-o pelo pulso para que não mordesse a fruta. Ele estremeceu de susto, depois estreitou os olhos e me reconheceu.

— O que vós...? — murmurou.

Indiquei o cachorro, que entrava em convulsão, a baba cobrindo seu focinho. Os outros cães, com medo, afastavam-se.

— Envenenaram vossa comida — acrescentei. E devolvi o figo à bandeja.

Para meu alívio, o vulto desaparecera.

Pedro olhou com tristeza para o cachorro, um dos seus animais mais queridos, antes de se voltar para mim.

— Crescestes — observou. — E estais imunda, magricela, vestindo farrapos. D. Isabel não vos trata com dignidade?

— Vós me abandonastes — não pude evitar minha mágoa.

— Tive de abandonar. Vós me odiáveis mais e mais a cada dia. Eu não podia mais conviver com vosso ódio.

— Mas eu também vos amo, meu senhor!

Pedro sorriu para mim, apenas para mim, como se eu voltasse a ser a única que desejava ter a seu lado. E eu queria desesperadamente que ele voltasse a ser meu mundo. Não conseguia mais viver naquele outro em que fora jogada.

— Sempre sereis minha, Lenora dos Leões. Apenas minha.

Foi assim que retornei à sua vida.

E fiz Isabel de Sandoval me odiar.

O responsável pelo envenenamento, um dos escravos mouros da cozinha, teve uma morte lenta e dolorosa. Agira por iniciativa própria, até onde Pedro apurara.

Quanto a mim, ganhei vestidos, pude me banhar, cuidar da aparência e viver em segurança e bem alimentada junto a Pedro. Sem mais poder me punir, Isabel tolerava mal minha presença. E teve ganas de me rachar ao meio na manhã em que parti com ele em sua viagem seguinte.

Retornamos no inverno, que o rei planejou passar com a amante. Excepcionalmente Castela vivia tempos tranquilos. Os inimigos articulavam-se — afinal, eles pareciam viver para isso —, mas não tomavam nenhuma iniciativa.

Pedro, como consequência, dava-se ao luxo de descansar. Desta vez, suas filhas com Padilha o acompanhavam na estadia, o que deixava Isabel ocupada demais em lidar com elas.

Numa noite, ao regressarmos de uma caçada, o rei se trancou em seu quarto. Azedo, dispensara Isabel e qualquer outra companhia, exceto pela minha. Seu humor mudara justamente após receber um mensageiro horas antes, enviado por seu espião na França.

Como ele se sentara na cama, ajoelhei-me a seus pés e tirei-lhe as botas.

— Já ouvistes falar do cavaleiro bretão Bertrand Du Guesclin? — perguntou-me.

— Não, meu senhor.

— Devíeis. Ele é o líder de um exército de aventureiros e mercenários que serviu ao rei francês.

Levantei-me e fui guardar as botas junto a um dos baús.

— O que tem ele, meu senhor?

— Quando perderam a utilidade, esse Du Guesclin e seus homens passaram a sobreviver saqueando vilas. Para se livrar dele, o rei francês colocou-o a serviço de vosso pai.

Aquela, sem dúvida, fora a notícia trazida pelo mensageiro. E, se preocupava Pedro, era porque o bretão e Enrique, juntos, poderiam mudar o futuro.

Temi por Pedro, mas nenhuma palavra saiu de meus lábios. Ele interpretou meu silêncio como uma provocação. Veio para cima de mim, o alvo para descontar sua raiva.

— Não dizeis nada, bastarda? Estais agora a favor do homem que vos jogou aos leões?

Assustada, recuei. A mão do rei era pesada e atingiu meu rosto com força. Caí sobre um tapete e me encolhi. Ele tirava o cinturão. Ia me surrar, algo que nunca fizera antes. Estava descontrolado, considerando-me mais uma das pessoas que o haviam traído.

— Não, pai, por favor! — implorei, fechando os olhos e cobrindo meu rosto com os antebraços. Era a primeira vez que o chamava daquela maneira.

De repente, tudo cessou.

— O que estou fazendo convosco? — ele disse, num fio de voz. Ajoelhou-se e envolveu-me em seus braços. — Minha Lenora, não agi por mal... Por um segundo, achei que apoiáveis vosso pai.

— Ele não é meu pai... Vós é que sois.

Pedro beijou-me a testa, os lábios, foi gostando cada vez mais e me apertando contra si. Uma de suas mãos deslizou pelas minhas costas, como se tomasse posse de mim, e contornou meu quadril até a coxa, por cima da saia. Os beijos desceram por meu pescoço. Fui deitada com cuidado, ele por cima de mim.

— Abri os olhos. Jamais me sentira tão feliz! Tanto carinho, algo tão raro, dava-me a sensação de ser amada.

Quando seus lábios tocaram meus seios cobertos pelo vestido, ele escancarou a gola para lamber e chupar os mamilos pequenos e rosados. Confusa, quis detê-lo, mas se o fizesse eu o perderia, talvez para sempre.

Suas mãos subiram a saia, tocaram minhas nádegas. Fiquei tensa.

Minhas pernas foram abertas. Cerrei as pálpebras. Fui invadida como os homens fazem às mulheres. Não com brutalidade, como temi, apesar do vigor. Pedro comprimia-me contra o tapete, o rosto colado junto ao meu, sem me ver, suas mãos prendendo-me pelos pulsos. Não reagi, submissa, apenas uma cativa desejando agradá-lo.

Naquele momento, eu era seu mundo e isso me enchia de felicidade.

Os movimentos de seu corpo moviam o meu, um ritmo que cresceu em intensidade, machucando-me. Não havia mais delicadeza, apenas dor.

No ápice daquela união, um jorro dominou-me por dentro. Pedro relaxou, ofegante, e só depois me colocou sob a mira de seus olhos.

— Minha Lenora... — murmurou.

E se pôs a rir, achando graça no que não demorou a me contar.

— Como vosso pai se sentiria se soubesse que lhe comi a filha?

Desta vez, a dor feriu-me o coração.

— É o que sou para vós, meu senhor? — disse-lhe. — Mais uma vingança contra o conde Enrique de Trastâmara?

Ele se retirou do meu corpo, deixando como rastro um líquido viscoso que ficou escorrendo para fora de mim. Continuava pressionando-me contra o tapete, porém com menos força.

— Sempre pensarei no vosso pai toda vez que vos foder — disse, travesso. — Mas ele nunca saberá que vos possuo, pois iria se vingar em vós, o que não posso permitir. Só me resta imaginar como ele se sentiria se soubesse. E isso é muito divertido!

Haveria, então, outras vezes?

— Sim, minha Lenora — ele respondeu, lendo meus pensamentos aflitos. Eu sempre seria sua obsessão. — Sois minha, esquecestes? Apenas minha!

O brinquedo ganhava uma nova utilidade. E seria usado sempre que ele quisesse.

Senti-me traída. Desejava tanto seu amor de pai... Embora as meninas fossem esposas aos doze anos e casassem com primos e até tios, o que ele me fizera soava tão errado... Mas era isso ou nada. E eu novamente seria esquecida em algum de seus castelos.

Cansado, ele foi para a cama, dormir, e me enxotou do quarto. No corredor, o mundo que eu temia esperava-me cheio de rancor e ciúme. Isabel levantou a saia do meu vestido e confirmou o líquido despejado por Pedro e o sangue de minha virgindade perdida escorrendo-me pelas pernas.

— Sua putinha desgraçada... — disse, entre dentes.

Apesar da vontade, não ousou me bater, com medo da reação do rei. Largou-me sozinha, sob os olhares zombeteiros de dois soldados que vigiavam o local.

— El-rei tem uma nova preferida — cochichou um para o outro, avaliando-me de baixo para cima para conferir se a escolha valia a pena.

Trinquei os dentes e corri direto para um dos meus esconderijos, bem longe dali.

Pedro usou-me como amante sempre que teve vontade, em muitas noites daquele inverno. Às vezes adormecia sugando um dos meus seios, em outras me deixava dormindo e ia cuidar de suas leituras e seus escritos. E sempre me mantendo por perto também durante o dia.

Eu era sua e apenas sua naquelas noites. Nas demais, quando não se interessava em me usar, bastava minha presença em sua cama. Nestas ocasiões, eu me encolhia ao seu lado e ele afagava meus cabelos, tratando-me como sua criança.

Eu o amava por ser dele e o odiava por ter me tornado sua amante.

No início da primavera, partimos, com suas filhas, para Burgos. Nunca mais vimos Isabel, pois o turbilhão evocado por Enrique e seu novo vassalo bretão chegava às terras castelhanas.

Pedro foi perdendo cidades importantes para Enrique, já considerado rei de Castela por seus aliados, inclusive franceses e aragoneses. Primeiro foi Burgos, depois Toledo e, por fim, Sevilha, de onde o filho legítimo de Alfonso XI teve de correr para não cair nas garras do meio-irmão.

O único local em que estaria seguro era Portugal. Protegido por seu exército, entre eles seiscentos guerreiros mouros a cavalo que obtivera com o rei de Granada, Pedro levava as filhas e todas as riquezas que conseguia carregar.

Eu estava por perto no dia em que, já em território português, ele soube que o tio não seria seu aliado e muito menos o desejava em seu reino, que pretendia manter a salvo das disputas internas em Castela. Para comunicar-lhe o fato, enviara o nobre João Afonso Teles, o terceiro homem mais importante de Portugal – depois do próprio rei e de seu herdeiro. Ele também era o irmão mais novo de um dos nobres que Pedro executara anos antes, o amante da rainha-mãe, Maria.

João Afonso não viera sozinho. Acompanhava-o Álvaro de Castro, cunhado do rei português, primo de João Afonso e do falecido amante de Maria, meio-irmão da segunda rainha que o rei castelhano rejeitara, um dos membros mais valiosos de sua família poderosa tanto em Portugal quanto em Castela, e também uma quase vítima de Pedro no passado – salvo da morte porque a amiga Padilha avisara-o para fugir.

A presença dos dois nobres, protegidos por seu próprio exército, me fez pensar, com um calafrio, que Pedro começava a colher o que plantara.

Eles foram recebidos na tenda principal do nosso acampamento em Coruche, Santarém. Para aplacar a ira e a indignação de Pedro, traziam por parte do rei português uma carta de salvo-conduto até a Galícia, além da promessa de ser escoltado até lá.

Sem saída, Pedro teve de aceitar a oferta. Fora humilhado e sentia-se novamente traído pela própria família. Não duvidei de que seu temperamento vingativo tramava ali um modo de matar o tio e os dois nobres, com a máxima crueldade possível, assim que os ventos novamente soprassem a seu favor.

Com um sinal, ele dispensou os dois. Foi nesse instante que senti João Afonso estudando-me. Acostumada a ser invisível para os visitantes ilustres na rotina de Pedro, eu não soube como reagir. O nobre, quatro anos mais velho do que o rei, tinha cara de sonso e um olhar esperto que o traía.

Já o primo dele, Álvaro, não devia ter mais do que quarenta e poucos anos. Era loiro, grande, muito simpático e dono de sedutores olhos acinzentados. Esse eu já conhecia, de vê-lo circular na corte em Sevilha na época em que Padilha era viva. Ele me reconheceu e só sorriu para mim quando Pedro se virou para conversar com um de seus cavaleiros. Sabia o quanto o rei podia ser possessivo.

Apesar de acanhada, eu ia retribuir o sorriso, mas Pedro fechou-se numa carranca ao verificar que os dois nobres continuavam no mesmo lugar.

— O que ainda fazeis aí? — retrucou.

Rapidamente Álvaro e João Afonso inclinaram-se numa reverência e deixaram a tenda. Pedro, desconfiado, girou o rosto para mim.

— O que foi, Lenora?

Dei de ombros.

— Quero-vos longe deles, entendestes?

Assenti. E ia sair também. Pedro, no entanto, segurou-me pelo cotovelo.

— Ficai. Quanto a vós — falou a seus cavaleiros —, cuidai para que saiamos o mais depressa possível deste reino maldito!

Enquanto eles foram cumprir as ordens, o rei ordenou aos dois guardas na abertura da tenda que nos dessem privacidade. Também não queria ser importunado.

Amedrontada, não ousei fitar seu rosto. Pedro andou ao meu redor, sua respiração tensa e curta. Transpirava, apesar do clima ameno daquele início de outono. Parou atrás de mim, pegou-me pelas axilas e rudemente pôs-me de bruços sobre sua mesa repleta de pergaminhos.

Não me mexi. Ele puxou para cima a saia do meu vestido e montou sobre mim, penetrando-me em um ponto onde jamais imaginei ser possível qualquer penetração. Sufoquei um grito de dor. Pedro machucava-me de propósito.

Ao final, largou-me como um trapo sujo.

— Não vos quero em cima dos meus pergaminhos — rosnou.

Desci dali, abaixei a saia e me mantive parada, à disposição para mais algum capricho.

Ele veio até mim e, cuidadoso de súbito, me tocou o queixo para erguê-lo. Sua expressão tomada pelo ódio se desfez para algo muito próximo da ternura.

— Sangrei-vos para vos mostrar o quanto doerá em mim uma traição vossa — justificou-se. — Eu vos amo tanto, Lenora, tanto...

Pus-me a chorar. Dor e revolta misturando-se à felicidade que inundou meu coração. Ele nunca falara de seu amor por mim.

Fui envolvida por um abraço paternal. Nele encontrei consolo e proteção até que o rei se entediou com minha presença e me despachou para fora da tenda.

Na manhã seguinte, iniciaríamos nossa jornada até a Galícia.

Alcançamos uma das margens do rio Douro, na região que leva o mesmo nome, numa manhã ensolarada que em nada combinava com o ambiente sinistro da viagem. Pedro, ensimesmado e sob a cerrada escolta de seus guardas, mal abria a boca, bastante tenso na sela de seu cavalo. As filhas seguiam em liteiras e eu, a cavalo, como fora acostumada; ia alguns metros atrás do rei. O ritmo era puxado, com poucas pausas.

— D. Leonor? — alguém disse, aproximando-se.

Surpresa, virei-me para a esquerda, onde Álvaro dispôs seu cavalo junto ao meu. Não me lembrava de ser tratada com tanta cerimônia, embora o uso de Dom e Dona fosse comum entre os nobres.

— Vós já conheceis minha terra, senhora? — perguntou-me. Mesmo dividindo-se entre Portugal e Castela, Álvaro tinha um leve sotaque galego, pois nascera na Galícia, justamente nosso destino.

Meneei a cabeça, de olho em Pedro. Se ele notasse aquela tentativa de diálogo, eu sofreria novamente em suas mãos.

— Ele vos aterroriza... — deduziu Álvaro, observando minha reação.

— *Canalha!* — cuspiu, baixando a voz.

Não consegui defender o rei. Destruía-me a lembrança da violência ocorrida na tenda. Lágrimas trilharam minha face, envergonhando-me ainda mais diante do nobre. Ele se deixou ficar para trás até encontrar João Afonso.

Espiei-os e, apesar da distância, entendi suas palavras.

— Tendes razão — ele disse para o primo.

Naquela noite, no acampamento improvisado em Lamego, Pedro fechou-se comigo em sua tenda e apossou-se de mim como se temesse me perder a qualquer segundo. Foi carinhoso até, esforçando-se em também me dar prazer.

— Eu vos farei minha rainha — sussurrou-me, enternecido.

Aquietou-se em meus braços, preso a mim. Lembrava uma criança pequena, carente e vulnerável. Beijei-lhe os cabelos, murmurei palavras doces para embalar seu sono e o envolvi em meu amor.

— Mãe... — chamou-me, quase dormindo. — Não me abandoneis...

Era o que eu também me tornara para ele em seu mundo confuso e esfacelado, a mãe que o amaria de modo incondicional. Alguém que jamais o trairia.

Quase duas horas depois, ele acordava, já saciado em sua necessidade de repouso. Mandou que eu me recolhesse à tenda de suas filhas. Pretendia se reunir com alguns cavaleiros e não me queria por perto.

— Vós me distraís — justificou, desejando-me enquanto eu me vestia.

Sorri para ele e recebi em troca seu sorriso mais bonito, sem maldade e intenções sinistras. Restava alguma bondade em seu espírito culpado de tantos crimes.

Cobri-me com meu xale e saí. Os guardas não me deram atenção, habituados com minha presença.

Contornei a tenda e fui para a direita. Haveria uma boa distância a ser percorrida até encontrar as meninas. Aqui e ali, soldados dormiam no chão. Alguns se distraíam em jogos de azar, outros com mulheres que, em troca de alguma moeda, sempre seguiam os exércitos. Também não se importaram comigo. Ninguém seria louco de mexer com a preferida de um rei famoso por sua crueldade.

Despreocupada, cortei caminho sob as copas de um punhado de árvores. No céu, estrelas muito distantes de nós eram encobertas por nuvens de chuva. Eu ainda saboreava em meus lábios o gosto do beijo apaixonado de Pedro ao se despedir.

Não pressenti o perigo. Várias mãos imobilizaram-me e uma delas tapou-me a boca para me impedir de gritar. Lutei em vão; quanto mais tentava me libertar, mais força os homens usavam contra mim.

– Não tenhais medo, D. Leonor, não vos faremos mal – cochichou-me um deles. – Sereis levada para vosso pai, D. Enrique de Trastâmara...

Era a voz de Álvaro de Castro.

A ideia de me resgatar viera de João Afonso e fora endossada por Álvaro. Como não lhes dei alternativa, tiveram de me amordaçar e amarrar. Fui depositada igual a uma mercadoria no colo do galego, em sua sela. Em disparada e protegidos por seu exército, fugimos do acampamento, abandonando Pedro à própria sorte.

Não ousei imaginar como ele se sentiria, novamente traído, sem me ter por perto. Implorei aos meus sequestradores que me libertassem, quis escapar deles, mas nada consegui. Primeiro porque eu seria utilizada na formação de uma aliança entre o rei português e o novo rei de Castela, que oficialmente ficaria agradecido por me receber de volta. E, depois, porque meus supostos heróis achavam que corrigiam uma injustiça.

– Vosso lugar é com vosso pai – dizia-me João Afonso.

– Pobrezinha... – lamentava Álvaro. – Após esses anos todos ameaçada pelo Cruel, ela não consegue entrever que existe vida fora do cativeiro.

Os dois foram bons para mim, à sua maneira, acreditando que me ajudavam.

Em território castelhano, entregaram-me a um nobre de confiança de Enrique, o qual me conduziria até ele. Quando chegassem a Portugal, João Afonso, por sua audaciosa iniciativa, seria recompensado com o título de conde de Barcelos, ganhando a regalia até então inédita de poder transmiti-lo hereditariamente.

Já Pedro entraria na Galícia e naquelas bandas promoveria matanças e novos atos de crueldade antes de viajar para a Inglaterra, atrás do apoio do príncipe Edward, filho mais velho do rei Edward III e conhecido por Príncipe Negro graças à cor de sua armadura.

E eu, Leonor... Finalmente conheceria o pai que me atirara aos leões.

Em Sevilha e auxiliada por aias, pude me banhar e vesti um belíssimo traje, digno, pelo que elas me disseram, da princesa que sou. Meus cabelos foram trançados, tive de ostentar joias. Enrique desejava me exibir como seu troféu.

Fui levada pelos corredores da residência real que eu conhecia tão bem. Até poucos meses antes, a construção pertencera a Pedro.

O novo rei recebeu-me no salão, acompanhado por sua corte e pelo truculento bretão Du Guesclin. Ainda vigiada pelos guardas, entrei.

Cabeças curvaram-se enquanto eu caminhava até Enrique. Ele mostrava um sorriso falso ao mesmo tempo que me avaliava, tentando reconhecer em mim seus traços. Não conseguiu.

Pensei em seu gêmeo Fradique, nas semelhanças e nas diferenças entre eles. Enrique parecia mais alto, um tanto soberbo e bastante envelhecido para seus 33 anos.

Se eu tinha alguma esperança de conhecer minha mãe, ela morreu ali.

— Vós vos pareceis com vossa falecida mãe — o novo rei disse, estendendo-me a mão para que eu a beijasse.

Estremeci. Inclinei-me numa reverência e toquei de leve meus lábios em suas mãos suadas.

— Sede bem-vinda, minha filha — acrescentou Enrique, abrindo os braços para mim.

Soava como uma encenação.

Como não me mexi, ele precisou me chamar.

— Vinde, filha amada, vinde!

Obedeci. Suas roupas cheiravam a perfume francês, usado em excesso para disfarçar o odor forte de sua transpiração. A manhã fervia dentro e fora da residência.

Fomos aplaudidos com entusiasmo. Alguns nobres pronunciaram-se, enaltecendo o novo rei e sua persistência em recuperar a filha.

"Que persistência?", quase ri. Era muita hipocrisia. Enrique nunca se dera nem ao trabalho de me enviar uma carta.

Abaixei o rosto. Aquela situação constrangedora para mim durou mais de uma hora, até que Enrique, satisfeito, dispersou os nobres, alegando que havia preciosos anos de convivência a recuperar comigo. Du Guesclin foi o único a permanecer no salão.

O novo rei logo descartou o tratamento cerimonioso.
— *Tu ousaste me desonrar, abrindo as pernas para meu pior inimigo!* — explodiu. Não me movi, altiva, sabendo que esta postura o provocava. — Minha solícita prisioneira, D. Isabel de Sandoval, fez questão de confirmar os boatos: és realmente a puta de teu próprio tio.

Eu não imploraria seu perdão. Para mim, ele era o inimigo.

Enrique estava colérico, a vermelhidão espalhando-se por seu rosto e pescoço.

— Não posso me livrar de ti como eu gostaria — disse, a mão direita apertando nervosamente o punho da espada em sua bainha. — És minha filha e, portanto, uma princesa que terei de dar em casamento com um excelente dote. No entanto, até lá, poderás me ser muito útil. Sempre ao lado de teu amante, deves ter escutado muitas conversas, não?

Franzi a testa. O que ele queria? Que eu traísse Pedro entregando-lhe suas estratégias de guerra, o número de homens em seu exército, onde escondia suas riquezas?

— Conta-me todos os segredos *dele* — impôs.

Foi com imenso prazer que lhe entreguei a resposta.

— Não.

A mão livre do novo rei acertou-me com um soco que me jogou a seus pés. Engoli o choro provocado pela dor e levantei-me para encará-lo. Mas, ao invés de um novo golpe, o que me esperava era um sorriso de dentes arreganhados. Enrique degustava por antecipação o sofrimento que causaria em mim.

— Antes mesmo que meu caro Du Guesclin termine de te foder, tu falarás tudo e mais um pouco — disse, autorizando que o bretão me capturasse. — Nem uma cadela experiente como tu aguentará por muito tempo...

Fui arrastada dali em pânico, Du Guesclin estalando os lábios de prazer, até uma porta lateral. Não a alcançamos. Enrique ia se sentar no trono, mas desistiu ao reparar em quem abria aquela porta para entrar no salão.

O vulto negro, sobrenatural.

Num gesto cansado, ele abaixou o capuz, olhou para nós e deduziu o restante. Sua aparência era jovem como imaginei. Pele clara, cabelos loiros e curtos, traços bonitos e olhos negros tão antigos quanto o início dos tempos. Não usava barba, o que era bastante incomum.

— É desta forma que tratais uma mulher que vosso Deus salvou dos leões? — disse, com uma ponta de ironia.

— D. Dimitri, e-eu... — gaguejou Enrique, envergonhado.

— Um Deus que também já foi vosso — disparou Du Guesclin, enfrentando-o. Não pretendia perder tão facilmente uma fêmea.

Dimitri lançou-lhe uma careta de desprezo antes de ignorá-lo.

— E se eu vos dissesse que D. Leonor é inocente de vossa acusação? — disse para Enrique.

— Não. Ela é amante daquele monstro do meu irmão!

— Pois tereis a cabeça daquele monstro do vosso irmão se souberdes usar vossa inteligência.

O novo rei hesitou. Para desafiar Dimitri, Du Guesclin agarrou-me pelo pescoço e puxou-me para enfiar sua língua nojenta em meu ouvido. Reagi, arranhando-o, chutando-lhe as pernas. Acostumado a tomar mulheres à força, ele não se importou.

Seus dedos grosseiros começaram a me estrangular. Debati-me, desesperada. Enrique ainda hesitava.

O ar foi me faltando mais e mais. Tudo escureceu muito rápido e eu caí de frente. Bati contra o piso de pedra, demorei a voltar a mim. Dimitri tomara a decisão no lugar do novo rei. Um olhar seu lançara Du Guesclin para trás, metros adiante, fazendo-o trombar de costas contra a parede mais próxima.

Intimidado com aquela demonstração de artes mágicas, Enrique não interferiu. Dimitri pegou-me no colo.

— D. Leonor dos Leões ficará sob meus cuidados — comunicou antes de se retirar.

Ele me deitou na cama, em seu aposento simples e apertado, sem qualquer luxo. Depois, sentou-se perto de mim e permaneceu ali, velando-me.

— Por que me salvastes? — foi minha primeira pergunta tão logo consegui falar. Mesmo bastante dolorida, também me sentei. Ficamos um diante do outro.

— Sois forte — ele observou, surpreso com meu esforço.

Eu ia repetir a pergunta, mas não foi necessário.

— Eu vos tirei das mãos do bretão, senhora, porque uma tortura como aquela poderia destruir vossa alma.

— O que sois?

— O que acha que sou?

Mirei-lhe os olhos, quase afundei neles. Tão cheios de trevas, tão ausentes de luz...

— Sois um anjo caído — apostei. — E desejais intacta minha alma.

Para meu espanto, Dimitri caiu na gargalhada.

— Por que ninguém vos conseguia ver, apenas eu? — perguntei, obrigando-o a recuperar a seriedade. — Por que agora todos podem vos enxergar?

— Porque só me veem quando permito.

— E por quê?

— Não é óbvio?

— Permitis apenas quando vos interessa... E por que o conde de Trâstamara vos interessa?

— Ele é o rei agora.

— Não! Ele jamais será o rei!

Dimitri espreguiçou-se.

— Onde vos conhecestes? — insisti.

— Na França.

— Sois vassalo dele?

— Não. Sou um conselheiro.

— E por que o ajudais?

— Porque é sempre muito simples, D. Leonor. Eu domo as feras. Vosso Pedro é um espécime raro, a fera mais poderosa de todas e, portanto, a que mais cobiço. E D. Enrique, sem o saber, é meu aliado, apesar de achar que sou o dele.

— Não conseguireis domar D. Pedro.

— Na morte, as feras sempre vêm até mim.

Senti um calafrio medonho.

— Se permitíeis ser visto apenas quando é do vosso interesse, por que permitistes que eu vos visse há tantos anos? — disse-lhe.

— Não permiti.

— Então por que eu...?

— Sem mais perguntas, D. Leonor.

— Mas...

— Eu vos enviarei a um convento em Aragão, onde ficareis em segurança.

Foi o que realizou de imediato. Prisioneira, fui levada por uma tropa até o convento, numa região remota e esquecida pelos homens. Dali eu só conseguiria fugir meses mais tarde, ao saber que Pedro invadia Castela para se vingar do meio-irmão.

Com a ajuda do Príncipe Negro, Pedro recuperou boa parte do território castelhano. Mais uma vez Enrique precisou se refugiar na França, onde ficou ruminando sua derrota.

Infelizmente Pedro, como sempre péssimo pagador, não cumpriu sua palavra. Sem receber a fortuna prometida por ele, o Príncipe Negro e seu poderoso exército regressaram à Inglaterra, deixando-o sem defesas suficientes contra o meio-irmão. Este velozmente reuniu sua gente e marchou direto para Castela.

Um a um, foi reconquistando cada pedaço do território. Após sucessivas vitórias, conseguiu encurralar Pedro no castelo de Montiel.

O mês era março e o ano, 1369.

Vaguei por muito tempo, disfarçada de homem, trabalhando em estrebarias, no campo, em qualquer lugar, em troca de um prato de comida ao fim do dia. E isso apenas se conseguisse trabalho, o que era muito difícil. Conheci a miséria em que afundava Castela, dilacerada por tantas disputas e guerras. O povo, abandonado à própria sorte, morria mais de fome do que vítima da peste negra.

Pedro, mais rápido do que eu em sua rotina nômade, escapava-me quase sempre por um triz. Quando eu chegava aonde poderia encontrá-lo, descobria que ele partira dias antes, às vezes na véspera.

E ele se tornou ainda mais escorregadio com o exército de Enrique em seus calcanhares. Após a derrota em Montiel, eu me desesperei. Tinha de furar o cerco inimigo, entrar no castelo, ficar com ele.

Foi quando Dimitri resolveu me buscar. Apareceu do nada na minha frente, na trilha que eu cruzava numa noite, como se conhecesse cada passo meu.

Agarrou-me pelos ombros e fez-me sumir com ele, rumo à escuridão de sua existência.

Men Rodríguez de Sanabria, um dos fiéis cavaleiros de Pedro, trouxe-lhe um recado de Du Guesclin. O herdeiro legítimo do trono esperava pelo pior e não por uma oferta supostamente irrecusável.

– Esse bretão quer meu ouro em troca de sua proteção para minha fuga? – quis confirmar Pedro.
– É o que ele propõe, meu senhor.
– Ele trairia o bastardo miserável?
– Creio que o bretão venderia a própria mãe.

Pedro respirou fundo. Da janela de uma das torres do castelo, avistava o exército inimigo, tão numeroso, com suas tochas acesas para espantar a escuridão da madrugada. Um cerco que durava dias demais. Fora dali, havia liberdade. E uma nova chance de vingança.

– É uma armadilha, D. Men. Prefiro morrer lutando a ser covardemente assassinado.

Uma escolha que não dera a suas vítimas. "Como sou patético!", pensou, amargo.

O outro mordeu o lábio inferior.

– O que me escondeis, D. Men?
– Tendes razão sobre ser uma armadilha, meu senhor. Du Guesclin riu na cara do nosso mensageiro e mandou para vós um segundo recado.
– Qual?
– Se não fordes desarmado à tenda de D. Enrique, ele... – Men engoliu saliva.
– Ele o quê? Falai, homem!
– Fará de D. Leonor dos Leões sua diversão por várias noites e depois a entregará para entreter os soldados.

Pedro empalideceu.

– Lenora... E-ela está aqui?
– Temo que sim, meu senhor. O mensageiro a reconheceu. É prisioneira do bretão.
– Enrique... Ele não permitirá que...
– Du Guesclin age sob as ordens dele, senhor. D. Enrique deseja

apenas que sobre alguma coisa da filha para depois casá-la com um de seus nobres.

Pela segunda vez, o bastardo atiraria a filha aos leões.

Ensandecido, Pedro destruiu a golpes de espada a mobília ao redor. Depois tombou de joelhos, lágrimas que não derramava desde a infância cobrindo-lhe a face.

– Lenora é minha... apenas minha... – murmurou.

Men, cauteloso, refugiara-se junto à porta. De onde estava, fez a única pergunta possível.

– O que decidireis, meu senhor?

Após se certificar de que o mensageiro de Pedro me reconhecera, Dimitri tirou-me de perto de Du Guesclin e me obrigou a ir até sua tenda. Ali me lavou como se cuidasse de uma criança pequena, secou-me com um tecido macio e vestiu-me com um camisolão branco, deixando meus cabelos soltos e os pés descalços.

Para onde eu iria? A um cadafalso?

– Pareceis vulnerável o suficiente – ele avaliou, apreciando o resultado. – Sereis a perfeita visão da pureza e inocência, prestes a ser lançada à devassidão dos homens.

– E por quê?

– Para comovê-lo.

– Quem? Enrique? Neste caso, estais desperdiçando vosso tempo.

Dimitri guardou um sorriso para si.

– Podíeis ter me esperado no convento – recriminou-me. – Teríeis vos poupado de uma viagem desnecessária que só serviu para maltratar vossa saúde.

– Na verdade, nunca me perdestes de vista...

Ele deu um tapinha de leve em meu rosto.

– Posso vos sentir onde quer que estejais, senhora.

– Como é possível?

– Também tendes o talento para domar as feras.

– Não, estais enganado. Existo para lhes satisfazer a vontade.

– É o que achais realmente?

– Não. Mas é o que sempre acontece.

– Porque não sabeis usar esse talento.

— Poderíeis me ensinar?
— Somente em troca de vossa alma.
Trêmula, dei um passo para trás. Mas minha voz saiu firme.
— Não.
— Curioso — ele comentou. — Violaram vosso corpo, mas nunca violaram vosso coração.
— Quem sois?
— Um mestre.
— Sou vossa discípula?
— Já conheceis meu preço.
— Então sois um mestre sem discípulos.
— Jamais encontrei alguém à altura...
Dimitri aproximou os lábios de meu ouvido.
— ... até vos encontrar — sussurrou-me.

Um arrepio percorreu-me. Novamente recuei e mais uma vez aquela criatura riu de mim.

Dois guardas surgiram à porta. Chegara o momento, fosse ele qual fosse.

Dimitri não nos acompanhou. Fui conduzida até o alto de uma colina, a alguns metros de distância de outra tenda, a de Enrique.

À minha frente, estava o castelo de Montiel. E o cavaleiro que, solitário, saía de seus portões para vir em nossa direção. Ninguém o importunou, como se o aguardassem.

Um aperto gelado quase esmagou meu coração. Reconheci o cavaleiro.

Era Pedro.

Desesperada, eu quis ir até ele, mas os dois guardas seguravam-me. Vi meu único pai, como se a vida ao redor parasse especialmente para ele, aproximar-se sem pressa, descer do cavalo diante da tenda de Enrique e, antes de entrar, lançar-me um olhar de despedida. Não carregava uma espada nem tampouco vestia sua armadura.

Mesmo consciente da armadilha à sua espera, ele viera por mim.

Eu era seu mundo, o único que amava.

Quando ele desapareceu no interior da tenda, enfim consegui me desvencilhar dos guardas. Com uma joelhada, atingi um no meio das pernas, esmurrei o outro e voei para impedir Pedro.

Enrique e ele lutavam enfurecidos. Estavam no chão, embolados,

Pedro dominando o meio-irmão e empunhando uma faca com a qual tentava lhe rasgar a garganta.

Du Guesclin, a quem ele derrubara com um soco, ergueu-se para interferir. Peguei um banquinho de madeira e acertei-lhe as costas. A madeira rachou, o bretão cambaleou, mas seu cotovelo atingiu-me com violência a barriga, dobrando-me.

Ele alcançou Pedro e, com o pé, prendeu-o pelo pulso para que não usasse a faca.

– Nem tiro nem ponho rei – disse o bretão, com sarcasmo –, mas ajudo meu senhor.

Foi a oportunidade de Enrique virar o jogo, apunhalar Pedro e tirá-lo de cima dele antes de se levantar. Du Guesclin recuou e, sem querer, saiu do meu caminho.

Pude aninhar Pedro em meus braços. O punhal acertara-lhe o coração.

– Nunca vos traí, meu senhor – jurei.

Ele quis sorrir para mim. Seu sangue ensopou-me o camisolão branco, a vida em seus olhos foi se extinguindo.

Estava morto quando Enrique me arrancou dele, pegou uma espada e o decapitou. Espetaria uma lança na cabeça de Pedro e a ostentaria como seu prêmio pelas cidades que tinham dado seu apoio ao herdeiro legítimo de Alfonso XI.

Eu não podia fazer mais nada pelo cadáver. Mas ainda havia esperança para sua alma.

Os dois guardas vieram à minha caça, porém, ao conhecer a vitória definitiva de Enrique, não se preocuparam comigo, mais interessados em espalhar a notícia. Fugi da tenda, aproveitando que o regicida e seu cúmplice comemoravam com vinho. Iriam se empanturrar.

Se Dimitri podia me sentir, significava que eu também podia senti-lo.

Minha intuição guiou-me para além da colina. Avistei quem procurava, sua aura negra mais sobrenatural do que nunca. Atrás dele, havia inúmeras sombras humanas, feras que ele domava através dos milênios.

Dimitri estalava um chicote para sua nova aquisição, a fera mais poderosa e cobiçada que ia ao seu encontro: a alma de Pedro.

Corri até me colocar entre eles, sem me importar em parecer

insana aos soldados aqui e ali que viam e ouviriam apenas a mim. Alguns, com medo, sentiam o clima aterrorizante à minha volta.

– Deixai-me, Lenora – ordenou Pedro. – É hora de pagar por meus crimes.

– Não!

A voz do domador de feras ecoou, irritante.

– Sois teimosa, D. Leonor – ele disse. – Espreito esta fera há anos. Agora ela é minha para a danação eterna.

Para traduzir sua frase em ação, apontou para as sombras, lançando-lhes algum tormento inimaginável. Elas uivaram de dor.

Virei-me para seu dono.

– Ainda desejais minha alma? – ofereci.

Dimitri interrompeu qualquer movimento. Olhou-me, cheio de desejo, ansiando devorar o que cobiçava em mim.

– Quereis trocá-la pela alma de vosso Pedro? – ele deduziu. – Hum... bastante tentador.

– Libertai-o e minha alma será vossa.

Pedro desesperou-se.

– Não, é a mim que quereis! – disse para o domador. – Pois estou aqui! Esquecei esta menina tola. Ela fala bobagens e...

– Temos um trato, mestre Dimitri? – eu o interrompi.

Reconhecê-lo como meu mestre adulou-o como previ. Ele olhou para mim e depois para Pedro. Fez sua escolha.

Ergueu o chicote e o usou para me capturar, mas Pedro colocou-se na minha frente, protegendo-me.

– Levai-me no lugar dela! – implorou.

A ponta da arma atravessou-o sem o poder de atingi-lo. As sombras gemeram, impressionadas.

– Um sacrifício... – disse Dimitri, aturdido. – Pela primeira vez em milênios, uma fera sacrifica-se para salvar um inocente...

Abracei-me a Pedro, sentindo a frieza de sua alma ganhar um sopro de esperança.

O domador não mais o dominava. O sacrifício libertava-o para buscar a redenção.

Com medo, Pedro se viu desmanchar sob as primeiras luzes do sol que nascia no horizonte.

– Eu vos encontrarei – prometi-lhe.

No meu abraço, nada mais restou. Endireitei-me, pus as mãos para trás e confrontei Dimitri. Suas sombras eram aprisionadas pela noite que nos deixava. Sussurravam-me para também libertá-las; era muito tarde para elas.

— Enganei-me — disse o domador no instante em que se foram. — Jamais usareis vosso talento.

— Fico aliviada. E agora, o que será? Continuareis como conselheiro do novo rei?

— Não creio. Há outras feras que devem ser domadas, em terras distantes. Nenhuma tão valiosa quanto a que me tirastes, mas nem sempre se pode ter tudo, não é verdade?

Sorri para ele. Em troca, recebi uma reverência charmosa e um pouco exagerada.

— Adeus, Lenora dos Leões.

E o domador de feras sumiu no ar.

Vivi muito ainda após aquela madrugada. Fui prometida em casamento a um nobre de confiança de Enrique, um enlace que acabou não ocorrendo. Havia histórias demais sobre mim, a mulher que enfrentara os leões. Acredito que elas tenham espantado meu quase marido.

Pude usufruir de meu dote com certa liberdade, sem interferência de um pai que, por me odiar, me enviara para muito longe dele. Enrique faleceu em 1379, em Castela, e Du Guesclin no ano seguinte, durante uma batalha na França.

Dediquei-me à vida religiosa até minha morte, já no século XV. Fui enterrada em um convento na cidade de Valladolid, junto aos restos mortais de minha mãe. Um local que seria conhecido como a capela dos leões.

Antes mesmo daquela cerimônia, que reuniu somente um padre e algumas freiras, minha alma partiu à procura de Pedro.

Eu cumpriria a promessa de encontrá-lo.

Aqueles que viveram a Idade Média

Ana Lúcia Merege

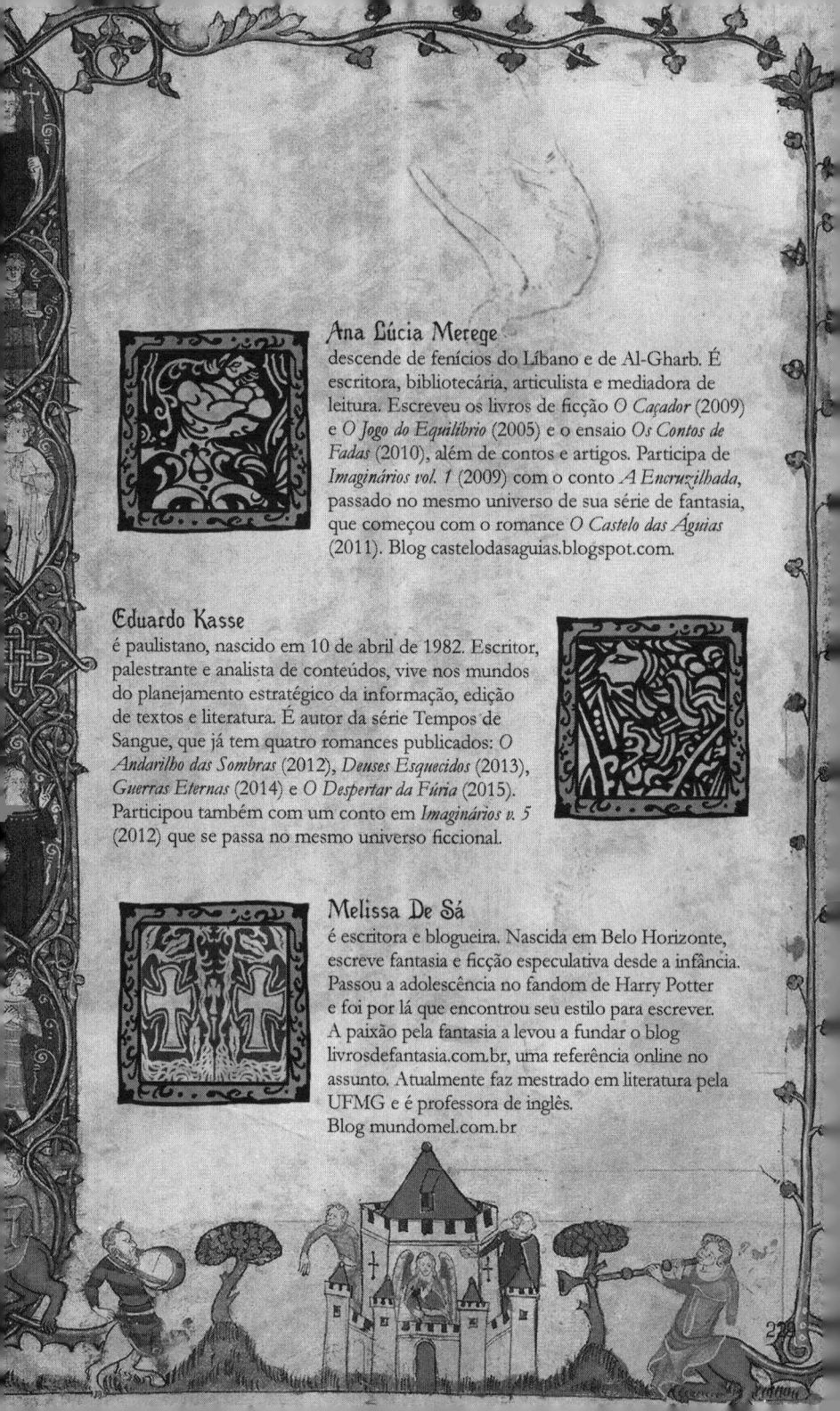

descende de fenícios do Líbano e de Al-Gharb. É escritora, bibliotecária, articulista e mediadora de leitura. Escreveu os livros de ficção *O Caçador* (2009) e *O Jogo do Equilíbrio* (2005) e o ensaio *Os Contos de Fadas* (2010), além de contos e artigos. Participa de *Imaginários vol. 1* (2009) com o conto *A Encruzilhada*, passado no mesmo universo de sua série de fantasia, que começou com o romance *O Castelo das Águias* (2011). Blog castelodasaguias.blogspot.com.

Eduardo Kasse

é paulistano, nascido em 10 de abril de 1982. Escritor, palestrante e analista de conteúdos, vive nos mundos do planejamento estratégico da informação, edição de textos e literatura. É autor da série Tempos de Sangue, que já tem quatro romances publicados: *O Andarilho das Sombras* (2012), *Deuses Esquecidos* (2013), *Guerras Eternas* (2014) e *O Despertar da Fúria* (2015). Participou também com um conto em *Imaginários v. 5* (2012) que se passa no mesmo universo ficcional.

Melissa De Sá

é escritora e blogueira. Nascida em Belo Horizonte, escreve fantasia e ficção especulativa desde a infância. Passou a adolescência no fandom de Harry Potter e foi por lá que encontrou seu estilo para escrever. A paixão pela fantasia a levou a fundar o blog livrosdefantasia.com.br, uma referência online no assunto. Atualmente faz mestrado em literatura pela UFMG e é professora de inglês.
Blog mundomel.com.br

A. Z. Cordenonsi

é gaúcho, formado em Computação pela UFSM, com Mestrado e Doutorado na mesma área. Além de escritor, é professor universitário, pai e marido, não necessariamente nesta ordem. Autor de contos de fantasia e terror espalhados por antologias, lançou o romance infantojuvenil *Duncan Garibaldi e a Ordem dos Bandeirantes* (2012), o primeiro livro de uma série.

Roberto de Sousa Causo

formado em Letras pela USP, é autor dos livros de contos *A Dança das Sombras* (1999) e *A Sombra dos Homens* (2004), dos romances *A Corrida do Rinoceronte* (2006), *Anjo de Dor* (2009), *Selva Brasil* (2010) e *Terra Verde* (2013) e do estudo *Ficção Científica, Fantasia e Horror no Brasil* (2003). Seus contos apareceram em revistas e livros de dez países. Foi um dos classificados do Prêmio Jerônimo Monteiro e no III Festival Universitário de Literatura (com *Terra Verde*, 2001); e ganhador do Projeto Nascente 11 de Melhor Texto, com *O Par: Uma Novela Amazônica* (2008).

Erick Santos Cardoso

É desenhista de coração e editor de profissão. Mestre em comunicação, amante da cultura pop em todas as suas vertentes. Tem na Editora Draco o seu projeto para produção e desenvolvimento da literatura de entretenimento nacional.
Twitter @ericksama

Nikelen Witter

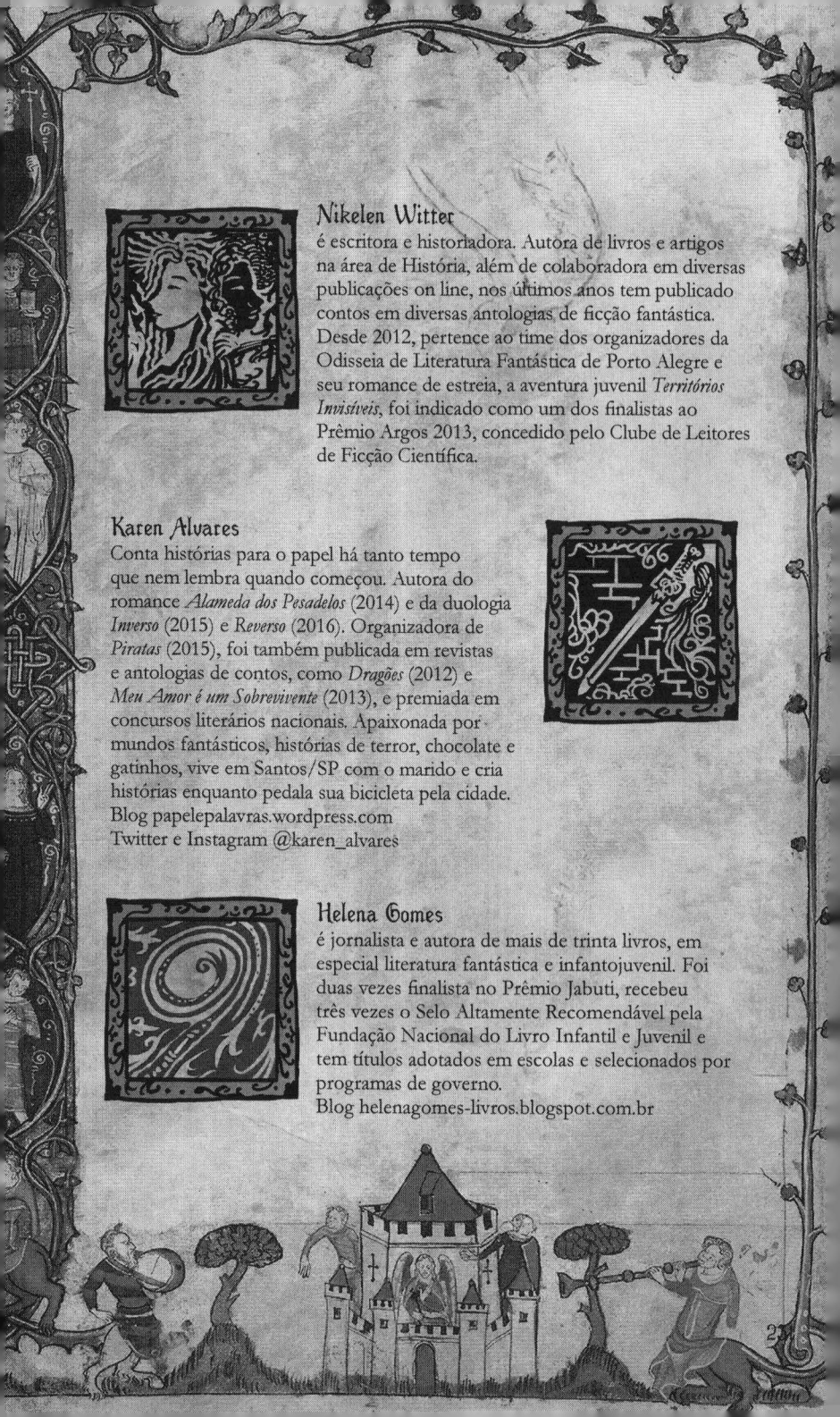

é escritora e historiadora. Autora de livros e artigos na área de História, além de colaboradora em diversas publicações on line, nos últimos anos tem publicado contos em diversas antologias de ficção fantástica. Desde 2012, pertence ao time dos organizadores da Odisseia de Literatura Fantástica de Porto Alegre e seu romance de estreia, a aventura juvenil *Territórios Invisíveis*, foi indicado como um dos finalistas ao Prêmio Argos 2013, concedido pelo Clube de Leitores de Ficção Científica.

Karen Alvares

Conta histórias para o papel há tanto tempo que nem lembra quando começou. Autora do romance *Alameda dos Pesadelos* (2014) e da duologia *Inverso* (2015) e *Reverso* (2016). Organizadora de *Piratas* (2015), foi também publicada em revistas e antologias de contos, como *Dragões* (2012) e *Meu Amor é um Sobrevivente* (2013), e premiada em concursos literários nacionais. Apaixonada por mundos fantásticos, histórias de terror, chocolate e gatinhos, vive em Santos/SP com o marido e cria histórias enquanto pedala sua bicicleta pela cidade.
Blog papelepalavras.wordpress.com
Twitter e Instagram @karen_alvares

Helena Gomes

é jornalista e autora de mais de trinta livros, em especial literatura fantástica e infantojuvenil. Foi duas vezes finalista no Prêmio Jabuti, recebeu três vezes o Selo Altamente Recomendável pela Fundação Nacional do Livro Infantil e Juvenil e tem títulos adotados em escolas e selecionados por programas de governo.
Blog helenagomes-livros.blogspot.com.br

Este livro foi impresso em papel pólen bold na Renovagraf em Junho de 2016.